田野上的智慧树

赵老师讲民间故事

赵杏根　编著

上海教育出版社
SHANGHAI EDUCATIONAL
PUBLISHING HOUSE

图书在版编目（CIP）数据

田野上的智慧树 / 赵杏根编著. — 上海：上海教育
出版社，2024.11. — ISBN 978-7-5720-3169-4

Ⅰ. I277.3

中国国家版本馆CIP数据核字第2024T9C423号

责任编辑　李声凤

封面设计　蒋　妤

田野上的智慧树
赵老师讲民间故事

赵杏根　编著

出版发行　上海教育出版社有限公司

官　　网　www.seph.com.cn

地　　址　上海市闵行区号景路159弄C座

邮　　编　201101

印　　刷　苏州工业园区美柯乐制版印务有限责任公司

开　　本　890×1240　1/32　印张 10.25

字　　数　228 千字

版　　次　2024年12月第1版

印　　次　2024年12月第1次印刷

书　　号　ISBN 978-7-5720-3169-4/I·0198

定　　价　35.00 元

如发现质量问题，读者可向本社调换　电话：021-64373213

已出版的中国民间故事，数量难以统计。规模较大乃至特大的系列书籍，有《中国民间故事集成》《中国民间故事全集》和《中国民间故事全书》三种，最后一种正在陆续出版中，每一个县或者县级市、地级市的市区为一册，每册少则 30 万字左右，多则近 70 万字，其总的体量之大可知。其他没有形成系列的，就更加多了。丁乃通《中国民间故事类型索引》覆盖载籍约 500 种。顾希佳《中国古代民间故事长编》所收我国古代民间故事，堪称洋洋大观。

民间故事和古代各类文言作品，以及白话小说、戏剧等之间，是没有鸿沟的。民间故事中，有大量来自文言作品、白话小说和戏剧等的内容。当然，文言作品和白话小说、戏剧中，也有来自民间故事的内容。佛教、道教经典中的很多故事，在我国民间广泛流传，也早已成为民间故事。贸易、移民、戍边、各种游历等等不同地域人们之间的交流，促进了各地民间故事的异地流传。在流传的过程中，各地民间故事之间，相互影响，相互融合。这些现象，不仅发生在我国不同区域的民间故事之间，也发生在中外民间故事之间。

在传播不发达的条件下，民间故事的传播和接受，主要是通过口耳相传的方式来实现的。即使是在传播非常发达的今天，父母等长辈给孩子讲民间故事，也是常见的现象。这种传播和接受的方式，和通过文字的传播和接受是不同的。文字中的故事是固定的，要传抄或者重新出版，才可能有改变，而讲述中，每讲述一次，就可能有或多或少的不同。这样的不同，有些是讲述者无意为之，但是，讲述者有意为之的现象，也是大量存在的。何况，接受者在接受的过程中，还会出于这样那样的原因，对故事作这样那样的改动。民间故事的这些变动，有可能是多方面的，主题、情节、角色、场景、语言等等这些故事中的要素，都有可能发生变动。总之，在传播过程中，民间故事的形态是不断变化的。从某种程度上来说，一个民间故事的修改甚至再创作，伴随着它被口耳传播的整个过程。一个故事被搜集整理出来的版本，仅仅是该故事收集整理后的一种形态，和该故事在流传过程中无数种原生态的样貌中的其他的任何一种，几乎不可能是完全相同的。

以上所论这些因素，都增加了民间故事的丰富性和庞杂性。由于绝大部分民间故事是产生在古代的民间社会，其中很多已经不适合当今社会的大众阅读，对青少年来说，尤其不宜。当然，民间故事中的精华，也确实有不少。因此，对既有的民间故事作选择、改编，以适合当今社会的大众阅读，特别是青少年阅读，是非常必要的。

本书的编写宗旨与当今中小学语文课的考量是一致的。语文课程的性质有二，即人文性和工具性。在人文性方面，本书注重选取对培养青少年优良品格有积极作用的内容，兼及古代文化知识乃至科学知识。在工具性方面，本书特别注重语言的规范、准确、生动和雅洁，此外，也包括词汇的丰富，修辞的得当，逻辑的严谨和章法的清楚。

按照这样的宗旨，本书对民间故事进行了不同程度的改编。必须说明的是，尽管本书中的每一个故事都在既有的民间故事中有所本，但是，并不是每一个故事，都是按照既有的某个确定的故事改编的。本书中的不少故事，是移植、嫁接、修剪、重塑、整合民间故事中常见的叙事模式、关键情节等元素而成的，而这样的移植、嫁接、修剪、重塑和整合等，也是民间故事流传过程中常见的现象。我和前人的不同之处，主要在于我有我自己的义法，这个义法，也就是上文所说的宗旨。

非常感谢本书的责任编辑，以及为出版本书费心费力的所有的人。

赵杏根

目录
CONTENTS

动物故事

幻想故事

社会故事

动物故事

两只白鹤抬着一只乌龟飞

在一片大沙漠中，有一个很小的池塘。池塘里生活着一只乌龟。乌龟很孤独，因为这里很少有别的动物出现。两只白鹤是例外，它们常常到这个小池塘喝水，于是成了乌龟的朋友。

沙漠中很少下雨，因此，这个池塘就越变越小，池塘里的水越变越浅。很明显，不久以后，池塘里的水就会干掉。一旦这个池塘里的水干掉了，这只乌龟也就没法生活下去了，它处在危难之中。

对两只白鹤来说，即使这池塘干枯了，它们也可以飞到有水的地方去喝水。乌龟就不同了。它爬得太慢，体力又有限，这沙漠太大了，它没法在生命结束之前爬出这沙漠，找到有水的地方居住。

一天，两只白鹤又来喝水。它们对乌龟说："这池塘里的水就要没了。没有了水，你怎么活下去呢？你应该尽快想办法搬家啊！"

乌龟说："这我也知道啊！我不搬家是死路一条！可是，我的情况你们也知道，我没有这个本领啊！我搬家，需要你们帮忙才能办到。"

两只白鹤说："好啊好啊！要我们帮忙，完全没有问题！只要我们能够做到的，我们一定做到。不过，我们要怎么样帮助你呢？"

乌龟说："我想了个好办法。你们去找一根结实的小棍子来。"

不一会儿，两只白鹤找来了一根结实的小棍子。

乌龟继续说："我用嘴巴咬住小棍子的中央。你们两个呢，分别衔着小棍子的一端，飞起来，也就是抬着我飞。然后，你们往有水的地方飞，看到池塘，河流等适合我生存的地方，就把我放下去。"

两只白鹤听了，连声说这是好主意。

于是，乌龟用嘴巴紧紧地咬住这根小棍子的中央，两只白鹤，分别衔着这小棍子的一端，飞了起来，抬着乌龟，在天空飞行。

乌龟很享受这样的空中旅行，这是它前所未有的美好体验，看到了以前根本无法看到的景色。真是眼界大开啊！

两只白鹤就这样抬着乌龟，飞呀飞呀。它们飞过一个村庄的时候，一个孩子看见了，就叫喊起来："大家快来看啊！两只白鹤在抬着一只乌龟飞行！太神奇啦！"

于是，很多人就抬头看这神奇的事情。有些本来在屋内的人，也赶忙跑出屋子。不少人在说，这两只白鹤太聪明啦！怎么想得出这个法子？

乌龟听了他们的议论，心里就生气了，心想，这好办法，明明是我想出来的，他们怎么说是白鹤想出来的呢？白鹤有我这样聪明吗？

两只白鹤抬着乌龟继续飞。它们又飞过一个村庄。这个村庄上的人看到了，也争先恐后地看它们，甚至向他们叫喊，为它们喝彩。可是，这些人赞扬的，还是白鹤，而不是乌龟。乌龟简直要愤怒了！

它们又飞过一个村庄。这个村庄比较大，因此，看它们飞的人更加多，表现也更加热烈。好几个孩子朝着它们欢呼："聪明的白鹤！聪明的白鹤！"叫声一阵响过一阵。

乌龟太愤怒了：明明是我出的主意，人们怎么一而再、再而三地赞扬白鹤，而没有人赞扬我呢？是可忍，孰不可忍！它再也忍不住了，瞪着眼睛大叫："这是我出的主意啊！"

不料，乌龟一张嘴，就从小棍子上掉下去啦！自由落体是有加速度的，它越掉越快，两只白鹤想救它，但根本不可能救了。

就这样，乌龟以很快的速度砸下来，又正好砸在一块石头上，摔成了十几块，当然活不成了。

有个好心的老太把这乌龟摔成的这十几块拼接起来，用针线缝在一起，还原成乌龟的模样，挖了个坑，埋了。

所以乌龟的背上、胸腹部，都有拼接的痕迹呢。你如果不相信，可以找一只乌龟看看是不是这样。

心在树上

一只海龟爬上岸来，它爬呀爬呀，爬过海滩，爬上一座山。山上的风景太美了，简直美不胜收。海龟在山上一边爬，一边欣赏。不知不觉中，它爬到了山的深处。

它觉得肚子饿了，但是又找不到吃的。它觉得渴了，但是又找不到水源。桃树上长满了成熟的桃子，可是，它不会爬上树去摘啊！它又饥又渴，浑身无力，但是，只能望着桃子叹息。更加糟糕的是，它发现自己迷路了。它挣扎着，一会儿向东，一会儿向西，精疲力竭，但总是找不到通向水源的正确的路。

它快要支撑不下去了。这时候，来了一只猴子。猴子见海龟这副模样，马上爬上树，摘了几个鲜红熟透的大桃子给海龟吃，又把它领到泉水旁边喝水。海龟吃饱了，喝足了，恢复了体力，猴子又带着它下山，把它送到海边，然后和它告别。

海龟和猴子就这样成了好朋友。此后，猴子经常带海龟到山上去玩，上树采水果给它吃，给它讲山上的许许多多知识。海龟呢，也想带猴子到海里去玩，可是，猴子尽管会游泳，但不能长时间潜水，所以，无法到海底去玩，只能在海面上戏耍。海龟只好采摘一些好看的珊瑚送给猴子。

海龙王的第三个女儿，也就是三公主，愚蠢，残忍，还贪吃。各种各样的海鲜她都吃遍了，也吃腻了。有一天，她突发奇想，想吃猴子的心。

海里的动物和植物，她想吃什么就吃什么，但是猴子在陆地啊，谁有本事去为她找猴子的心啊？三公主相信重赏之下必有勇夫，于是，贴出布告：谁为她弄到新鲜的猴子心，她就提拔谁为海龙王王宫警卫部队的将军，再加一千两黄金的奖金。

这样的奖赏，诱惑力很大。但虾兵蟹将都没有这样的本事，只能叹息。谁有这个本事呢？

鳄鱼能够到海边的陆地上捕捉动物。如果猴子在海滩上活动，鳄鱼有可能把它捕获。可是，猴子是非常聪明的，它不会轻易上当，否则，怎么有"猴精"的说法呢？因此，鳄鱼很难捕获猴子。

海蛙也是能够到陆地上去的，可是，海蛙哪里是猴子的对手？不管是体型、力气和智慧，海蛙和猴子相比，都差得实在太远了。因此，海蛙根本不可能捕获猴子。

看到这样的奖赏，海龟心动了。心想，猴子是它的好朋友，经常到海里玩耍，只要它再次来海里，不是很容易就把它抓住吗？把它抓住后，取它的心，还不是很容易的事情！可是，猴子救过自己的命，是自己的好朋友，为了自己的富贵，出卖朋友的性命，这是罪孽啊！要被大家唾弃的。

但它又转念一想，当将军，多威风啊！一千两黄金，也不是小数目，一辈子都挣不到这么多钱啊！再说，猴子救自己的事情，也没有别的动物知道，就是和它接近的海中动物，也只知道它带着猴子来海里玩。还有，如果有动物到三公主面前说起自己和猴子一起玩的事情，三公主怪罪自己没有帮她捕获猴子，那是很危险的啊！

想来想去，海龟决定，还是牺牲猴子吧，为了自己的大富大贵，也为了自己的绝对安全。

于是，海龟就向三公主报告了自己的计策。三公主大喜，命令它赶快依计而行。

这天，海龟找到猴子，请猴子到海里去玩，说这次要带它游览海龙王的王宫，欣赏龙宫博物馆的宝贝。

猴子遗憾地说："可是，我不能到海底去啊。"

海龟说："这次可以啦！我向龙王三公主要了一道'辟水符'，你佩带了这道符，在海底，就如在陆地一般。"说着，他就拿出"辟水符"来，那是一小块布，上面画了一道符。

猴子问道："三公主怎么会把这'辟水符'给你的呢？"

海龟说："你送给我的桃子等好吃的东西，我每次都转送给她了。她知道那些东西都是你送给我的，听我说你很想游览龙宫，所以就给了你这道符。"

猴子这才放心，非常高兴，佩戴上这"辟水符"，就跟着海龟，来到海里。

潜入海底一看，猴子大开眼界。各种各样奇异的水生动植物，美不胜收。猴子发现，海龙王的王宫，比人间官府要气派多了。

它们刚要进入王宫时，海龟突然紧紧地抓住猴子，对猴子说："猴子大哥啊，海龙王的三公主要吃你的心，说谁为她得到你的心，就晋升将军，获得一千两黄金的奖金。这可是大富大贵啊！你就把这大富大贵送给我吧！也不枉我们朋友一场！我会念着你的好处的。你挣扎也没有用处，逃不掉的了。"在海里，猴子可不是海龟的对手。

猴子并没有挣扎，从容淡定，只是惊讶地说："哎，原来是这样啊！你不是请我来游览龙宫，看什么龙宫博物馆的宝物，原来是要我的心啊！你怎么不早说呢？前几天我心情不好，我的心也许有些发霉了。今天天气好，我就把我的心，放在树上晒着呢！你把我送给三公主，三公主要的是我的心，不是我这个躯壳。三公主拿不到我的心，会收拾你的。这样，让我到树上把心取来吧。"

海龟听了，大大出于意料之外。心想，真是好事多磨啊！但它也没有办法，只好把猴子领出海，让它赶快到树上取晒在那里的心，然后好回到海里，去交给三公主。

猴子爬到海滩上，海龟还催促它快去快回。猴子回过头来，骂海龟："愚蠢的海龟！贪婪的海龟！卖友求荣的海龟！忘恩负义的海龟！什么将军，什么千两黄金，你做梦去吧！"

虾向蚯蚓借眼睛

大家都知道，蚯蚓是没有眼睛的，虾是有眼睛的。可是，在很早很早之前，正巧相反，蚯蚓是有眼睛的，虾是没有眼睛的。那么，这是怎么回事呢？

蚯蚓和虾，原来都生活在陆地上，它们是好朋友、好邻居。虾没有眼睛，看不见这个世界，生活也很不方便，蚯蚓帮了它很多忙。例如，虾没有什么吃的了，蚯蚓就给它送吃的；虾走路的时候，如果路不好走，蚯蚓就会搀扶它，甚至背着它；虾烦闷了，蚯蚓就讲好听的事情给它听。

有一天，虾对蚯蚓说："蚯蚓大哥，能不能把你的眼睛借给我一会儿？就一会儿，让我看看这个世界，也看看你。我不知道这世界是什么样子的。你帮了我那么多忙，我也不知道你是什么样子的。我就看一会儿，让我记住这个世界的样子，记住你的样子。这样，我就可以时时在心里想这个世界，也想你。"

蚯蚓听了，犹豫起来。这时，虾说："我就借一会儿，肯定马上还给你。如果你不相信，我可以发誓。"然后，不等蚯蚓说什么，虾就发了好多花样的誓，而且它的态度看起来非常诚恳，用一句成语来形容，就是"信誓旦旦"。

蚯蚓经不起虾的纠缠，就把眼睛借给了虾。

虾把蚯蚓的眼睛安在了自己头上。啊，这个世界一片光明！五光十色，气象万千，生机勃勃，真是太美啦！虾再看看它自己，浓密的长发，既柔软、又刚健的身躯，有力的双臂，嫩玉般的皮肤，晶莹的裙边，配上一双漆黑的眼睛，简直是太美了！它再看看蚯蚓，不禁感叹，哦，我的天，原来它这么丑陋！经常和自己在一起的朋友，原来是这副模样！幸亏自己以前看不见，不然，怎么受得了啊！这样漂亮的眼睛放在它身上，简直是浪费！上天把这副眼睛安在它的头上，真是瞎了眼了。

这时，蚯蚓不放心了，说："老朋友，差不多了吧，你该把眼睛还给我了。"

虾说："等一会儿，再等会儿，再让我看一会儿。"

蚯蚓更加不放心了，不断地催促。虾呢，就不断地找借口拖延。

蚯蚓急了，反过来哀求虾，请虾把眼睛还给它。虾烦了，索性明说了："蚯蚓，你这可怜虫，这样漂亮的眼睛，长在你身上只会给你带来痛苦！因为它让你看到你自己有多么丑陋！你难道不因为自己的丑陋而痛苦吗！给你眼睛，这是上天的错误！我要改正上天的错误，让你看不见自己的丑陋模样，免得你因此而痛苦！这也是我的修行。为此，我甘愿承受不诚信的指责！别了，你这丑陋的家伙！"说完，虾就连蹦带跳地远去了。

蚯蚓听了，又气又急，什么也看不见，什么也做不了，只能在那里绝望地哭。

纺织娘听到了，就赶来问蚯蚓是怎么回事。蚯蚓就把虾骗它眼睛的事情原原本本地说了一遍。纺织娘听了，很气愤。它到处讲虾无情无义无诚信。它的嗓子又很大，因此，才短短几天，很多动物知道了，大家都很气愤。有的动物甚至说，要把虾的眼睛夺下来，还给蚯蚓。

虾听到了风声，不敢在陆地上待下去了，只好逃到水中躲避。于是，它就永远地生活在水里了，只是偶尔来浅水区看看陆地上的风景，稍微有一些动静，它就赶快逃回深水区，怕眼睛被蚯蚓夺回去。

蚯蚓呢，没有了眼睛，寻找食物就很不方便，于是，它就只好钻到泥土里，吃一些腐烂的植物叶片等来维持自己的生命，作为回报，它也帮助农民松土。

那么，人们为什么用蚯蚓钓虾呢？因为虾在水里，看到蚯蚓也入水了，就会马上来咬蚯蚓。为什么呢？虾怕啊。它生怕蚯蚓来向它要还眼睛，也怕蚯蚓对其他水生动物，例如鱼儿、螺蛳、河蚌等说它骗眼睛的丑事啊！

猴子当老虎的随从

老虎是百兽之王，又号称山林之王，在山林中，是没有天敌的。可是，尽管如此尊贵，如此无敌，它还是有烦心事。

老虎的老师是猫，可是，猫不是一位无私的老师，它教老虎本事的时候，留了一手没有教老虎，这就是爬树。也幸亏留了这一手，它才没有被老虎吃掉。这个故事，大家是知道的。

看到老虎如此对待猫这位老师，其他会爬树的动物，都寒心了，都不愿意当老虎的爬树老师。这样一年一年过去，等到老虎发现网络上爬树的教材很多，爬树完全可以自学的时候，它学爬树的年龄早就过去了，再也学不会了。蹉跎光阴，后果竟然如此严重！少壮不努力，老大徒伤悲！纵然是老虎，也是如此。

对一般的动物来说，不会爬树，谋生就艰难一些，安全感就少一些。老虎没有谋生难和安全感少的问题，但不会爬树，它的权威受到了不小的伤害。

一些会爬树的动物，有时候竟然敢和老虎顶嘴。很多鸟，甚至明目张胆地不承认老虎是它们的国王，说它们属于鸟类，不属于兽类，因此，它们不是百兽之王的子民，还说权威的词典（例如《现代汉语词典》）上明确，鸟类和兽类，概念是不同的，概念不交叉的。

老虎不会爬树，更加不会飞，拿它们没有办法。

一天，老虎在树林间漫步，突然，右前脚踩进了一个粪坑，脚上沾满了粪便。老虎是有洁癖的，岂能容忍？它定神一看，发现粪坑旁边，立有一块二十厘米高的石头，上面写着"粪坑"两个篆体字。他知道，这是松鼠家的粪坑，于是，抬起头来，斥责松鼠。松鼠连忙向老虎道歉。

老虎罚松鼠给王宫送 100 个松球。松鼠不服，说这里不是公共区域，不是散步的地方，而是它的领地，且粪坑远离道路，没有影响公共卫生，还立有石头作为标志。老虎踩上了，是老虎自己不小心，它刚才道歉，完全是出于礼貌和同情，表现出它有很高的修养，而不是出于责任，因为它把粪坑设在这里，并没有错。

老虎恼羞成怒，但又很无奈，因为松鼠在树上，可是它不会爬树，无法对松鼠构成任何威胁。

这时，猴子刚巧路过，它迅速爬到树上，抓了松鼠，交给老虎。松鼠被擒，才不得不表示认罚，并说以后再也不敢顶撞老虎了。

这件事使老虎眼前一亮：何不利用猴子之长，补己之短，来加强乃至延伸自己的统治呢！于是，它任命猴子为自己的贴身侍从，终日跟着自己。

这也正是猴子所希望的。

此后，那些会爬树的动物也不敢不服老虎了，更加不敢和老虎顶嘴了。即使老虎把煤炭说成是白色的，把桃花说成是黑的，把石头说成是软的甚至稀巴烂的，它们也不敢说不是了。

为什么？因为以前它们可以爬到树上躲避老虎，甚至可以在树上和老虎吵架，现在不行了，猴子会上树抓它们。以前不理会老虎的鸟，现在也表示臣服于老虎了，因为它们的窝在树上，尽管老虎够不着，但猴子会对它们的窝构成威胁的。

总之，猴子当了老虎的贴身侍从，老虎的权威得到了大幅度的加强和延伸，对此，老虎非常满意。

猴子也非常满意它现在的职位和工作。

以前，它扒鸟窝偷鸟蛋，都是提心吊胆的，如果被发现，尽管不至于被主人伤害，但主人会到处宣扬，搞得它声名狼藉。更加令它气恼的是，很多时候，蛇、杜鹃等偷了鸟蛋，受害者也会把这类事情归到它猴子的头上。有时松鼠窝丢了几个松球，松鼠也会冤枉它。那时的它真是窝囊透了。

现在不同啦！什么时候猴子想到哪个鸟窝去取蛋，想取几个，就可以堂而皇之地去取，即使主人在窝里，也不敢说半个"不"字，因为它在实施之前，只要说一句"奉大王口谕"就可以了。

一天，老虎和猴子追一个入山采蘑菇的男孩。男孩看到很快就会被追上，赶紧爬到一棵松树上，骑在一根牢固的松枝上，拿出一把锋利的短刀来。

老虎和猴子追到松树下，和男孩上下对峙着。

老虎命令猴子上树抓男孩，猴子看到男孩手里的短刀，害怕了，不想上去。可是，老虎催促它上！

猴子说："这孩子手里有刀，这东西很厉害！"

老虎说："你只要把他拉下来就是！其他的事情，我来做。"

猴子说："如果大王撇下我离开了，我打不过他，死定了。"

老虎说："我不会撇下你离开的。你如果不信，把你我拴在一起！"

正巧，旁边有个猎人搭的窝棚，窝棚里有一段绳子。猴子从窝棚里取了绳子，把自己和老虎的身体牢牢地分别拴在这绳子的两端，然后，爬上树，慢慢向男孩爬去。

老虎睁大眼睛，瞪着男孩。

男孩看见这个阵势，好怕啊！他刚才忙于采蘑菇，还憋着一泡尿没有来得及撒。这时，因为害怕，他再也憋不住了，索性痛痛快快地尿了出来。

老虎正在正下方瞪着男孩呢，又觉得这时直接对付男孩的是猴子，不是它，所以，它也没有什么防备。男孩的尿突然哗哗哗地往下撒，正好撒得老虎一头一脸！

这老虎本来就有洁癖，猛然觉得臊臭满口满鼻，难受得要窒息。更加糟糕的是，两只眼睛里也被淋了尿液，顿时眼睛都睁不开，它想到男孩手里还有刀，大惊，怕吃亏，赶紧跑！

老虎熟悉这里的地形，水池还在很远的地方。它眯着眼睛奔跑了一会儿，总算没有跑错，跑到水池边，把头埋在水中，痛痛快快地洗了一通，臊臭没有了，眼睛能睁开了，它的安全感和自信也完全恢复了。

这时，它觉得什么地方有点不对，回头一看，拴在绳子的另一端的猴子，被它拖死了！

那个男孩呢？当然就在这个当口，从树上下来逃走啦！

"雀鼠之讼"及其续集

在某个地方，有一棵大树。麻雀在树上做了个窝，它们一家大大小小，都住在这个窝里。树底下，老鼠打了个洞，它们一家住在这个洞里。

一天，麻雀和老鼠，吵了起来。麻雀说："你们在我们安家的树下打洞，把树根下都挖空了，大风一来，树就容易倒下来，不仅我们的窝会摔破，我们一家的性命，特别是小宝宝和蛋，也会完蛋。古人说过，覆巢之下，安有完卵！后果严重。你们难道不懂吗？赶快搬走，到别的地方去住吧！不要害人家。"

老鼠说："你们一天到晚在树上叽叽喳喳闹个不停，闹得我们睡觉都睡不着。难道你们不知道我们夜夜上班，要在白天睡觉恢复体力！还有，你们总是把我们的门口当成厕所，弄得臭气熏天！你们还讲不讲公德？请你们以后到别的地方去叽叽喳喳，去用公共厕所。这不过分吧？"

就这样，它们反反复复地吵个不停。

它们都知道，这样吵下去，终无了局。于是，在某一天，它们终于达成一致意见：到老猫那里说理去，谁是谁非，如何解决，请老猫裁决。

它们到老猫那里，把事情和各自的意见都说清楚了，等老猫发表它的意见，作出裁决。

老猫说："我还没有吃早饭呢！先让我吃了早饭再说。"

麻雀和老鼠，都表示同意。

老猫说："那么，我吃饭啦！"话音未落，它一个前爪子抓住麻雀，另一个前爪子抓住老鼠，把它们都吃了。老猫根本就没有跟麻雀和老鼠讲任何道理，它也压根儿没有想到道理。

其实，这个故事的后面，还有故事呢。

这老猫和一条狗，在同一个主人家里服务。

一次，狗因为偷吃肉被主人打了，就骂老猫，说是老猫去告的密，老猫不承认。又一次，老猫因为偷吃鱼被主人打了，就骂狗，说是狗去告的密，狗也不承认。

后来，它们又相互指责，说是对方挑唆主人打自己。于是，它们就成了敌人，经常打架。

有一次，它们都打得对方遍体鳞伤，就一起到老虎那里去告状，请老虎按照道理，来裁决它们之间谁是谁非。结果呢，可能大家都猜到了，像老猫把来告状的麻雀和老鼠吃了一样，老虎把来告状的老猫和狗也都吃掉了。

老猫临终前，说，不讲理的世界，实在太可怕了。

老虎吃饱了，想到山洞里睡一会儿。它走进山洞，刚躺下，很多蚊子到它身上吸血。老虎又痛又痒，还困，使劲乱抓，但对蚊子没有任何效果，它忍不住大声骂道："可恶的蚊子，我又没有招惹你们，你们为什么要这样叮我？你们还讲不讲理啊！"

小鸟与漫山遍野的浆果

从前，一座山上，大片大片地长着一种树。一到秋天，这种树上结的浆果成熟了，远远望去，像大片大片的红云。

松鼠、兔子、大象、山羊、猴子等，还有这样那样的大大小小的鸟，许多动物都喜欢吃这种浆果。所以，每到这个季节，它们就忙碌起来，设法采集这种浆果。兔子、山羊等个子小，又不会爬树，它们就和别的动物合作。别的动物在树上采摘，它们就在树下收拾整理。

有一只小鸟，它特别喜爱吃这种浆果，看到很多动物在采摘这种浆果，心里着急啊！就漫山遍野地飞，一边飞，一边向那些在采摘这种浆果的动物叫："我的！我的！我的啊！"不许别的动物采摘。

可是，它又没有能力阻止别的动物采摘，只好这样气急败坏地一边飞，一边叫。别的动物，也懒得理会它。

兔子爷爷看不下去了，对它说："这山是我们大家的，不是你家的吧？"

小鸟说："我不管！"

兔子爷爷说："冬天，山羊、长颈鹿，还有我，给这些树林施肥，你没有给这些树林施肥吧？"

小鸟说："我不管！"

兔子爷爷说:"春天,这些树林有虫害的时候,猴子它们很多动物,给这些树林除害虫,你没有参加吧?"

小鸟说:"我不管!"

兔子爷爷说:"夏天干旱的时候,大象从山下很远的地方吸了水,再爬到山上浇灌这些树林,你没有帮助它吧,你自己也没有给这些树林浇水吧?"

小鸟说:"我不管!"

兔子爷爷说:"你想想,你给这些树林做过什么呢?"

小鸟说:"我没有做过什么。可是,这是我最喜欢吃的浆果!"

兔子爷爷说:"这山不是你家的,你没有给这些树林施过肥,没有除过害虫,没有浇过水,也没有做过其他的事情。现在浆果成熟了,你来采摘,大家都没有来阻止你,也都没有说你什么,这是大家的宽容。你怎么反倒来阻止大家采摘了?"

小鸟横蛮地说:"我不管!这些浆果就是我的,我的!都是我的!"

兔子爷爷说:"如果这些浆果都是你的,那么,你叫我们一个冬天吃什么啊?再说,你身长不到十厘米,体重才几十克,每天最多只能吃十几个浆果,你要这漫山遍野的浆果干什么啊?你连采都采不过来!"

小鸟还是蛮横地说:"我不管!这些浆果就是我的,我的!都是我的!"

兔子爷爷也懒得搭理它了,又和猴子搭档采摘浆果去了。

小鸟还是到处飞,气急败坏地叫:"我的,我的,我的啊!都是我的啊!"

于是,人们就叫这种小鸟为"我的"。

所有的树都成了果树

孙悟空保护唐僧取经回来，大功告成。玉皇大帝论功行赏，对他说："悟空啊，你保护唐僧西天取经，历经九九八十一难，不容易啊，现在我满足你一个愿望，你说吧。当然，不要使我为难啊！"

孙悟空想了想，说："玉帝啊，您是不是可以给我一个本事，让我能够改变所有的树木。"

玉皇大帝说："好吧，满足你这个愿望！"于是，孙悟空有了能够改变世界上所有的树木这个本事。

大家想想，孙悟空有了这个本事以后，他会怎么改变世界上的树木啊？猴子最喜欢吃水果。所以，他就把世界上所有的树木都变成了果树。什么松树啊，柳树呀，朴树呀，榉树呀，杉树呀，楝树呀，香樟树呀，都没有了，通通都变成了果树。

孙悟空想，这样，猴子们就有了充分的粮食啦，不愁挨饿啦！

可是，从此以后，果树上结出的果子都不好吃了。比如说梨子，是猴子非常喜欢吃的，但变得又酸又涩，一点儿也不好吃，猴子们当然很不喜欢。橘子呢，味道很苦，苦到不能吃的地步。杨梅呢，本来就很酸，现在更加酸了。有的猴子没有办法，大胆吃这样的杨梅，结果牙齿酸得吃不消啦！

猴子最喜欢的水果，当然是桃子。他们吃桃子，就像我们南方人吃米饭，北方人吃面食一样！可是，猴子吃了这些桃子以后呀，肚子就疼，肚子疼以后呢，就要上厕所。结果，猴子的厕所都变得非常拥挤。

有一次，孙悟空召集猴子中的官员开会。会议刚刚开始，孙悟空还没有讲几句话，台下的猴子，就陆陆续续开始肚子疼了。孙悟空自己的肚子，也开始疼了。大家都用手捂着自己的肚子。想想看，那是多么滑稽的场面。孙悟空坚持着，台下的猴子们也坚持着。

不一会儿，台下有些猴子就去上厕所了。再过一会儿，又有几只猴子去上厕所了。去上厕所的猴子越来越多。孙悟空刚要发脾气，他自己也要上厕所啦！这个会，还怎么开得下去啊！孙悟空只好匆忙宣布："散会！散会！"

身体强壮的猴子，尽管肚子疼，老是上厕所，还能坚持。可是，老弱病残的猴子，还有不少小猴子，坚持不下去了，有些猴子甚至病得奄奄一息。猴子官员们，络绎不绝地到孙悟空的办公室来，催促他赶快想办法。

孙悟空也不知道水果为什么都变成了这样，他也想不出什么办法。大家想想看，在去西天取经的路上，孙悟空碰到困难，没有办法解决时，是怎么办的呀？当然是去问观音菩萨，请观音菩萨来帮忙！他是怎么去的呢？大家知道孙悟空有一个神通，他一个跟斗能够翻十万八千里呢。所以，在前往西天取经的路上，他遇到什么没有办法解决的困难，就一个跟斗翻到观音菩萨那里，向她请教。

现在，孙悟空在江苏连云港的花果山，观音菩萨呢？在浙江普陀山。江苏省和浙江省是邻居，很近的，不到一千公里，孙悟空轻轻一跳，就到啦！可是，这一次，孙悟空竟然连续翻了三个跟斗，才到普陀山。为什么呢？身体虚弱啊！他被肚子疼、腹泻折磨得身体虚弱了！

孙悟空见到了观音菩萨，就把水果变酸变苦变涩，桃子吃了就要肚子疼、拉肚子这些事情，还有猴子面临的严重情况，告诉了观音菩萨，问她是否知道这一切的原因到底是什么。

观音菩萨说："悟空呀，这世界上的树，都是有用处的，并不只是果树有用。更为重要的是，每一种树，都会对环境起作用。果树结的果实好吃，除了果树自己的属性之外，还离不开环境的作用啊！你把所有其他的树都变成了果树，也就是说除了果树之外，世界上没有别的树了，环境就改变了。环境变了，果树结出的果实，当然也就发生变化了啊！"

孙悟空说："那可怎么办啊？"

观音菩萨说："这还不简单啊，你把它们变回来不就是了吗？玉皇大帝不是给了你这个神通，你可以改变世界上所有的树木吗？记住了，以后可别这样折腾啦！"

于是，孙悟空就施展神通，把树都变过来了，原来是什么树还是什么树。

此后，果树上结出的果子就跟原来的果子一样了。孙悟空和其他猴子吃了桃子，就再也不肚子疼、拉肚子了。

热心肠的母鸡

一只母鸡和她的同伴被圈养在一个竹园里。这个竹园，据说是当年"竹林七贤"聚会清谈的地方。主人在竹园里造了一座虽然小但是很精致的房子，叫"竹里馆"。每逢月夜，主人常来这里弹琴。有时，他一边弹琴，一边还要唱"独坐幽篁里"诗。尽管是竹园，其实，里面也有很多树。

竹园的南面，是一条河。河的对岸，据说是观音菩萨的紫竹林，不远处，据说是佛祖的竹林精舍。因此，它们的居住环境，非常好，文化氛围特别浓厚。

竹园里也有一些浆果，有小虫，有青草，因此，鸡群不缺食物，再说，主人还会给它们喂这样那样的谷类食物。如果渴了，它们可以到河里喝清水。

鸡窝也在竹园里，很坚固，风雨不能进，黄鼠狼之类也进不了，再说，附近也早就没有黄鼠狼等等对鸡构成威胁的动物了。

母鸡对她的生活非常满意，喜欢对其他的动物讲述。在这里来来往往的鸟类，有很多一遍一遍地听它讲过。

有一天，一只鹰停歇在竹园中的大树上。母鸡问："鹰大姐，很长时间没有看见你了，最近在做些什么啊？"

鹰说："前一阵子，打猎的过程中出现了一点意外。"

母鸡问："什么意外啊？"

鹰说："那天，我追一只硕大的野兔，那野兔跑得快啊！我赶上去抓住它的背，站在它的背上。它力气大，还跑得很快。我腾出一只爪子抓地上的灌木，想把它拖住，但是，由于它的速度实在太快，突然停下来，它和我都在地上翻了几个滚，不巧，我的头磕在一块石头上，引起了脑震荡，被它跑掉了。我还头昏了好几天，猎都没法打，饿了好多天。"

母鸡说："那多危险啊！你真的太辛苦了，温饱都解决不了。"

鹰说："现在全好啦！后来，我又遇到那只兔子，又上去抓住它的背，站在它的背上，它又飞快地跑。你猜我怎么做？我没有再抓地上的东西，而是张开我的两个翅膀。我这两个翅膀很大，空气也是有阻力的啊！阻力还不小。这兔子跑了一段，就慢下来啦！最后全被我吃了。这一顿，可以管我十天半个月不饿了。"

母鸡说："唉，你饥一顿，饱一顿的，真难为你了。你还是别走了，就在我们这里吧。你不要去打猎，主人喂一些稻谷之类，也不至于饿死的。"

鹰说："不行啊，主人不会要我的。"

母鸡说："这倒是。不过，你可不能让你的孩子过你一样的生活啦！这样，你女儿给我当干女儿吧，以后嫁给我邻居家的一只小公鸡，它就可以过和我们一样的生活啦！"接下来，它又把它的生活叙述了一遍。

鹰沉默着，礼貌地听完，就告辞飞走了。

几天没有别的禽类来，母鸡感到寂寞了，就对同一群的同伴，一遍遍地讲它们的生活是多么美好。

一天，一只海鸥，落在竹园的河边。母鸡赶紧对海鸥喊："小心掉到河里去！"

海鸥哈哈大笑，道："这点水算什么，我们在海洋上飞几天几夜，都望不到陆地的！"

母鸡问："海洋真的有那么大？"

海鸥说："其实，海洋还要大得多。"

母鸡问："那么，海洋上的暴风雨，真的像高尔基《海燕》中写的那样猛烈吗？"主人家的孩子有几天反反复复读这篇文章，母鸡也就有了很深的印象。

海鸥说："其实，海上的暴风雨要比高尔基写的厉害一百倍还不止！"

母鸡说："那多可怕啊！没有暴风雨的时候，海洋很美吧。"

海鸥说："美，当然很美啊！不过，海鸟贴近海面飞，想捉鱼吃，也会有危险的，鲨鱼等会跃出海面，吞食海鸟的。"

母鸡说："那你们还是待在岛上吧。"

海鸥说："岛上也不一定是安全的啊！有的岛上有蛇，很多蛇都是以捕食海鸟为生的。你停歇在一根树枝上，也许，一条大蛇正等着你呢！"

母鸡急忙制止道："你快不要说啦！多可怕啊！你有孩子吗？"

海鸥说："有啊！"

母鸡道："你让孩子留下来，和我们在一起吧。你看，我们的生活，多好啊！"接下来，母鸡把它们的生活，又详细介绍了一遍。

海鸥礼貌地听结束，说："听起来真的不错。可是，你不会明白，外面的世界是那么精彩纷呈，时时刻刻变换着新的风景。"说完，海鸥就飞走了。

鹦鹉的故事

江湖杂耍艺人胡老三带着一只鹦鹉，卖艺为生。这一阵子，他到县城表演。

这天，他来到临近闹市区的一个地方表演。观看的人很多。他耍九连环，几乎到了炉火纯青的境界，人们看得眼花缭乱，目不暇接。他的鹦鹉呢，伶牙俐齿，妙语连珠，引得人们捧腹大笑。这个县知县的儿子王公子，带了一群爪牙帮闲，正好游荡到这里，也来看热闹。

王公子看上了胡老三的鹦鹉，就对胡老三说，他想出钱向胡老三买这鹦鹉，问胡老三想要什么样的价钱。胡老三说，这鹦鹉和他相依为命，无论人家出多少钱，他也不卖的。

王公子没什么耐心，一声号令，爪牙们一拥而上，来抢这只鹦鹉。胡老三玩杂耍是高手，但不会武术，根本不是这些爪牙们的对手，鹦鹉很快就到了王公子的手里。王公子朝胡老三身上扔了一两银子，就带着鹦鹉，领着他的那帮人，扬长而去了。

临走的时候，一个帮闲对胡老三说："王公子出手多大方！你这辈子也许没有拿过一两银子吧。赶快收好。"当时的一两银子，可以买一石多白米。寻常百姓，日常都用铜钱交易，用不到用银子交易的。说白了，在当时，银子就相当于面额很大的钞票。

胡老三没有了鹦鹉，很伤心，不肯离开县城，盼望鹦鹉能够回到他的身边。

当时，知县一家是住在县衙里的，因此，鹦鹉也住在衙门里。它离开了胡老三，倒不伤感，仍然是那样伶牙俐齿，妙语连珠。知县一家，就让它在衙门里飞来飞去。它也常常飞到衙门院子里的树上去，和树上的其他鸟儿，用它们的语言说话。大家也习惯了。

过了一段时间，有个钦差大臣到这个县监察官员。知县就在衙门举行欢迎仪式。全县的大小官员和师爷等全部到场，等候钦差大臣。

钦差大臣一到，欢迎仪式刚要开始，鹦鹉就飞到钦差大臣前面，还是那样伶牙俐齿，妙语连珠，惹得钦差大臣哈哈大笑，其他人也跟着哈哈大笑。

王知县也哈哈大笑，对鹦鹉说："你一边去，等正事结束后，你再说不迟。"

鹦鹉道："我马上就说正事啊！"接下来，鹦鹉就开始说它这段时间内看到的、听到的知县那些索贿受贿、贪赃枉法的事情，一桩桩、一件件，说个不停。知县听得魂飞魄散，屡屡打断，又派人用乱箭射鹦鹉，但鹦鹉都能巧妙躲开，继续说下去。

钦差大臣一看乱了套，就说："圣人说，鹦鹉能言，不离禽兽。禽兽说的话，怎么能够当得了真？王知县不必在意，诸位也不必在意。"

鹦鹉知道官官相护，钦差大臣是在有意庇护知县他们，它说得再多，也没有用处。于是，它就飞出衙门，找胡老三去了。它从其他的鸟那里知道，胡老三还在这县城等它。

欢迎仪式结束后，王知县私底下送了钦差大臣一大笔钱，感谢他的庇护。钦差大臣收下这笔钱，允诺不追究王知县那些索贿受贿、贪赃枉法的事情，就离开了这个县城。

钦差走后，王知县越想越后怕，如果鹦鹉把他的那些事情到处传播，他的大麻烦迟早会来的。于是，他请师爷们来商量，如何找到鹦鹉，杜绝后患。

一个老师爷说："这个容易。据可靠消息，那个卖艺的仍然在县城。鹦鹉肯定回到他那里了。我们找到他，也就能够找到鹦鹉了。"王知县同意他的看法。

于是，他们迅速制定了抓捕鹦鹉的方案，马上准备实施。

当天夜里，王公子带着那些如狼似虎的爪牙，突然袭击了胡老三住的旅馆，逮住了鹦鹉。

鹦鹉被带到知县衙门。知县见了鹦鹉，咬牙切齿，叫来厨师，让厨师杀了这鹦鹉，红烧给他吃。知县觉得还不解气，又叮嘱厨师："不能一刀把鹦鹉杀了，这样太便宜它了。你要先把它的毛全部拔光，再把它杀死。"

厨师提了装有鹦鹉的笼子，到厨房操作。他先把鹦鹉浑身上下的毛全部拔光。鹦鹉被拔光了毛，样子很可笑。厨师想，反正它已经没法飞了，逃不到哪里去了，先去给知县看看，让知县一乐，说不定知县还会给自己几个赏钱呢。

可是，当他捧着鹦鹉出厨房的时候，鹦鹉从他的手里溜了出来，飞快地钻到阴沟里去了。衙门的阴沟很长，弯弯曲曲，很复杂，厨师也不清楚阴沟的路径。就这样，鹦鹉不见了。厨师想去找，想了想，实在没法找到，就放弃了。

他回到厨房，杀了一只和这鹦鹉差不多大的鸡，红烧了端给知县。知县就把这鸡当作鹦鹉吃了。知县心满意足，心想，这个心腹大患，终于除掉了。

再说鹦鹉钻进阴沟里，怎么出来呢？它非常聪明，知道顺着水流的方向走就是了。很快，它走到了阴沟的出口，那是阴沟水流入河的地方。它走出阴沟，跳到河里，好好地洗个了个澡，因为阴沟里实在太脏了。然后，它就在河边晒太阳，考虑接下来怎么办。

这时，一只老鹰飞来了。老鹰的视力非常好，能够看清楚很远的地方的东西。老鹰来得实在太快，还没有等鹦鹉反应过来，老鹰就把它抓起来，飞向很远的地方。

老鹰飞到一片广阔的原野，落在地面上，把鹦鹉放在一块大石头上，就要准备下嘴吃。

鹦鹉对老鹰说："等一会儿，我还有几句话对您说。您瞧，我毛也没有了，附近也没有可以躲的地方，能逃到哪里去啊？"

老鹰说："有话赶快说。我肚子饿了。"

鹦鹉说："如果您要吃我，那么，我也就是一块不大的肉，供您一顿饱餐而已。您如果不吃我，听我的安排，那么，您就可以天天饱餐美味佳肴。"

老鹰说："赶快把话讲完！"

鹦鹉就讲了它的方案。老鹰略一思考，就同意了鹦鹉的方案。

老鹰把鹦鹉带到县城城隍庙中，按鹦鹉说的把它放在城隍神像后面的一个小小的洞穴中。

第二天上午，有个叫陈甲的人到城隍庙来，跪下，向城隍老爷祈祷，说张家的牛被偷了，张家冤枉是他们陈家的人偷的，希望城隍老爷保佑，给陈家洗刷冤屈。

这时，陈甲听得城隍老爷说："张家的牛，是他们邻居李家的第三个小子，勾结黄家镇的惯偷郑三癞子偷的。"

陈甲听了大惊，连连磕头，说如果得到昭雪，一定用猪头、公鸡和鲤鱼奉献，作为酬谢。这时，城隍老爷又开腔了："不用这些东西。你用鲜肉肉丝一斤，黄豆、赤豆或者青豆一斤，芝麻半斤，嫩菜叶一斤，净水一钵，放在我面前就可以了。"陈甲磕头而去。

下午，陈甲果然拿了鲜肉肉丝一斤，黄豆一斤，芝麻半斤，嫩菜叶一斤，净水一钵，来还愿，说张家的牛失窃，案件已经破了，真相完全如城隍老爷所言。他们陈家的冤屈，已经洗刷了。他对着城隍老爷磕头，几乎磕破了头，千恩万谢，这才离去。

城隍老爷能够开口说话，这已经骇人听闻了，何况还说得那么准！一时，这个县城及其附近地区都轰动了。人们想知道什么秘密，都到城隍庙祈求，有十之八九，总能够如愿。不管祈求还是还愿，人们都遵照城隍老爷的嘱咐，恭恭敬敬地奉上鲜肉肉丝一斤，黄豆、赤豆或者青豆一斤，芝麻半斤，嫩菜叶一斤，净水一钵，不敢怠慢！

不用说，这说话的"城隍老爷"实际上就是这鹦鹉了。那么，鹦鹉怎么知道人们的这么多秘密的呢？

因为这个县城的各种禽类，包括野生的鸟，家养的鸽子、鸡、鸭子、鹅、各种观赏鸟类等，加起来是个庞大的数目。任何人做见不得人的事情，会尽量避开别人，但不会避开禽类。因此，这个县城以及附近地区大街小巷发生的事情固然不必说，即使人们家中发生的事情，禽类也知道很多。

更加重要的是，禽类的交流本能比人强得多。几个乃至许多人在一起的时候，也许会因为各种原因沉默，但是，如果几只鸟在一起，即使彼此以前没有见过，它们都会叽叽喳喳说个不停。它们说些什么呢？重大主题当然是不多的，绝大部分就是这样那样的八卦，而八卦的材料，当然包括什么人做什么事情之类了。

当某个人刚从家里出发，去城隍庙祈求时，就会有鸟儿马上飞到城隍庙，告诉鹦鹉，谁要来城隍庙祈求，要问的是什么事情，答案是什么。这样一来，鹦鹉说的，能不准确吗？

每次给鲜肉肉丝一斤，黄豆、赤豆或者青豆一斤，芝麻半斤，嫩菜叶一斤，净水一钵，鹦鹉的生意如此兴旺，这些供品加起来，太多啦！怎么处理呢？鹦鹉、老鹰，还有其他鸟类分食啊！这些鸟类简直其乐无穷！

有些人则惶惶不可终日了。哪些人？做了坏事的人啊，他们怕东窗事发。怎么办呢？于是，他们也拿了鲜肉肉丝一斤，黄豆、赤豆或者青豆一斤，芝麻半斤，嫩菜叶一斤，净水一钵，到城隍庙祈求保佑。但这些人一来，鹦鹉就闭嘴了，装聋作哑。这些人自讨没趣，反而让旁观的人怀疑，他们不是好人。

王知县当然很快就知道了城隍老爷的灵验，由此成为县城内最为惶恐不安的人之一。在民间信仰中，城隍老爷是阴间的知县，和阳间的知县是平级的，且有监督阳间知县的责任。城隍老爷如此灵验，作恶多端的王知县，能不惶恐吗？他知道，鹦鹉，他可以捕杀，但城隍老爷，他怎么捕杀？他又怎么敢捕杀？对城隍老爷，他只有一条路可以走，那就是祈求。

于是，他挑选了一个黄道吉日，带了随从，当然还有鲜肉肉丝等一套祭品，到城隍庙去进香。到了城隍庙，他命令手下的人，把其他来进香的人，统统赶出城隍殿，以免他向城隍老爷祈求的时候，城隍老爷沉默，引起旁观者的怀疑甚至嘲笑。待到其他的人全部退出正殿后，王知县祈求城隍老爷保佑。他以为城隍老爷会沉默，但城隍老爷竟然开口了。

城隍老爷说："我知道你来祈求什么。不过，为了显示你的诚意，你必须拔掉你的胡子和头发，吃素一个月，然后再来。今天，你不必在这里多说什么了。"

王知县听了，如奉圣旨，马上退了出去。

拔掉胡子和头发，这是何等的痛苦！可是，既然是城隍老爷说的，为了显示自己的诚意，为了保全自己的身家性命，他只得这么做。好在他的胡子稀疏，头发更是没有多少，所以，尽管非常疼痛，但是还在可以忍受的范围。一根一根地拔，他的胡子、头发，总算拔光了。至于吃素，对王知县来说，尽管难受，但和拔胡子相比，就容易多了。

一个月后，如城隍老爷所吩咐的那样，王知县来到了城隍庙的正殿。这一次，他没有把其他人赶走，因为他确信，城隍老爷会和他讲话，自己又完全按照城隍老爷的话做了，城隍老爷没有理由为难他。

王知县上完供品，再上香，然后跪下去磕头，嘴巴里念念有词，祈求城隍老爷的保佑。

这时，奇迹出现了。

鹦鹉站在城隍神像的右肩，大声喝道："知县老爷，你看看我是谁？哈哈，拔头发，拔胡子，不好受吧？放心，我会把你做的那些见不得人的事情广为传播的！"

王知县抬头看见鹦鹉，顿时明白了，他马上命令手下人捕捉鹦鹉。鹦鹉大笑一声，飞出城隍庙，找它相依为命的主人胡老三去了。

原来，这几个月，鹦鹉全身的毛，都早已恢复到先前的状态啦！

十二生肖谁排第一?

玉皇大帝要排十二生肖,他把这事情交给牛。牛踏踏实实,给百姓做了许多好事,但非常低调。玉皇大帝派他负责这事情,是想让它在十二生肖之中排个第一。

牛接受了这个任务,觉得自己一个来排,不大好,要找另一个动物来商量商量。可是,他也没有什么称得上知己好友的。这时,正巧老鼠从对面走来。在确定老鼠没有别的事情后,牛就邀请老鼠和它一起排十二生肖。

老鼠非常高兴地接受了牛的邀请。走到牛家的书房里,老鼠迅速拿过纸和笔,先把自己的名字写上,然后,写上牛。

牛见到了,心里不痛快,开始后悔邀请老鼠来做这件事。老鼠怎么能这样呢?不要说它远远不够格,即使够格,自己写自己第一,自己报自己第一,总会不好意思吧。第一名,应该由人家来说吧。更何况老鼠还远远不够格呢。在牛的心目中,十二生肖中的第一应当是龙,无论如何也不应该是老鼠。它自己呢,也不应该排第二,最多也是排在马的后面,不能再靠前了。

它想提出来,说它自己不能排得这么前,但转念一想,这不就是否定老鼠的第一吗?不是给老鼠难堪吗?于是,它也就默认了。

接下来的，牛还在考虑，没有来得及推荐，但老鼠很快就写满了十二个。牛还想再修改，但是，在老鼠的催促下，它们就去向玉皇大帝汇报了。

玉皇大帝看了它们拟定的名单，说："怎么是老鼠第一呢？应该是牛第一。"说完，他提起御笔，就要改过来。

老鼠着急了，说道："陛下啊，这要看民心，听百姓的声音！请陛下准许我们两个到下界走一次，陛下仔细听百姓的呼声，是叫我的呼声高，还是叫牛的呼声高。呼声高的，陛下就定为第一，这样谁都没有话说。"玉帝同意了。

于是，牛和老鼠，一起来到一个闹市区。那里的人们，对牛的到来没有任何反应，但是，看见老鼠，大家就大声叫起来："快看，快打！一只大老鼠！一只大老鼠！"真所谓"老鼠过街，人人喊打"。

老鼠从街道这边跳到街道那边，躲避人们的追打。牛呢，悠闲地踱步。它们从街头走到街尾，人们似乎对牛视而不见，目光总是在老鼠身上，嘴巴总是在大叫"捉老鼠""大老鼠"之类。

玉帝在天上，尽管听得不大真切，但"老鼠"这个呼声，还是清楚的，而没有听到呼"牛"的声音。看来，牛确实是默默无闻。

老鼠和牛回到玉帝那里。老鼠满面笑容，问玉帝如何。玉帝只得说，确实是老鼠的呼声高。

老鼠说："君无戏言啊！"

玉帝没有办法，只得签字，批准了它们拟定的十二生肖排名，老鼠排第一。随即，这个名单公布，正式生效。

第二天，玉皇大帝又下了一道圣旨，大意是：不管进入十二生肖，还是没有进入十二生肖，在十二生肖中排名多少，各动物自己都没有发生任何变化，还是它们自己，没有增加什么，也没有减少什么，德和才都没有变化，甚至体型也没有变化。牛尽管排第二，也还是牛。老虎尽管排第三，但还是老虎。大象、狮子等没有进入十二生肖，还是大象、狮子等。大家不必计较这些，认真学习、认真工作是正事，努力做最好的自己、最强大的自己，就可以了。

仁慈的鹿王

在古代的印度，有个城邦国家。这个国家的太子，喜欢打猎，尤其喜欢猎鹿，因为他很喜欢吃鹿肉。但是，他的父亲，也就是老国王，非常仁慈，仁及禽兽，制定了相关的政策，只允许没有其他职业的猎人，为了维持生活，猎杀有限的野生动物，不允许其他人打猎。

老国王去世后，太子继任国王。他一上任，就废除了限制打猎的政策，他自己带头打猎。上行下效，在他的国家，打猎成风。

国王常常带了军队，以围歼的方式，猎杀野鹿。一群群的野鹿，被他率领的军队围猎。被射杀的、被捕获的、被逼得跳崖的、奔逃过程中摔死的鹿，有许许多多。

一天，鹿王化为人的模样，来到王宫，求见国王。国王接见了这鹿王。

鹿王对国王说："陛下，您率领军队，如此围猎我的子民。即使不那么聪明的人也能明白，在不久的将来，我们鹿类会在这个国家灭绝。大王天纵英明，不会不明白。到那个时候，大王想要吃鹿肉，纵使大王有如此权势，如此财力，也无处可找。"

国王说："那么，在你看来，寡人应该如何？难不成让我不吃鹿肉？甚至吃素？"

鹿王说："非也非也！我哪里敢要求大王不吃鹿肉，甚至吃素？我们鹿群每天给大王宫中送一头鹿。至于每天送哪一头鹿来，这由我们鹿群内部协调安排，不劳大王费心。不过，请大王从此以后，举国上下，包括大王自己，不要猎杀野鹿了。这样，大王和亲近之人，每天照样可以有鹿肉吃，鹿群也可以避免灭绝，继续生存繁衍。这不两全其美吗？哲人说，对野生动植物资源应'取用有度'，也正是这样的意思。"

国王考虑了一下，觉得确实如此，就同意了。

此后，鹿群每天给国王宫中送一头鹿，国王和全国臣民，也不再猎杀野鹿了。

一天，该轮到一头母鹿被送到宫中，可是，这头母鹿不愿意去，说有话要对鹿王说。

鹿王就去见这母鹿。母鹿见到鹿王后，告诉鹿王，轮到它去宫中，它没有任何怨言。但是，它怀孕了，它虽然应该去，但肚子里的宝宝不应该去啊！

鹿王想想，确实如此。哲人说过，即使打猎，也不能射杀怀孕的母兽的。于是，鹿王同意，让它生下宝宝并且养育宝宝成年后，再去宫中。

那么，哪一头鹿去宫中呢？鹿王就让本来要第二天去宫中的鹿递补。可是，不仅这头鹿不同意，排在后面的鹿都不同意，因为这意味着大家都要提前一天去宫中被宰杀了。它们提出，即使一天的生命，也是它们自己的生命，也是它们应该享受的，不应该被剥夺。鹿王觉得，这也符合情理。

可是，这一天，如果没有鹿去宫中，那就违反了鹿王和国王的约定，国王如果又率领军队出来大肆猎鹿，后果不堪设想。实在没有办法，鹿王只能自己去宫中了。

鹿王来到宫中，见到国王，表明身份，把情况都讲了，最后表示，自己愿意代替那怀孕的母鹿，受屠宰之苦，没有怨言，只希望国王坚守信用，不猎杀野鹿。

国王听了，非常感动，当即让鹿王回去，并且告诉鹿王，此后，鹿群不要向王宫送鹿了，他再也不吃鹿肉了。鹿王听了，千恩万谢，然后回去，向鹿群宣布了这个好消息。

此后，这个国王果然再也没有吃过鹿肉，也从此不再猎杀野鹿了。

鸟类中的"人生赢家"

有一次，一群不同的鸟在一起闲聊，它们说，现在，人类社会流行一个词，叫"人生赢家"。"人生赢家"成了大家羡慕的对象，大家都想成为"人生赢家"。那么，它们鸟类中，哪些鸟相当于人类中的"人生赢家"呢？

有的鸟说，天鹅大姐是鸟类中的"人生赢家"，舞蹈的本领那么高，知名度那么高，收入那么高，简直可以称为"三高"了。不要说别的，就是人类，也让他们的孩子学天鹅了，多少才一点点大的孩子，都在学天鹅大姐跳舞。

有的鸟说，鹦鹉是鸟类中的"人生赢家"。它那么漂亮，那么聪明，语言天赋那么高，住着豪华的别墅，吃着营养丰富的美味，出行就是名牌汽车，和它交往的，都是衣冠楚楚、谈吐高雅的上流社会人物，绅士淑女。

有的鸟说，燕子、啄木鸟、猫头鹰都是"人生赢家"，因为它们都获得了人类的尊敬。

燕子是鸟类中的语言学家，这不仅因为它南来北往，经过的地方多，更重要的是，它和人类的关系特别密切，就住在人家家里的，所以，它不仅南腔北调都会说，而且还很有研究呢。于是，大家就让燕子发言。

燕子扶了扶眼镜，说："在我们鸟类中，我不属于人类社会的'人生赢家'那种。不仅我不是，你们讲到的那几位，都不是。"大家赶紧问它为什么。

燕子端起杯子，喝了一口茶，说："所谓'赢家'，是和'输家'相对的，他们赢得的东西，是从'输家'那里得到的，是'输家'输掉的。可是，天鹅大姐如果是'赢家'，那么，'输家'是谁呢？它的本事是跟师父学的，但它的师父没有输掉什么，显然不是'输家'。

"人类尊重天鹅大姐，花大价钱去看它的舞蹈，他们输掉什么了吗？显然没有，他们得到了很多，例如，他们得到了那么美的享受。那么，他们肯定不是'输家'。

"鹦鹉妹妹呢？它的漂亮、聪明，还有那么高的语言天赋，那是大自然给的，大自然给了它聪明、漂亮等等，输掉了什么呢？什么也没有输掉。因此，大自然也不是'输家'。不错，鹦鹉妹妹确实过着豪华的生活，可是，养鹦鹉的人，和鹦鹉对话的人，他们是'输家'吗？显然不是，他们从鹦鹉那里，得到了美，得到了快乐，得到了精神上的放松。

"我和啄木鸟大姐捉虫，猫头鹰大哥捕食老鼠，都是为人类服务，人类赞扬我们，他们输掉了什么呢？没有。他们是'输家'吗？当然不是。

"你们以上列举的几位，它们各自涉及的若干方，没有'输家'。既然没有'输家'，怎么会有'赢家'呢？无所谓'赢家'了。因此，它们都不能被称为'赢家'。再说，要知道，它们练习本领也好，劳动也好，付出的辛劳，是其他的鸟难以想象的。"

　　那么，按照燕子说的标准，在鸟类动物中，有没有相当于人类中的"人生赢家"呢？有的鸟提出了这样的问题。

　　大家异口同声地说："杜鹃！"

　　杜鹃为什么是"赢家"呢？大家七嘴八舌，说了很多理由。归纳起来，大致是这样的。

　　杜鹃的爸爸妈妈既愚蠢又懒惰，连筑巢都不会，也不想学，也根本不愿筑，到处胡乱凑合。杜鹃妈妈要下蛋了，就下在其他鸟的窝里，怕被人家发现，就把人家的蛋搬走一个，当成它的美餐。

　　小杜鹃刚从蛋里出来，就把它养母自己下的蛋一个个啄破吃了，或者推到窝外摔破。如果养母的孩子已经从蛋里出来，它就设法把它们推出窝摔死，然后，它独自享受养父母的爱，当然还有养父母给它的食物和无微不至的照顾和教育。它长大了，就和它的父母一样。

　　这样的鸟，来到这个世界上，就是从别的鸟那里掠夺好处的，同时危害别的鸟的。它是赢家，而它的养父母一家，以及被它偷换蛋的鸟一家，都是输家，而且输得很惨。因此，大家一致认为：杜鹃是鸟类动物中的"人生赢家"！大家都把目光投向燕子，想得到它的认可。

　　出于大家意料之外的是，燕子摇摇头，不屑地说："杜鹃算什么'赢家'！是的，它从别的鸟那里得到了很多，别的鸟也被它害得很惨，可是，这些都谈不上是'输'是'赢'！

　　"权威的汉语词典，《现代汉语词典》中，对'赢家'的定义是：'指赌博、比赛或竞争中获胜的一方。'杜鹃和被它害的鸟，他们是在赌博吗？比赛吗？竞争吗？都不是！赌博、比赛、竞争，那都是要讲究规则的，尽管那些规则不一定公平，但都应该有吧？不仅有，参加的各方，都要遵守这些规则吧？杜鹃去害那些鸟，那些鸟连知道都不知道，杜鹃用的是蒙骗的手段，谋杀的手段，残害的手段，完全没有什么规则可言！连赌博都算不上，更不要说比赛和竞争了。因此，它怎么配'赢家'这个称号呢？不仅杜鹃配不上，那些靠不遵守规则获得名利的，都不能算'赢家'的。"

大家本来只知道杜鹃可鄙，经过燕子这么一分析，大家就更加清楚了，觉得杜鹃确实非常可鄙。

一只鸟说，听杜鹃声声，我们就不免担心，怕成为受害者，我们该怎么办呢？大家你一言，我一语，继续讨论着。

或许，它们能想出有效的办法。

母鸡和老鹰

一座宅子的后园中，一只老鹰站在树枝上。一只母鸡带着一群小鸡躲在鸡棚内。

老鹰说："你们为什么不出来啊？"

母鸡说："因为你在这里，我们出来，会被你抓的，我们不上你的当！"

老鹰说："无论如何，你们的结局，总是一样，那就是被吃掉。被我吃掉，被人吃掉，有区别吗？"

母鸡说："当然有区别！首先，生命可贵。一日之命，不，片刻之命，也是命，也要珍惜。人要吃我们，我们没法逃避；你要吃我们，我们可以逃避。人要吃我们，是在日后；你要吃我们，就在目前。其次，人给我们吃的，给我们安全保障。我们把粮食，包括粗粝的粮食，转化为脂肪、蛋白质、氨基酸等营养物质，供人食用，这是我们的本分。可是，你为我们做了什么啊？我们怎么样，和你有什么关系呢？"

老鹰说："生命可贵。人要吃你们，你们无所逃避。那么，你们为什么要给人吃你们的理由呢？你们为什么要靠人呢？自力更生，不是很好吗？"

母鸡说:"不对! 如果没有人给我们喂食,在春天、夏天和秋天,我们固然不大会饿死,可是,在冬天,特别是滴水成冰的寒冬腊月,我们没有地方觅食,真的会饿死的。更为重要的是,如果没有人类为我们提供的保护,我们没有安全的地方住,不是死于你这样的猛禽,就是死于黄鼠狼、狐狸、豹猫、豺狼等食肉走兽,甚至还有蟒蛇等蛇类。如果没有人类帮助我们,我们这个物种,会灭绝的。"

老鹰说:"非也非也! 你看看禽类动物,麻雀满世界飞,没有灭绝吧? 其他种种小鸟,哪一种不是活得好好的! 冰天雪地的寒冬,对你们,对它们,都是一样的。它们能活,你们为什么不能活? 至于安全,你们也可以住在树上啊! 我有时也听人读书,曾经记得,他们读过一句诗,叫'鸡鸣高树颠',有这句诗吧?"

母鸡说:"有这句诗的,我家主人和他的孩子们经常读的,是梁朝简文帝萧纲的诗歌。还有一句叫'鸡鸣桑树颠',是陶渊明的诗,时间更加早。"

老鹰说:"这就对了。你们也可以住在树上啊! 你们住在树上,狐狸肯定是没有办法吃你们了,它连葡萄都采不到的。乌鸦衔了肉,它要骗乌鸦张口,肉落下来,它才吃得到。黄鼠狼、豺狼等等,也是不会爬树的。蟒蛇爬树,爬不快的。至于豹猫,会爬树,但豹猫数量不多,你们遇到它们,是小概率事件。"

母鸡说:"哈哈,明白了。如果真的这样,我们就由你们这些猛禽独享了! 那倒肯定是大概率事件。你想得好美啊! 我们不会上你的当的。"

老鹰说:"哈哈,你们上不上当,我说的,对你们说来,是不是陷阱,可以另说啊。问题是,我说的,是不是符合道理? 是不是可行？"

母鸡说："不符合道理，也绝不可行。其他禽类兄弟姐妹，例如麻雀等，它们会飞，食量也小，觅食的范围，比我们广得多，能够找到比我们多得多的食物，来维持生命。我们没有它们的本领，在寒冬腊月，很难维持生命。这和人类很像。我们村上两个人，张大哥和李小弟，都卖茶叶。张大哥晕车，不能乘坐任何现代交通工具，还不会讲普通话，只会讲村里的方言，所以，他只能靠手推车，在方圆二十里内，走乡串户叫卖茶叶，再远一些的地方，他就不能去了。在这样的太平社会，他也赚得不多，全家勉强温饱。李小弟能够乘坐现代所有的大众交通工具，包括飞机、高铁，不仅普通话说得好，还能讲英语，精通国际贸易，见多识广，把茶叶卖到很多国家和地区，有自己的大公司了。这个道理，不难懂吧？这就觅食问题而论。至于安全问题，我们不会飞，逃生本领，当然比会飞的禽类兄弟姐妹差远了。我们即使住在树上，也很难逃脱天敌的追捕。"

老鹰说："你记得匈牙利那个什么诗人的著名诗歌吗，叫'生命诚可贵'什么的。"

母鸡说："裴多菲的《自由与爱情》，'生命诚可贵，爱情价更高。若为自由故，两者皆可抛'。"

老鹰说"哈哈，你总算还记得！没有自由，生命还有什么意义！你们被人控制着，没有自由吧？"

母鸡说："你说的自由，是赤裸裸的诱饵啊！我们一自由，你就可以对自由的我们下手了吧。现在，我们只能在棚中，没有离开棚的自由，是谁剥夺了我们这样的自由啊，不就是您吗？您应该听说过，安全是第一需求吧。"

（远处传来狗叫声。）

老鹰说："我得走了。猎人来了，还是个射雕手。"（拍了拍翅膀，起飞了。）

母鸡大声说："不要走啊！怎么您老连在良辰美景清谈的自由也不要啦！哈哈哈哈！"

老鹰飞走了。

母鸡带领小鸡们，走出棚来，从容觅食。

都是那一声"咕咚"

一只兔子在河边吃草。突然,它听到"咕咚"一声,吓了一跳,撒腿就跑。

一头母猪领着十几只小猪,也在附近觅食,看见兔子一脸惊恐地在跑,忙问是什么事情。兔子气喘吁吁地回答:"'咕咚'来了!快跑!"说完,它继续奔跑。

母猪赶快回到附近的窝里,使劲地推沉睡的公猪,一边推,一边大声叫:"快起来!快起来!'咕咚'来了!"

可是,公猪不愿意醒来,翻了个身,又睡过去了。母猪想,时间紧迫,看样子短时间内叫不醒丈夫,就放弃了,跑到窝外,让身边的几只小猪爬到它的背上,叫其他的小猪跟着它跑。

公鸡正领着一群母鸡觅食,看到兔子在跑,感到奇怪,一会儿,看到母猪领着一群小猪也在朝兔子跑的方向跑,好奇地问:"猪大婶,怎么回事啊?"

母猪回答:"快跑,'咕咚'来啦!"

公鸡一听,就带着它的妻子们跟着母猪跑。公鸡的母亲老母鸡跑不快,就在后面大骂它的儿子不孝,只顾和妻子们逃跑,扔下它老母亲不管。

公鸭近来运气坏透了，好端端的一家，被黄鼠狼连连得手，只剩下它自己、它的母亲和它的儿子，一只小公鸭。公鸭看到兔子、母猪老小、公鸡一家都在跑，本能地把老母亲背在背上，用一个翅膀拉着儿子，跑了起来。老母鸭比较重，公鸭背着，跑不快。老母鸭挣扎着要从儿子背上下来，坚持要儿子背着它唯一的孙子跑，不要管它。公鸭不肯，一边争执一边跑，当然跑不快。

兔子跑了一会儿，停下来，向后面望去，看见母猪和它的孩子、公鸡一家、鸭子一家、山羊、牛等都在跑过来，心想"咕咚"果然厉害，它们都在被"咕咚"追杀，幸亏自己跑得快，就继续奔逃。

公鹅眼尖，看到兔子、猪在跑，还不以为意，但看到鸡鸭也都在跑，就想都没想，只向鹅群叫了声"快跑"，就独自跟着鸡鸭跑了起来，也不等它的全家老小。

乌龟看到这么多动物在跑，也就跟着跑。它跑得慢，又不愿意扔下一家老小。它的妈妈长期患病，跑得更加慢了，央求儿子把她扔下，带着全家逃命。乌龟说："不放弃，不抛弃！不管如何，我们全家一个都不能少！"说完，背上它的母亲，带着全家使劲地向前爬。

黄狗看到大家都在逃跑，觉得这么多动物都在跑，一定是有道理的，也跟着跑。从它小时候开始，它的妈妈经常对它说，看大家怎么样干，就也跟着大家干。路上，它看到乌龟一家，不忍心，就让它们老老小小都趴在自己的背上，然后继续奔跑。乌龟一家，千恩万谢，看到自己一家竟然超过了不少动物，直呼万幸。生病的乌龟奶奶念起了佛号。

大象在山脚下比较高的地方，看到这么多动物在奔跑过来，觉得奇怪。兔子跑在前面，大象便问它为什么奔跑。兔子已经精疲力竭，上气不接下气地说："快跑！'咕咚'来啦！"

大象说："'咕咚'是什么东西？会伤害你们吗？"

兔子说："不知道。"

大象觉得很奇怪："那你怕它干什么？"

兔子道："我在河边吃草，忽然听到'咕咚'一声，于是我就跑了。"

大象说："这一带没有猛兽。你们先不要跑。我们先去看看'咕咚'究竟是什么东西。有我在，我不会让它伤害你们的。"

于是，大象带着兔子，往兔子刚才奔跑来的方向走去。路上，大象说服动物们不要跑，向后转，跟着它去看看"咕咚"究竟是什么。

它们来到兔子听到"咕咚"的地方。大象用鼻子卷起一块石头，扔到河里，发出"咕咚"的声音，问兔子："是这个声音吗？"

兔子说："和这个差不多，但似乎不完全相同。"

大象说："这么说来，那就是有东西掉到河里的声音。这有什么可怕的？"

这时，河边一棵树的树枝上，一个不知名的瓜掉下来，落到河里，发出"咕咚"的声音。

兔子道："我听到的，就是这个声音！一点不错！"

原来，某种瓜的藤蔓爬到这树上，结了瓜，瓜成熟了，掉下来，落到河里，发出了"咕咚"的声音，把兔子吓着了，由此引发了动物们的一场虚惊。

这时，一阵风吹来，树上一连几个瓜掉到河里，接连发出"咕咚""咕咚"的声音，大家听了，都觉得刚才自己的行为太可笑了。

这场虚惊结束了，但是，这事的影响，远远没有结束。

因为这件事，猪家、鸡家、鹅家产生的矛盾持续了很长时间。

当时和后来很长很长时间内，舆论界的讨论乃至争论非常热烈。论题很多，例如：母猪在未能叫醒丈夫的情况下，带着孩子们先逃，这应该不应该？母猪在当时，应该把哪几个孩子背在背上，按照长幼选择，还是按照性别选择，或者按照强弱选择？公鸡只管妻子不管老母亲，该不该受到谴责和惩罚？鸭子应该背母亲还是背唯一的儿子？公说公有理，婆说婆有理。

但在有些问题上，大家的意见比较一致：鹅不管家庭其他的成员，只顾自己逃命，这是应该被谴责的；乌龟对家庭成员不离不弃，是应该赞扬的；黄狗见义勇为，在乌龟一家处于危难之际，无私出手相助，这是应该颂扬的。以此事为题材的文学作品，诗词歌赋之外，还有小说戏剧说唱等，多得难以统计。

很多很多年后，对与此事相关的思想和文学的研究，取得了很大很大的成就，这里无法细说。

所有这些，追根溯源，都是那一声"咕咚"。

狐狸的故事

在一座小山上,生活着很多小动物,也有马呀驴子呀等体型较大的食草动物。有一只狐狸也生活在这里,它常常欺负其他的小动物。

一天,两只小猪下山闲逛,看到两个农民在犁地,一个年纪大约四十多岁,一个刚成年,似乎是父子俩。他们没有大牲口拉犁,只能一个拉犁,另一个扶犁。拉犁是很重的体力活,所以,他们两人只能交替着变换位置。

两只小猪看到两个农民这样干活很累,就主动下地,帮他们拉犁。那两个农民非常高兴,连连感谢,说有它们帮忙,就轻松很多了。

大约拉了一个时辰,也就是相当于现在的两个小时,两只小猪决定上山回家了,因为它们下山的时候,对妈妈说,他们就下山玩一个时辰,如果回去晚了,妈妈要担心的。

看他们要走了,那个年纪大的农民,让年纪小的农民给了两只小猪一个直径大约二十厘米的饼。他说非常感谢小猪们的热心帮助,本来应该给小猪两个饼的,但他们带的午饭只有两个饼,犁地是重体力活,所以,他们只能省出一个饼给它们。

两只小猪很高兴，谢过农民，轮流拿着那个饼——因为它们太喜欢这个饼了，就向家所在的小山走去。

它们刚走到山脚下的时候，狐狸迎面走来。看到小猪拿着一个大饼，狐狸垂涎欲滴。它咽着唾沫，对小猪们说："饼只有一个，你们两个，怎么分啊？来，我来给你们分吧，保证公平，完全一样多，不差分毫。"

说完，也没有征得小猪们的同意，它就从小猪那里，把饼拿过来，撕成两半，分别拿在左右两个爪子中，问小猪们："你们看，哪一块大一些？"很明显，右边的那块大得多。

小猪们齐声说："右边的那块大一些。"

狐狸说了声"好"，就从右边的那块饼上咬掉了一大块，一边美美地咀嚼着，一边问："现在哪一块大一些？"

小猪们说："左边的大。"

狐狸说了声"好"，就从左边的那块饼上咬掉了一大块，一边美美地咀嚼着，一边问："现在哪一块大一些？"

如此几番下来，两块饼就各剩下黄豆荚那么一点点大了。狐狸把这两块饼分别给了两只小猪，就跑了。

两只小猪傻乎乎地你瞪着我，我瞪着你，瞪了一会儿，就沮丧地回家了。

有一次，喜鹊在自己的窝边叽叽喳喳欢叫，狐狸正好走过，就问喜鹊有什么喜事，把它乐得这样。

喜鹊高兴地说，它一窝下了五个蛋！以后会增添五只小喜鹊呢，多子多福啊！

狐狸威胁道："你不要高兴得太早！还记得去年吗？你也是下

了五个蛋，结果台风一来，把你的窝掀翻了，掉在地上，覆巢之下，安有完卵？"

喜鹊道："我早已吸取教训啦！我学了国学，知道《诗经》中的一个词语，叫'未雨绸缪'，已经把我的窝加固了。十二级台风，我也不怕。"

狐狸轻蔑地说："我把树摇晃，摇到你的窝掉下来为止！"说完，作势就要摇树。

喜鹊脸色大变，哀求道："狐狸大哥，不，狐狸大爷！千万不要啊！"

狐狸慢悠悠地说："我当然可以不摇你的树，但是，你怎么报答我呢？"

喜鹊道："我以后可以像乌鸦那样，到什么地方衔一块肉给你吃。"

狐狸道："那是以后的事情！你不能画张饼给我充饥啊！我不上你的当！我现在就要你报答我！"

喜鹊道："现在我给你什么啊？"

狐狸道："你不是有五个蛋吗？给我一个就是了啊！"

喜鹊急了："这怎么可以啊！那是我的孩子啊！"

狐狸笑道："孩子？蛋有羽毛吗？有器官吗？有血吗？会自己动吗？会和你交流吗？你要明白，是五个多，还是一个多？你不给一个我，我把你的窝摇下来，五个都完蛋！"

喜鹊没有办法，就取了一个蛋，扔给了狐狸。

狐狸接住蛋，很高兴地说："这就对啦！我是讲诚信的，不摇你的树了，马上就走。"说完，它就离开了，去美美地享用喜鹊蛋。

过了一阵子，狐狸又来到喜鹊窝所在的树下，还是那一番威胁和纠缠，喜鹊没有办法，又给了它一个蛋。

又过了一阵子，狐狸又来到喜鹊窝所在的树下，故伎重演，还是那一番威胁和纠缠，要喜鹊给它一个蛋。

这时，从喜鹊窝里，走出一只黄莺来。黄莺对狐狸说："你当年想吃葡萄，但够不着，吃不到，这总是真的吧。你如果可以摇晃大树，把树上的鸟窝摇晃下来，那么，葡萄藤缠绕在树上，你为什么不摇晃那棵树，把葡萄摇下来呢？"

狐狸狡辩着："我什么时候吃不到葡萄就说葡萄酸了？那是人家造的谣言，你们也相信？寓言么，哪个是真的？"

黄莺道："好吧，我们先不管这事情的真假。喜鹊已经明确告诉你了，它绝不会给你蛋了。你如果要摇这棵大树，你尽管摇吧。我也绝不飞走，把我摇得摔在地上，你可以连我也一起吃了。"

狐狸只好灰溜溜地走了，一边走，一边说："我过几天再来，把这喜鹊窝摇下来！"

可是，此后，狐狸再也没有来纠缠喜鹊。喜鹊和黄莺把这件事在小动物中广为传播，大家都再也不相信狐狸能够摇动大树的鬼话了。

狐狸就只好打在地上的小动物的主意了。可是，那些小动物的警惕性都变得很高，对它敬而远之，经常远远地看到它，就躲开了。连不那么聪明的猪，见到它，也把手里的食物攥得紧紧的。

一天，一只老兔子在草地上吃草，因为老的缘故，它的感觉器官不那么灵敏了，行动也不那么敏捷了，它竟然没有及时地觉察狐狸的到来，被狐狸抓住了。

狐狸把兔子闻了闻，不禁说道："真香！够我几天美餐的了。"

兔子说："狐狸，你可千万不能吃我啊！否则，你要丧命的！"

狐狸道："哈哈！吃了兔子，会有生命危险。闻所未闻，简直是闻所未闻！你有什么根据？"

兔子说："新出土的《帛书岐黄药典》上明确记载：'兔香烈，狐狸咽，五脏竭，六脉绝。'你懂不懂啊？"

狐狸道："那些佶屈聱牙的文言文，我哪里懂啊？不过，'兔香烈'我是懂的，我闻起来，你确实香喷喷的。'竭'和'绝'，想来不是什么好事情。"

兔子说："你懂得这些就好。'五脏竭，六脉绝'，就是死亡的意思啊！脏腑衰竭，脉搏灭绝，还能活吗？"

狐狸还不肯相信，说："论长寿，我们家族算是第一了。狐仙狐仙，大家都知道的。你没有听说过兔仙吧？可是，我们祖祖辈辈，都吃兔子。可见，吃兔子不会导致我们的生命危险的。"

兔子哈哈大笑，说："狐仙的说法，也是你们造出来骗大家的。你说说看，现在的狐仙在哪里啊？你是狐仙吗？所谓成仙，那是死亡的另一种说法！你知道书上说的'仙去'是什么意思吗？就是'死亡'的意思！人是这样，猴子是这样，你们狐狸也是这样！不信，谁见过什么仙了？"

狐狸听了，怔怔地说不出话来。

兔子说："你把我放了，我再告诉你一个知识：世界上什么东西最好吃！"

狐狸也知道，在所有的动物中，兔子的学识是最为广博的。它最喜欢做的事情，就是吃，特别是吃美食，因此，一听兔子这话，就放下兔子，催促兔子快说。

兔子说："这东西不仅是世界上最好吃的东西，而且也是大补之物！"

狐狸几乎是哀求了："我的老兄啊，赶快说吧！不要折磨我啦！"

兔子示意狐狸把耳朵凑过来，狐狸赶快凑过去。

兔子附着狐狸的耳朵说："马的臀部的肉。"

狐狸先是一喜，然后是垂头丧气，说："马的体型那么大，力气那么大，它跑得那么快，我怎么吃得到它臀部的肉呢？"

兔子说："你动动脑筋啊！"

狐狸几乎要向兔子跪下了，说："拜托您给我出一个主意吧！事情成功了，我这辈子不会忘记您的大恩大德！"

兔子说："不敢不敢！只要你不欺负小动物就谢天谢地了。这样，你趁着马睡着的时候，偷偷地，先把你的尾巴和它的尾巴牢牢地绑在一起，注意，一定要绑得扎实，松了可不行，它会逃掉的。然后，那你就放心地吃它臀部的肉吧，它逃不掉了。"

狐狸听了，两眼放光，千恩万谢，去找马了。

马住在农民的马厩里。白天，马要干活，很辛苦的。

狐狸到山下，找到马，马正在给农民犁地。狐狸不敢走近，怕马觉察后逃走，就在附近密切观察，连眼睛也不敢眨，等待机会。

马拉着犁，拉呀拉，没完没了的。一块地终于被马犁完了，狐狸想，这下，马会坐下来休息了，甚至躺一会儿了。可是，马的主人牵着马回家了。

狐狸跟着走到农家的附近，以为马会进马厩休息了。可是，主人让马开始拉磨。又是没完没了的。可是，狐狸想到可以吃世界上最好吃的大补之物，还是耐着性子等着。

好在一切都没有永远，谢天谢地，看来主人要磨的，终于都已经磨完了。主人把马牵进马厩，解下了马笼头。马见可以放松了，就躺下来睡觉。也许是劳累的缘故，马很快就睡着了。

狐狸偷偷地溜进马厩，当它发现马已经睡着，甚至打起呼噜的时候，心突然狂跳起来，激动啊！因为它马上就可以吃到马臀部的肉啦！它轻手轻脚地走过去，把自己的尾巴和马的尾巴牢牢地绑在一起，多次确认无误后，作了几次深呼吸，选中马臀部的一个地方，狠狠地一大口咬下去！

马入睡得快，狐狸来到它的身边，它的尾巴被和狐狸的尾巴绑起来，它没有觉察到。可是，狐狸在它的臀部这一口下去，它在睡梦中，如被利剑突然刺中一般，既钻心剧痛，又惊慌异常，不知道遭到什么样的强敌的袭击，它本能地跳起来，跑出马厩，往远处拼命奔逃！

因为它们两个的尾巴被牢牢地绑在一起，所以马一路奔逃，狐狸就被拖在马尾巴上。这真是难得见到的奇观！喜鹊最先见到，然后就飞去告诉其他的动物。

于是，鸟就都飞来看。山上的小动物不会飞，就尽量爬到高的地方去眺望。它们一边看，一边高兴地议论，因为它们受狐狸的欺压实在太多、太久了。

兔子看得哈哈大笑，把嘴都笑得大了不少。直到今天，兔子的嘴巴还是出奇的阔。

猴子看得哈哈大笑，得意忘形，忘记了自己是在树上，一不小心，就从地上掉下来，臀部摔得通通红。直到今天，猴子的臀部，都是通通红的。

马呢，跑到跑不动才停下来。后来，它吸取了这一次的教训，再也不敢躺着睡觉了。直到今天，马还是站着睡觉的。

狐狸呢？被马这么拖着，当然就死啦！它的身上，沾满了尘土，灰不溜秋的。直到今天，绝大多数狐狸，还是灰不溜秋的。

网中的群鸟

有一个地方,常有很多鸟觅食。一个猎人在这里设了一张网,做好了机关,然后撒上稻谷。

很多鸟不知道这是猎人的计谋,到这里来吃稻谷。在天空中飞过的鸟,看到这里聚集了很多鸟,看起来在争先恐后地吃,经验告诉它们,这里有很多好吃的东西。于是,它们也落在这里,加入吃稻谷的行列。时间不长,这里就聚集了很多很多的鸟。

这时,猎人见时机已到,就拉动机关,把这些鸟统统装在网中。猎人正要上前处理,网中的几只大鸟拼命向天空飞。在它们的带动下,其他鸟也拍动翅膀,努力向上飞。于是,猎人拉网的绳子被它们挣断了,它们带着网,飞上了天。还在网中的这些鸟,就这样在天空中飞。

猎人大惊,赶快去追。

有人劝猎人,不要追了。人奔跑,怎么比得上鸟飞得快?肯定追不上的。只要一会儿,那些鸟就会飞到很远的地方,然后,落在地上,同心协力,用嘴巴在网上扯一个大洞,它们就都可以在猎人来到之前逃走了。

猎人说,不要紧的,这些鸟不会飞很远的,因为它们中的大多数，窝都在附近，它们舍不得它们的窝，不会飞到远处的。再说，它们即使想飞到远处去，也飞不了的，因为太阳就要下山了，它们的窝不在一个地方。

果然，太阳快要下山了，鸟儿要归巢了。有些鸟的窝在山上，想往山上飞；有些鸟儿的窝在水边，想往水边飞；有些鸟儿的窝在老百姓的屋檐下，就往老百姓住的地方飞。至于它们想飞往的方向，也是四面八方。大家在网中挣扎，结果当然是一起掉下来，落到地上了。

于是，猎人赶上前去，从容淡定地把这些鸟都捉住了。

蝙蝠成了人以后

蝙蝠长得像老鼠，有四只脚，但是，它又有翅膀，会飞翔。当走兽必须承担某些责任或者义务的时候，它就说，它属于禽类，不必承担那些责任和义务；当飞禽必须承担某些责任或义务的时候，它又说，它属于兽类，不必承担那些责任和义务。因此，禽类和兽类，都讨厌它、鄙视它。

蝙蝠生活在黑暗的地方，夜间才出来进行觅食等活动。对自己的生活环境和习性，蝙蝠是不满意的。因此，它常常到阎王那里恳求，想请阎王让它托生为人，为此，它在阎王面前，赌咒发誓，说它如果能够托生为人，一定好好做人，好好修行，成为一个人人都赞扬的人。

某次，蝙蝠又到阎王那里请求。阎王被它纠缠得烦了，就答应了它的要求，让它托生为人。

蝙蝠成了人，来到这个世界后，大喜，因为他发现，躲闪腾挪的余地竟然比他当蝙蝠的时候大了好多倍。你想想，他是蝙蝠的时候，就在兽类和禽类之间躲闪腾挪，余地就这么一点儿。人类社会，大不相同了。于是，他就把前生躲闪腾挪的本事发展到了极致，一切都以他的自身利益为最高标准，怎么干能够使自身利益最大化，他就这么干。

例如，按照传统规则来办更有利，他就争取按照传统规则来办；按照现代规则来办更有利，他就争取按照现代规则来办。按照本地特色来办更有利，他就按本地特色来办；按照与外地接轨来办更有利，他就按与外地接轨来办。诸如此类，大家想象吧。世界这么大，历史这么长，找一个对他最为有利的规则，那还不容易？

不仅如此，即使同一个规则，他也能巧妙地剪裁，选取对自己最有利的部分，避开对自己不利的部分。例如，少者对长者，应有所贡；长者对少者，应有所赐。这是规则，是礼吧。可是，他遇到长者，不贡而责长者之赐；遇到少者，不赐而责少者之贡。

如果找不到对他有利的规则，他就找成例。中国历史悠久，正史就有洋洋二十五部，其他史书就更加多了，记载种种事件的书，不计其数。要找个把对他有利的成例，太容易了。

明明白白的规则和成例，他可以如此玩，相对模糊的观念，他躲闪腾挪的余地就更大了。更奇妙的是，他总是能够把道理说得充分圆满，理直气壮，高屋建瓴，势如破竹。

除了每件事情他都能够获得利益的最大化之外，他心理也非常满足，非常自负，非常骄傲：自己的智商、情商都如此高，辩才如此无碍，手腕如此巧！而别人呢？都是傻瓜，都是笨蛋，都是低能儿。

可是，他的最后时刻总是要到来的。

在阎王那里，他恳求再为人身。可是，阎王的判决是：此人恢复蝙蝠之身，待500劫以后，再作考虑。这判决是最后判决，不准申诉。一劫有多长？佛教认为，世界从产生到灭亡，是一劫。

青蛙与猴子

说起青蛙，大家都知道，它是我们的朋友，因为它吃害虫，保护庄稼，所以，我们都要保护它。

其实，在民间传说中——注意，是在民间传说中，不是在真实的历史中，这是不同的——对我们人类而言，青蛙还有一件大功劳，被很多人忘记了。

说起猴子，大家都知道，猴子生活在山区，特别是山上的树林里。农耕地区，很少有野生的猴子，至于家养的，当然就不一定了。大家都知道，猴子喜欢吃水果，这是真的。可是，事实上，猴子是杂食性动物，它的食谱非常广。在农田里，也有很多是它喜欢的食物。可是，它为什么不在农田居住，要到山上去居住呢？这就是青蛙的功劳了。

本来，猴子也居住在被种植的农田区域，和青蛙是邻居。可是，青蛙保护农作物，吃残害农作物的害虫，而猴子却大肆破坏农作物。玉米还没有成熟，它掰了就吃；西瓜、香瓜刚熟，它就要尝新鲜，这个瓜咬一口，那个瓜咬一口；红薯、土豆、花生等，还没有长足，它挖了就吃，咬了就乱扔；萝卜水灵灵的，当然也是它所喜欢的，拔了就吃；至于稻穗、麦穗，它捋了就大嚼一通……如此这般，不一而足。

农民火了，就追着猴子打。可是，猴子比人灵活得多，跑得快得多，人哪里打得着它们？农民又气又急，就是拿这些猴子没有办法。

这时候，青蛙看不下去了，决定出手帮农民。

青蛙派代表，和猴子说，要它们搬到山上去，不能危害农民的庄稼。可是，猴子不答应，还说青蛙是多管闲事。

从第二天开始，猴子一到庄稼地里，就有很多青蛙跳到它们身上，乱叫乱咬，还一个劲地挠猴子的痒痒，猴子不要说像往常一样痛痛快快地吃东西，就是要安宁片刻，也不可能。

于是，猴子决定反击。

次日，每只猴子都拿了一根棒子，又到农田来残害庄稼，青蛙们像上一天一样，跳到猴子身上乱蹦乱跳挠痒痒。猴子们就用棒子打。可是，青蛙动作非常灵活，猴子们总也打不着。倒是猴子们自己身上，被打得青一块紫一块的，也有鼻青眼肿的，甚至有的瘸了腿、扭了胳膊。

读者也许会问，青蛙没有用棒子，猴子身上，怎么会青一块、紫一块呢？

原来是这么一回事：一只青蛙在猴子甲的肩膀上，猴子乙看见了，就让猴子甲不要动弹，让它来打这只青蛙。猴子甲觉得这是个好主意，就真的不动，好让猴子乙打自己肩膀上的青蛙。猴子乙抢起棍子，对准猴子甲的肩膀，猛击一棍。青蛙看见棍子打来，及时避开，猴子乙的棍子就结结实实地落在猴子甲的肩膀上。所以，猴子们的棍子没有落到青蛙身上，都落在猴子身上了。就这样，猴子几乎个个都遍体鳞伤的，狼狈极了，也滑稽极了。

猴子知道斗不过青蛙，只好乖乖地离开农田，搬到山上去住了，也不敢来农田破坏庄稼了。

刀鱼、鲋鱼与河豚的进退失据

渔民把渔网张在长江中，身子瘦长的刀鱼，身子肥胖的鲋鱼，身材臃肿的河豚鱼，都会挂在网上，被渔民捕获。同样的网，怎么体型完全不同的鱼都被捕获呢？

原来，刀鱼生性胆怯，一旦发现存在危险的迹象，甚至一遇到异常，就本能地往后退缩。当它的脑袋碰触到网的时候，它就往后退缩，这一退缩，它两边的鳃帮子，正好被网线反向卡住。它就拼命往后退，结果越是后退，网线在它的鳃帮子越是卡得紧，它的鳍够不上卡在鳃帮子上的网线，没法帮忙，它又没有爪子，所以，就只能挂在网上，等渔民来捉了。

其实，当刀鱼发现自己的头钻进网眼的时候，它只要奋力向前一冲，就很可能冲过去了。因为它是头比身子宽，只要头能够过去，身子也应该可以穿过的。它是犯了"当进不进"的错误。

鲋鱼和河豚鱼，和刀鱼正好相反，只知道进，不知道退。有人说，它们是看到了刀鱼的悲剧，所以，考虑到前车之鉴，就反其道而行之了。

它们碰到了网眼，就一个劲地往前钻，想钻过网眼，可是，它们的躯干，都远远大于头部，结果越是使劲地钻，卡得越是结实，甚至渔民把它们从网上取下来都要费周折，它们自己，还怎么可能逃脱？

其实，它们的头部触碰到网眼时，甚至头部的一部分已经钻进网眼时，它们只要往后退缩，就可以轻松地离开渔网，畅游在广阔的水域。

万事当行则行，当止则止；当进则进，当退则退。如果进退失据，就容易犯错。犯错就须要付出代价。刀鱼、鲥鱼和河豚鱼，就付出了生命的代价。

那么，当我们面临某种情况的时候，怎样才知道正确的应对措施呢？

小鸡报仇

一只老母鸡，正领着一群小鸡在草地上觅食。一只黄鼠狼冲上来，紧紧咬住老母鸡的脖子，把老母鸡背在肩膀上，就往山上它的窝跑。

小鸡们赶快追赶。可是，尽管小鸡有十几只，它们哪里是黄鼠狼的对手？又哪里能够从黄鼠狼嘴里救下它们的妈妈？老母鸡说话已经很困难了，但还是拼命大叫："孩子们，不要追！黄鼠狼会咬你们的！"

黄鼠狼背着老母鸡，消失在小鸡们的视野里。后来，它们的妈妈再也没有回来。小鸡们都知道，它们的妈妈被黄鼠狼拖去吃掉了。

小鸡们长得稍微大一点后，就准备去找黄鼠狼，为妈妈报仇。动物世界的规则，和人类社会是不同的，动物之间是可以私自报仇的。至于找到黄鼠狼后，怎么报仇，它们也没有想，就出发了。

路上，小鸡们遇到一只螃蟹。螃蟹问它们到哪里去，它们说到山上去。螃蟹又问它们到山上干什么去。它们说，去找黄鼠狼，因为黄鼠狼吃了它们的妈妈，它们要去报仇。螃蟹说："那我和你们一起去，我的一个好朋友，它是一只善良的鸭子，也被黄鼠狼吃了，我要为它报仇。"于是，螃蟹就加入了小鸡们的队伍。

走着走着，它们又遇到了一条水蛇。水蛇听到它们要去找黄鼠狼报仇，也要和它们一起去，因为几年前，它的爸爸在河边乘凉的时候，也被黄鼠狼咬死了，所以，它也要去报仇。于是，水蛇也加入了它们的队伍。后来，一只蝎子也加入了进来。

它们一行走上山坡。水蛇说："老鼠的家就在这附近。它的父母和很多亲戚也是被黄鼠狼吃掉的。我们可以去邀请它，最好它能够和我们一起去。"

在水蛇的带领下，它们来到了老鼠家。听了它们的来意，老鼠说："我有比较紧急的事情，对付黄鼠狼我就不去了。不过，我可以给小鸡们一些黄豆。俗话说，'小鸡拾黄豆，粒粒下肚'。这是它们爱吃的。"于是，老鼠就取了一些黄豆给小鸡。小鸡们收下了。

它们继续前进，来到黄鼠狼家的门口。螃蟹仔细听了听，肯定地说："黄鼠狼正在呼呼大睡呢。"黄鼠狼一般在夜间活动，所以，白天很多时间，它都在睡觉。

水蛇蹿上门，吊在门环上。小鸡们把黄豆铺在门口。

螃蟹敲门大叫："请问主人，我可以进来吗？请问主人，我可以进来吗？"见没有回音，螃蟹就继续敲。

黄鼠狼被惊醒了，问："谁啊？"

螃蟹说："是我。"

黄鼠狼问："你是谁啊？"

螃蟹说："我是螃蟹。"

黄鼠狼问："你来干什么啊？"

螃蟹说："我渴了，想到你家喝一点水。"

黄鼠狼说："大门右边墙壁上有个洞，你钻进来。我厨房水缸里有水。"

螃蟹就钻了进去，找到水缸，在水缸中藏了起来。

过了一会儿，蝎子敲门大叫："请问主人，我可以进来吗？请问主人，我可以进来吗？"

黄鼠狼刚睡着，又醒了，问："又是谁啊？什么事情？"

蝎子说："我是蝎子。我赶路，想抽烟，但没有火。你能让我进屋用你家里的火吗？"

黄鼠狼说："大门旁右墙壁上有个洞，你钻进来。我厨房的灶膛内有火。"

蝎子也钻进了屋，找到灶膛，藏在里面。

黄鼠狼被吵醒了两次，很懊丧，就用被子蒙住头，想继续入睡。它刚要入睡的时候，又听见了叫声，而且这一回，它的房子周围，都有叫声："主人，我可以进来吗？""主人，我可以进来吗？"

黄鼠狼大怒，大声问："谁在叫？"

小鸡们异口同声地回答："我是小鸡。"

黄鼠狼一听，惊喜啊！小鸡自己送上门来了！听起来还是一群！它赶紧说："可以进来，可以进来！"说完，它从床上爬起来，想去看看灶膛内的火星有没有熄灭，如果没有熄灭，就可以马上生火煮小鸡了。

黄鼠狼跑到灶膛边，伸出爪子，去摸灰。这时，蝎子抓了一把灰，向黄鼠狼的头部撒去。灰进了黄鼠狼的双眼，黄鼠狼张不开眼睛了。

于是，黄鼠狼就到水缸边，想在水缸里洗洗眼睛。可是，爪子刚伸进水，就被螃蟹狠狠地钳了一下，爪子几乎被钳下来。

黄鼠狼知道不妙，就赶紧向外面跑。它打开大门，刚跨出门槛，就踩在了黄豆上，滑倒在地。

说时迟，那时快，水蛇从门环上跳下来，紧紧地箍住了黄鼠狼的脖子。小鸡们一拥而上，使劲地啄黄鼠狼身上的肉，螃蟹和蝎子，也从屋内跑出来，向黄鼠狼进攻。黄鼠狼睁不开眼睛，脖子被水蛇紧紧箍住，几乎窒息，还倒在地上，根本没有还击的能力。

就这样，小鸡它们终于报了仇。

小鸡、水蛇、螃蟹、蝎子和老鼠，它们都是黄鼠狼的食物，却竟然杀死了黄鼠狼！

蝌蚪被黑鱼吃了以后

动物王国颁布了一项法令：在继续实行原来的"弱肉强食"的丛林法则的同时，将这一法则严格限制在成年动物之间，不适用于未成年动物。凡是违反这一法令者，当局一律从严处理。

这也是有道理的。"弱肉强食"是自然法则，例如，狼要吃兔子，兔子奔逃，逃得脱就活下来，逃不脱就被狼吃。虎狼等等食肉动物，如果没有这样"弱肉强食"的自然法则，它们如何生存下去？可是，如果食肉动物专门对没有成年的小动物下手，那么，肯定会影响生态平衡，甚至导致更为严重的后果，例如，它们大量捕杀容易捕杀的小兔子，那么，兔子这个物种就会存在灭绝的危险。

一天，青蛙爸爸和青蛙妈妈正带领着它们的小宝宝，也就是一群小蝌蚪，在河里游泳。小蝌蚪们玩得非常开心，在水草间穿来穿去，戏弄着水草花在水中的影子，还和小鱼小虾们这些小伙伴一起比赛，看谁跳得高、游得快，甚至捉起迷藏来。

这时，一条黑鱼突然从草丛中窜出来，张开黑洞洞的大嘴巴，冲进蝌蚪群，许多蝌蚪顿时被他吞食，其他的蝌蚪四散奔逃。青蛙爸爸和青蛙妈妈根本不是黑鱼的敌手，不仅救不了蝌蚪，它们自己也会成为黑鱼的美餐，因此，它们只能逃到河滩上，伤心地痛哭。

蝌蚪还没有发育成小青蛙，当然还没有成年。黑鱼吃它们，就违反了动物王国的法令。青蛙爸爸和青蛙妈妈要为蝌蚪们报仇，就把黑鱼告上了法庭。

动物王国的国王老虎，认为黑鱼吞食蝌蚪是一个恶性案件。于是，它下令，马上逮捕黑鱼，并任命黑狐为审理这个案件的法官，因为黑狐一贯被认为是最聪明的法官。

黑鱼被逮捕后，提出要单独见黑狐。黑狐就去见黑鱼。见到了黑狐，黑鱼低声对黑狐说："我给你一块银子，求你让我活命。"说完，它就从自己的腮帮子里挤出一块银子，大约有二两重。这是黑鱼从一只螃蟹那里抢到的，螃蟹是从水底捞到的。

黑狐不出声，接过银子，攥在爪子里，就走了。

开庭审理后，这案件宣判的时候到了。黑狐代表法庭，庄严宣判黑鱼死刑！

黑鱼一听，头"嗡"的一下，几乎吓昏过去，瞬间明白，自己被黑狐欺骗了！大家都觉得黑鱼罪有应得，甚至死有余辜！

可是，只听黑狐继续念着判决书："执行死刑的方式是：把黑鱼扔到大河里淹死！立即执行！"

黑狐话音刚落，两只猪就抬起黑鱼，走出法庭，到大河边，狠狠地把黑鱼扔到河里！

对这个判决，动物们当然有截然不同的意见。鳄鱼、穿山甲、塘鲤鱼等等，它们是黑鱼的堂兄弟或者表兄弟，都说黑狐这个判决圣明。

而青蛙夫妇当然不服这个判决，但都已经执行了，它们还有什么办法？想来想去，它们决定自己复仇。

它们自己复仇，没有法律上的问题。因为，动物王国里，成年动物之间，本来就遵循"弱肉强食"的自然法则，黑鱼显然早就成年，青蛙夫妇完全可以向它复仇。这和我们人类社会不同，我们人类社会比动物社会当然要高级得多，是千万不能堕落到动物社会的。私自复仇，是违法的。这个要明白啊！

可是，在一般的河里，黑鱼几乎没有天敌。在食物链中，青蛙自己，刚好就在黑鱼的下端！说白了，黑鱼就是吃青蛙的。青蛙又如何向黑鱼复仇呢？实力相差太大了。可是，办法总是有的。

青蛙夫妇终于找到了向黑鱼复仇的办法，它们制定了行动的方案，并且决定，复仇的任务由青蛙爸爸来完成。

在做好各种准备后，青蛙来到黑鱼的家门口，大声叫唤。黑鱼出门，对青蛙嚷道："你是知道我没有吃早饭，来给我送美餐的吧？"

青蛙道："我就送上门来，又怎么样？有本事，你来吃我啊！"

黑鱼怒道："你到了我肚子里，才知道我的厉害！你早就成年了，我吃你又不犯我们动物王国的法！"说完，就向青蛙扑过来。

青蛙当然转身就逃，蹦蹦跳跳，逃得很快。黑鱼一看追不上，不想追了。不料，这时候，青蛙突然停下来了，一瘸一拐的，大叫"崴了脚"。

黑鱼一看，当然不肯放弃，继续追。青蛙继续逃，但逃得不快。眼看就要追上了，青蛙躲到水草旁边一条已经死亡的泥鳅的背后。一条泥鳅的身躯，怎么遮得住一只青蛙？

黑鱼当然看见青蛙了，暗暗高兴，张开大嘴巴，猛扑上去，想把青蛙吞进嘴里，咽到肚子里。

可是，青蛙及时跳到一边去了。

黑鱼定定神，想再对青蛙发动攻击，但是，他发觉自己嘴巴里有一根线，之后觉得自己的肚子里像针扎一样的疼。原来，它把那条死泥鳅吞进肚子了，而这条泥鳅的身体里是一只鱼钩！鱼钩又连着鱼线！这鱼钩非常锋利，深深地扎在它的肚子里了！它只能痛苦地挣扎，但这一切都是徒劳的。

青蛙爬上河滩，和它的妻子一起看着黑鱼挣扎。很多鱼虾也围上来看，陆地上的猫啊狗啊、鸡啊鸭啊，也都来看。

青蛙拉动鱼线，黑鱼就疼得直求饶。于是，青蛙就逼他说出和黑狐的交易。黑鱼没有办法，就把它向黑狐行贿的事情全部说了出来。动物们听了，都义愤填膺。

黑狐刚巧从附近走过，看到那么多动物在河滩围观，它也走了过来。一来呢，它想看看到底发生了什么事情；二来呢，它用黑鱼贿赂它的那块银子买了一件银灰色大衣，穿在身上，到处显摆，这里动物多，正好显摆一下。可是，黑狐来到河滩，看到的却是这个场景，听到的正是黑鱼在交代向它行贿的事情！小动物们的目光都投向它！

黑狐心觉不妙，扭头就逃走了。

大家注意到没有？直到今天，狐狸还总是穿着银灰色的大衣，那就是它当年用黑鱼向它行贿的银子买的。

它们的誓言竟然应验了

从前有座山，山上有个水潭。水潭里，有一条老黑鱼。水潭上，有一棵老松树。一只老狐狸，常到水潭来喝水。渐渐地，老松树、老狐狸和老黑鱼，它们三个，成了朋友。

特别是月明之夜，没有人到山上来打扰时，山上就成了动植物和精灵们的世界。老松树拿出松子来招待老狐狸和老黑鱼，老黑鱼拿出许多珍珠，给老狐狸和老松树欣赏，有时候，还会送它们一两颗。老狐狸呢？它走的地方多，见多识广，且一肚子八卦，就和老松树、老黑鱼一起分享。

有一天，它们三个都认为，在家靠父母，出门靠朋友，它们应该结拜兄弟。以岁数论长幼，老松树是老大，老狐狸为老二，老黑鱼为老三。于是，它们就到附近的山神庙里，在山神像前面，点起香烛，跪拜一番，结为异姓兄弟，一起发誓："不能同年同月同日生，但愿同年同月同日死。"

山神听了，就分别给它们施了魔法，并且下了魔咒："被这老狐狸或者这老黑鱼的血涂抹后，这老松树才能被砍伐，否则刀斧不入；这老狐狸和这老黑鱼一起煮，或者分别被用这老松树煮，才能煮熟，否则无法煮熟。"

它们三个听了，非常高兴。第二天，它们就通过山上的山妖木魅，散布这样的说法："那老狐狸是煮不烂的，那潭里的老黑鱼是煮不熟的，那潭边的老松树是刀斧不入的。"

这样的说法传到了一些樵夫的耳朵里。有些樵夫，就磨快了大斧子，去砍那棵老松树，试试这样的说法是真的还是假的。很多樵夫试验下来，结果都一样：这老松树确实是刀斧不入。

人们想，既然这老松树确实刀斧不入，那么，老狐狸煮不烂、老黑鱼煮不熟，这两个说法，也应该是真的了。

于是，猎人看到那老狐狸，也懒得把它作为狩猎的对象；渔夫也不再到那个水潭去捕鱼，怕捕捉到了那老黑鱼，也没有什么用处，被它扯烂了网，就更加不合算了。当然，也没有人会去打那老松树的主意了。

于是，它们三个，就无忧无虑地过着日子，时不时地聚集在水潭边上，吃松子，欣赏珍珠，听老狐狸说这样那样的好玩的事情。

一年过去了，两年过去了，一百年过去了，一千年过去了。它们三个，都成了精灵。

这天，山神把它们召集到山神庙，对它们说，这山上，要选拔一位精灵，升级为神仙，到天庭担任职务。因为在这座山的精灵中，它们三位年资最老，所以决定在它们三个中选拔。因此，它们三位，要分别交一份述职报告，叙述成为精灵以来所作的事情，以及在精灵世界所得到的评价。

从山神庙出来后，老松树对其余两位说："我肯定是没有希望的，就看你们二位了。"

老狐狸和老黑鱼，也说了同样的话。

可是，它们谁都知道，这样的话不过是客气话而已，谁都会尽力争取这样的机会的。

某日，猎人甲上山打猎，一位又高又瘦的老者拄着拐杖，对他说："我告诉你一个秘密，那只老狐狸，其实是煮得烂的，只要和那个水潭中的那条老黑鱼一起煮，就能够煮烂了。你要知道，那老狐狸，那老黑鱼，岁数都在千年以上，是绝世补品啊！只要能够吃上一口，就可以百病消除、延年益寿的。"说完，这老者就消失了。

同日，猎人乙上山打猎，一位黑大汉，对他说："我告诉你一个秘密，那只老狐狸，其实是煮得烂的，只要用这水潭边那棵老松树煮，就能够煮烂了。你要知道，那老狐狸，岁数在千年以上，是绝世补品啊！只要能够吃上一口，就可以百病消除、延年益寿的。用那棵老松树生火煮的食物，也有仙气的。"

猎人乙说："我小时候就听长辈说，那老松树是刀斧不入的啊！"

黑大汉说："确实是刀斧不入的，但是，只要把杀那老狐狸的血，涂抹到那老松树上，砍它就很容易了。"说完，黑大汉就消失了。

也就在这天，渔夫甲上山，到山上的山溪里捕鱼，遇到一个长眉毛老人，他瘦瘦的，个子不高，脸型尖尖的，身体很柔软的样子。

这老者对渔夫甲说："我告诉你一个秘密，那个水潭里的那条老黑鱼，其实是煮得烂的，只要用这水潭边那棵老松树煮，就能够煮烂了。你要知道，那老黑鱼，岁数在千年以上，是绝世补品啊！只要能够吃上一口，就可以百病消除、延年益寿的。用那棵老松树生火煮的食物，也有仙气的。"

渔夫甲说："我小时候就听长辈说，那老松树是刀斧不入的啊！"

长眉毛老者说："确实是刀斧不入的，但是，只要把杀那老黑鱼的血，涂抹到那老松树上，砍它就很容易了。"说完，他就消失了。

猎人不擅长捕鱼，渔夫不擅长打猎，他们也都不擅长砍树。但是，他们能够协同起来干，各尽所能，做好一件需要配合才能做好的事情。两个猎人和一个渔夫交流了信息，决定一起干。它们再邀请一个樵夫，和他们一起干，樵夫同意了。

第二天，两个猎人，一个渔夫，一个樵夫，就一起上山，然后，按照预定的计划开始做。

老狐狸已经一千多年没有遇到任何危险了，它早就习惯了绝对安全。因此，它远远地见到两个猎人，也不躲避，照旧慢慢地散步。出于它意外的是，两个猎人等它走入射程，就同时向它射箭。

老狐狸躲避不及，被两支箭同时射中，顿时昏迷过去。两个猎人赶上去，把它捆捆扎扎，抬往那水潭边。

水潭中的老黑鱼，刚刚醒来，正想吃早饭。一只青蛙跳在它的前面。老黑鱼大喜：怎么有这样的好事！稍微伸头一口，就把青蛙吞到肚子里了——它也早已习惯没有任何危险的生活了，毕竟，这样的生活已经一千多年，任何警惕性高的动物，经过这一千多年，警惕性也不复存在了。可是，这一次，它却错了：青蛙是饵，青蛙的身体里，有很厉害的鱼钩啊！不用说，这鱼钩，是渔夫甲放的。

老黑鱼毕竟是老黑鱼，它有力气，也有经验，想挣断鱼线。可是，这鱼线是特制的，渔夫甲也很有经验。经过半个时辰的较量，渔夫甲终于把老黑鱼提上了岸，然后，两个猎人协助他，把老黑鱼抬到那老松树边。

他们把老狐狸和老黑鱼杀了，把它们的血涂抹在老松树上。樵夫举起斧子砍这老松树，果然很容易！不再像以前那样刀斧不入了。不到半天工夫，这老松树就被砍倒了。

他们从山神庙抬出一只用来烧香的鼎，用潭水把这鼎洗干净，然后，把处理好的老狐狸、老黑鱼放在鼎内，加上水，又把砍下来的老松树枝放在鼎的下面，生火就煮。

煮了两个时辰，老狐狸肉、老黑鱼，果然都煮烂了。他们四人美美地吃了一顿，又把剩余的肉分了，带回去让家人和亲友分享。至于这株老松树的树干树枝，当然还没有烧完，他们只能拿其中的一小部分。山下的人听说了这事情，争先恐后地上山来拿。没有几天，剩下的部分，也都被拿得干干净净了。

田螺旅行记

一颗田螺，出生以后一直无忧无虑地生活在那块水田里。因为有厚厚的壳保护着它的躯体，也没有别的动物伤害它。有时缺乏足够的食物，家族或亲族成员中相互帮忙，问题就解决了。如果家族、亲族成员之间帮忙还不够，请泥鳅、青蛙等朋友帮忙，总能解决了。它还从书上看到，说如果还有难以解决的问题，就可以请官员乃至国王解决。可是，它还没有碰到那么大的问题。

某个夏天，一颗螺蛳从旁边的河里爬到了这块水田里。彼此通报姓名后，田螺确认，螺蛳就是它祖姑奶奶的孙子，彼此是表兄弟关系。螺蛳也依稀记得祖母和它讲过这样的事情。田螺年岁略长，螺蛳就认了它为表兄。

螺蛳问田螺，这地方有没有什么危险的事情。田螺说完全没有。螺蛳说，不会吧，水蛇要吃青蛙，我在河里看见过的。水田既然也有水蛇和青蛙，那么，这样的事情也会发生的。

田螺说，那是青蛙不好，太高调，太吵吵嚷嚷，惹得水蛇烦了，就吃了它。癞蛤蟆就很低调，从来不叫，所以，水蛇不吃它，其他动物也不吃它。总之，田螺认为，处世之道，只要不招惹人家，人家也不会怎么样的。

螺蛳说，不是这样的。在河里，螺蛳们从来不招惹谁，但青鱼、鲤鱼，都要吃螺蛳的。

田螺不信，说，你们的壳比我们的还硬，青鱼和鲤鱼怎么吃啊！它们又不像人类那样有手，会利用工具！

螺蛳说，它们把我的同类含在嘴里嚼碎，然后连壳带肉喷到水里。壳沉得快，肉沉得慢，壳和肉就很快被分在不同的层面。壳，它们当然不管；肉，它们就从容吞食了。

田螺还是不信。它认为：家族、亲族之中，相互亲爱，就是亲亲，亲亲就是仁爱；家族之外，就是忠信、笃敬。有了这些，什么地方都可以顺利生活；没有这些，家乡也难以生存。

螺蛳说，这是田螺在这块水田中的生活经验，未必适用于在别的区域生活。

田螺说，如果是这样，那也是别的区域有问题，那些地方的做法，没有道理。

螺蛳说，根据我的经验，不是这样的。

田螺说，表弟，你去过几条河、几块水田，你的视野，确实比我田螺的视野广阔。但视野的大小，都是相对的，因此，我们之间的这点差别，没有意义，根本不会产生质的差别。

螺蛳见无法说服田螺，就客气地结束了谈话，向表兄告辞，回去了。

过了几天，一颗江螺来到田螺所在的水田，和田螺闲聊。田螺拿出新编的家谱，确认江螺比它小一个辈分，于是，江螺就称田螺为叔叔，很是恭敬。

江螺可是见过大世面的，视野特别开阔，但又特别推崇古代的文化。这让田螺非常满意，觉得比起那个不同宗族的表弟螺蛳，江螺到底要亲得多，看来，老话"亲戚无三代，家族有万年"，真是千真万确。

田螺问江螺，是如何从江里来到它的田里的。江螺说，它先到河里，附上一条船，很轻松地来到了附近的河里，上岸闲逛，就来到了这田里。

田螺不大相信，江螺哈哈大笑，说它到过世界上很多地方，到这田里，简直是小事一桩。田螺大奇，更加不相信，连连摇头。

江螺说："我在江里，如果要到很远很远的地方游历，就选一艘坚实的海船，待到这船准备开往海洋的时候，我爬到船上厨房中贮存的淡水里藏起来，这是关键，因为我们这些淡水螺，在海水中是无法生存的。然后，不管刮风下雨，白天夜里，我都藏在那里，只是有时在深夜爬出来，找点吃的，好在我吃得很少，厨房里又不缺食物。船到达了目的地，进了淡水的港，我就爬出来，下船，就可以畅游啦！"

这下田螺相信了。江螺又大讲它游历的见闻，田螺听得入迷，竟然生出了到海外游历的想法。它问了江螺很多相关的问题，江螺一一作答，田螺很满意。它们一直畅谈到日落时分，江螺才告辞。

田螺的行动力很强，再说也没有什么可以准备的，过了不久，它爬到河里，附在一艘船上，再到大河里，附在更大的船上，如此转了多次，果然来到江里，然后，它完全按照江螺说的做。也不知道经过了多少天，它果然到了很远很远的地方。田螺顺利上了岸，想找一个住的处所，一时找不到，就来到一片海滩上。

田螺在海滩上看到海螺，非常高兴，到海螺的别墅认亲。海螺也非常高兴，热情款待田螺。它们根据家谱，确认了海螺是田螺的祖父一辈，尽管年纪不大。于是，田螺就称呼海螺叔公。

它们两个谈了很多彼此从小时候开始就听到的家族往事，以及"亲亲"之类的圣贤教导，自然还有"亲戚无三代，家族有万年"的老话。

田螺委婉地提出，它是否可以在海螺的别墅里吃住半年，它要在这里附近地区游历。

海螺很爽快，说它的一位房客刚搬走，那房间向阳，视野好，通风好，正好可以租给田螺。它开的餐馆，正好少一位洗碗工，田螺正好可以顶这个缺。那个房间的租金是每月二两银子，洗碗工的工资是每月十两银子。

田螺一听，懵了。怎么，一个家族的，刚才不是说"亲亲"么，"家族有万年"么，就住半年，怎么还收我的房租？还要让我干活？房租还这么高！可是，这里的环境，它完全不熟悉，也只能这样了。

于是，田螺就白天在海螺开的饭店打工，夜里住在海螺的别墅里。当然，休息日，它就外出游玩。

过了一阵，田螺从工友和休息日外出游玩遇到的动物那里知道，海螺的房子，租金特别贵，而海螺开的饭店，给员工开的工资，特别低。田螺就郁闷了：这个地方，亲亲，竟然不可靠！

田螺休息日逛街，觉得好东西实在太多，想多买一些回去，只是钱太少了。指望海螺减房租、加工资，不可能。怎么办呢？

有一回，他和工友逛二手货市场，看到一台旧冰箱，想买，但钱不够，于是就向工友借。可是，工友竟然拒绝了它。田螺又郁闷了：这个地方，朋友，竟然不可靠！

有一次，田螺在海边的芦苇丛里，发现了一个鸟窝，鸟窝中有五个鸟蛋，五彩斑斓的。这不是凤凰蛋吗？田螺惊喜异常，这可是古书上说的"祥瑞"啊！凤凰出现，那是天下太平的最好证据！献给朝廷，它可以获得丰厚的回报，不是当大官，就是巨额奖赏！田螺非常激动，小心翼翼地把这些蛋分装在衣兜里。它回到住处，藏起来，谁都不告诉。

田螺等不及到下个休息日，就匆匆忙忙辞掉了饭店的工作，带上那些鸟蛋，到王宫门口，想进入王宫，敬献这些"祥瑞"。可是，不管他如何请求，卫兵就是不让它进去。它就等在旁边，心想，国王总有出门的时候。

就这样，它等了三天，终于等到国王走出王宫，向停在门口的车子走去。田螺不顾一切地冲上去，却被卫兵当成刺客控制住了。

国王看看田螺的模样，觉得有趣，便让卫兵放开它，听它讲它想干什么。田螺取出那些五彩斑斓的鸟蛋来，引经据典，说这些是凤凰蛋，是"祥瑞"，证明天下太平，国王圣明。

国王听了，哈哈大笑，说这些不过是咕噜咕噜鸟的蛋而已，很常见的。再说，社会好不好，和鸟蛋有什么关系呢？据此，他认定田螺是疯子，命令卫兵给放了。于是，田螺获得了自由。

这回，田螺非常沮丧：这地方，君也不可靠！竟然如此不学无术！

工作辞掉了，田螺尽管还有一些银子，但不多了。想购买的东西很多，怎么办呢？它看到有不少人在买彩票，就向他们请教。

田螺很聪明，很快就明白了。于是，它把它所有的钱，都买了彩票。结果，没有丝毫收获，那些钱都打水漂了。

实在没有办法了。田螺只好退了叔公海螺别墅里的房间，用原先出来的方法，打道回府，回到它的那块水田。

想想看，田螺几多委屈，几多沮丧，几多伤心，几多郁闷，几多失望，几多惆怅，几多无奈，却向何人说？

螺蛳听说田螺回来了，就从河里爬到这块水田，来探望田螺。田螺终于有了诉说的对象，就把它远游经历的一切和种种不解、种种负面情绪，都发泄了出来。

螺蛳耐心地听完后，说，表兄啊，你要知道，别的地方的规矩，会和你熟悉的规矩不同的。这还不够，你必须知道这几条。第一，你不涉及那些规矩，无所谓，你如果涉及那些规矩，就得按照那些规矩办，不管你是否认同那些规矩。例如，你如果不去买彩票，那里关于彩票的规矩，对你说来，真的无所谓。但是，你既然去买了彩票，就得遵守那些规矩了。契约社会，愿赌服输。租房子等等，也一样。相关的情绪，完全没有必要。第二，那些规矩，自然也是有道理的，即使你不认同，也应该理解。第三，那些规矩，并非都比你熟悉的规矩差。例如，就说祥瑞吧，看看历史书上的《五行志》，所谓祥瑞，不荒谬吗？荀子《天论》，你总看过的吧。他们的规矩是不讲祥瑞，这总要比讲祥瑞合理吧？还有，你抱怨海螺，抱怨朋友，可是，你给他们做了些什么呢？你为什么不试试换位思考呢？别人帮助你，是人家德行高，绝不是人家的义务，人家不帮助你，也很正常。你也一样。

田螺说，表弟啊，你的这些想法，是从哪里来的啊？

螺蛳说，表兄啊，你说你我的视野，有量的差别，这是真的。可是，这些想法，我有，你没有，这就不是量的差别了。视野的差别，即使小，但也可能导致思维的差别，进而导致认识的差别。

鸡、鸭、鹅为什么不会飞行？

为什么绝大部分禽类动物会飞行，而鸡鸭鹅等少数禽类动物不会飞行呢？这是有故事的。

本来，所有的禽类动物都不会飞行，只能和现在的鸡那样，即使竭尽全力，也飞不出十米远。

它们生活在一座很大的山上。这山上长满了一种树。这种树，会结出一种浆果。每到秋天，浆果成熟后，就会掉下来。这种浆果，味道甜美。禽类动物就把这些浆果收集起来，储藏好，这样，它们在这一年中就有粮食吃了。

不料，一场突如其来的山火，把这座山上的树烧了个精光。这些禽类动物储藏的浆果，也被全部烧掉了。于是，它们只能靠捕捉小虫等小动物度日。慢慢地，这些小动物也越来越少了。很多禽类动物，例如鸡、鸭、鹅等，连草也要吃了。大家的日子，都越来越难过。

有一天，一只很老很老的乌龟，对禽类动物说："我听长辈说过，这里一直往南，走一万里，有一座山。那座山上，有和我们这座山上一模一样的浆果树。如果我们能够到那个地方，取回一些成熟了的浆果，作为种子，播撒在我们这座山上，慢慢地，我们这座山上，就可以恢复到和以前一样。"

一万里？那多遥远啊！那得走多久啊？鸭子这样想，摇了摇头，说："我不会那么傻，我不会去。"

鹅伸了伸脖子，心里想，那么远的路，路上有多少危险啊！它也决定不去，说："如果所有的禽类动物都去，我当然也去。如果有不去的，那么，我为什么要去呢？"

鸡呢？当然知道那里肯定很远，有很多危险，它也不愿意吃这样的苦，冒那么大、那么多的危险。它心想，如果那些种子取不来，我也没有什么损失，如果取来了，以后的浆果不会少了我的那份。不过，它对大家说："前几天，我追一条蜈蚣，崴了脚，不然，我肯定去。"

但是，也有很多禽类动物，尽管知道路途遥远，也知道路上会有很多艰险，还知道它们未必能够带回那种浆果的种子，但是，为了大家的长远利益，它们还是义无反顾地出发了。

它们走着走着，一些禽类动物试图飞起来。开始的时候，它们都只能飞几米就落地，然后再飞，实际上就是连环地跳跃。慢慢地，从几米到十几米、几十米、一百米、几百米……它们飞行的本领，不断提高。大家都为自己的进步感到高兴。

可是，前进的过程显然是艰辛的。山鸡就有点吃不消了。它想，那里到底有没有那座山？有没有那种浆果树？如果辛辛苦苦到了那里，那里什么也没有，岂不是白白辛苦？想着想着，越想越觉得不对。终于，它放弃了，回去了。

剩下的禽类动物，还是继续前行。

不知道过了多久，它们终于来到了那座山，发现山上果然有那种浆果树，那老乌龟没有欺骗它们！当时，正好是秋天，浆果成熟了。它们非常高兴，不待浆果落下来，就飞到树上，美美地吃了个饱。

它们完全可以就这样生活在那座山上，不回原来的山，可是，它们想到，父老乡亲还在等着它们把浆果的种子带回去呢，所以，它们没有在这座山上流连忘返，就忙开了。

它们折下浆果多的树枝，有的用嘴衔，有的用爪子抓，还有的背在身上，就向它们出发的地方飞去。我们不要忘记，它们现在会飞啦！

它们终于回到了自己的山，把浆果种在山上。为了有更多的浆果，不少鸟又开始了第二趟旅行。有些鸟甚至往返多次，从那里运回很多浆果，在山上种了一大片。

若干年以后，它们生活的山上，又长满了那种浆果树，它们和山上的其他动物，又能享受甜美的浆果了。

很多鸟因为这样的旅行而拥有了飞行的本事。那些多次来回取浆果种子的鸟，例如燕子、野鸭、鸽子、海鸥、大雁、天鹅等，都成了飞行高手。那些只来往过一次的，例如麻雀等，飞行能力就差一些。中途返回的山鸡呢？它永远也飞不高，飞不远。

没有去取浆果种子的鸭子、鹅、鸡，当然就不会飞行啦！

幻想故事

四个兄弟各自的愿望

古时候有一家人家，很穷。家里只有兄弟四个，他们的父母等长辈，已经都不在了。

一天，一个神仙来到他们家，见他们家实在太穷了，就对这四兄弟说："当年我要饭的时候，每次到你们家，你们的祖母总是让我吃一顿饱饭。现在，我想报答她，可惜她老人家已经不在了。你们都是她的孙子，我就把想给她的好处给你们吧，她老人家地下有知，也会高兴的。我能够满足你们每一个人一个愿望。你们想一想，然后告诉我。"

关于愿望，这四兄弟其实已经想得太多啦！年轻人，哪里有不思考愿望的呢！用不着太多思考，兄弟四人，就各自说出了自己的愿望。

老大说："我的愿望是住高楼大厦。"

老二说："我的愿望是穿绫罗绸缎。"

老三说："我的愿望是吃山珍海味。"

老四说："我的愿望是学会很多高超的劳动本领。"

神仙满足了他们每个人的愿望。他给了老大一幢高楼大厦，这高楼大厦装饰豪华，美轮美奂；给了老二一个衣柜，这衣柜中有取不尽的绫罗绸缎；给了老三一只庞大的冰柜，这冰柜中有吃不尽的山珍海味；给了老四学习高超的劳动本领的机会。

此后啊，老大住进了高楼，他太喜欢这幢高楼大厦了，住在里面，舍不得出门，觉得在里面住一天就是赚一天。于是，他就在高楼大厦里面养尊处优。

老二呢，和老大恰恰相反，一天到晚在外面，哪里人多，哪里就有他。为什么啊？他穿着满身的绫罗绸缎在到处显摆呢。

老三呢，天天在家里吃山珍海味，吃得非常肥胖，但还是一个劲地吃呀吃呀吃呀，乐此不倦。

他们觉得，人生就是应该如此，这样的人生才是最美好的，才有意义。活着一天，享受一天，就是赚了一天。这三兄弟，除了这样享受之外，还收获了很多人的羡慕、妒忌和恨，可是，他们很享受这些，甚至把这些误解为社会对他们的尊敬。

老四呢，忙啊！忙着学习劳动的本领，废寝忘食，夙兴夜寐。那些高超的劳动本领，可不是容易学会的啊！非得长期专心致志、聚精会神地研究和练习，非得付出长期艰辛的努力不可。

一场大地震突如其来。老大的高楼大厦倒了。老二那只装有取之不尽的绫罗绸缎的衣柜被毁了。老三那只装有取之不尽的山珍海味的冰柜也被毁了。他们只好住在简陋的茅草房里面。他们不会劳动，也不愿意劳动，所以，他们只能在社会的救济下过着非常贫困的生活。

四弟学会了高超的劳动本领，他也早已习惯于辛勤地劳动。他以他掌握的高超的劳动本领，勤奋工作，为自己，也为了社会，努力创造各种财富，也由此受到了社会真正的尊敬。

三兄弟学艺

这个故事，当然发生在古代。

某个离海不远的村庄，有一家孙姓人家，家里有三兄弟，分别是老大、老二和老三，年龄分别是二十二岁、二十岁和十八岁。他们家只有三亩薄地，一年到头收的粮食，还不够全家吃的。

一天，孙父对这三兄弟说："我们家祖上传下来就这么点薄地，我年过半百，也没能增加一丝一毫，很是惭愧，但幸亏没有丢失一丝一毫，总算还对得起祖宗。按理说，我完全有能力增加一些的。因为这几十年我省吃俭用，攒下了十五两银子，如果现在去买地，也能够买一亩好田。可是，俗话说，'荒田饿不死手艺人''艺不压身'，我一心想让你们各学一门手艺，你们以手艺谋生，不必专门靠种田。现在，我把这些银子分给你们，每人五两。至于学什么手艺，完全由你们自己决定。"说完，他就给了三兄弟每人五两银子。

次日，三兄弟就每人拿了五两银子，离开家乡，出去学手艺了。

三年以后，三兄弟回到家里，向父母展示自己的手艺。

老大学的是补锅。他把家里多年前就坏了的锅子很快就补好了。孙父很满意，说人总要吃熟食，锅子是必需的，用久了，就会坏，坏了就要补。补锅这手艺，社会是不能少的。老大这手艺学得很好，以后总会有饭吃的。

老二学的是补碗，把家里所有的破碗破罐子都补好了。孙父也很满意，说老二有了这手艺，以后就不愁没有饭吃了。

轮到老三了。老三拿出一支竹笛，吹起一首曲子来。还没有听完，孙父就让老三赶快停下，说不要吹了。他皱着眉头问："这就是你学的手艺？"

老三如实回答："是的。我喜欢吹笛子，这三年，我就学了这个。"

孙父大怒："这能赚什么钱！以后，你就去讨饭吧！不，明天，你就离开这个家，用这手艺养活你自己吧！"

第二天一大早，天还没有完全亮，老三连早饭都没有吃，也没有和父母兄长道别，就离开了家。路上，他捡到一只人家扔掉的破草帽。

老三漫无目的地走，走到一个集市，就在一座桥边，对着残月，吹起了笛子，并把破草帽朝天放在前面。这分明是"吹笛乞讨"的意思。他想试试，靠吹笛能不能活下去。

可是，很少有人停下来听他吹笛，也没有人往他的草帽中扔钱。他吹了近两个时辰，草帽里还是空空如也。快要落市的时候，一个念佛老太往他的草帽里扔了两个铜板，口念佛号而去。看得出来，她对笛声全无兴趣，扔钱完全是出于怜悯。

这时，老三终于明白，"吹笛乞食"，也是不可行的。他只好停止吹笛，拿起草帽，取了这两个铜板，买了一个大饼和两根油条，向店家讨了一碗水，全部吃了，算是早饭。吃完，他离开集市，继续漫无目的地往前走。

他来到了海边，对着烟波浩渺的大海，从怀中掏出竹笛，吹起了忧伤的曲子。他下决心，再吹最后一次笛子。他打算尽情地吹，吹到再也吹不动了，就把竹笛往大海里一扔，然后，就去当长工，终此一生，再也不碰笛子。因为，他实在太伤心了！笛声中透出一种绝望的忧伤，一种心死的哀伤！当真是如怨如慕，如泣如诉。

他闭着眼睛，沉浸在这样的音乐情感之中，吹啊吹啊，也不知道吹了多久。他感觉到自己的脚板上似乎有什么颗粒在撞击。他微微张开眼睛一瞄，发现是冰雹，不对，天晴着啊，不会是冰雹，而竟然像珍珠！

他大吃一惊，停止吹笛，弯腰拾取，发现脚前还有，而且真的是珍珠！

他抬头一看，他的前面，围着一大群美人鱼和鲛人，他们像塑像一样，一动不动，但眼睛里都流着泪，这些泪珠，滚到地上，都化成了珍珠！原来，老三的笛声把他们从海里吸引了过来，又让他们感动得不断流泪！

这些美人鱼和鲛人，看到老三停止了吹笛，在捡珍珠了，就一哄而散，迅速跑回海里去了。老三见了，惋惜得直拍大腿。如果他一直吹下去，岂不会有更多的珍珠！

老三脱下上衣，铺在地上，细心拾取地上的珍珠，一颗也不少，全部用衣服包裹起来，足足有两升之多。

老三带了这些珍珠，回到家里。父母知道了，高兴得几乎发疯。孙家用出售这些珍珠的钱，买田买地造房子，打造海船做大买卖。当然，孙父再也不反对老三吹笛子了。

远远近近的人知道了，就竞相把自己的孩子送到孙家，以重金请老三教这些孩子吹笛子。老三推辞不得,就收了几十个。

这些孩子学了几年,老三觉得,他们中的大多数,吹笛的水平已经很高了。于是,他就带着他们来到大海边,演奏笛子。

他们吹了老半天,忧伤的曲子,快乐的曲子,典重的曲子,轻灵的曲子,这样那样的曲子,都吹了个遍,可是,除了海潮声和海鸟声,竟然没有一点儿反应。不要说美人鱼和鲛人,就是经过的路人,都没有一个停下来听一支完整的曲子。

老三又把学生带到集市演奏,听的人稍微多一些,但是,连续听完三支曲子的人也很少。他们演奏了半天,没有一个人扔钱给他们,一个铜板也没有,就是念佛的老太也没有扔钱。

这消息很快就传出去了,孩子们都被家人接回去了。

一天,老三再次来到海边,吹起笛子,吹的还是那几支忧伤的曲子,且尽力发挥他最好的水平,几乎是尽善尽美了,吹了近两个时辰。

可是,连美人鱼、鲛人的影子都没有,一些海鸟,也躲得远远的。几只海龟,慢慢地往海边爬去,最后消失在大海中。

张大愚问三不问四

张大愚从小就很不幸。他十几岁的时候，他的父母就去世了，家里没有其他亲人，也没有田产，只有两间又小又低矮的茅屋。此后，他先是给人家放牛，后来稍微大了一点，又给人家当长工。各种农事知识，他样样精通；各种农业技能，他样样擅长。他敦厚宽厚，诚实勤奋，不怕苦，不怕累，不计较，成年累月地为东家干活。

可是，他到三十来岁还是没有多少积蓄。长工的工钱不高，遇到苛刻的东家，扁担挑断了要赔钱，镰刀缺口了要赔钱，钉耙柄断了要赔钱，到年底结账，七扣八扣，也多不了几个钱。

他这辈子的理想，就是能够有十来亩自己的田，有一头牛，有一套牛拉的水车，有三间自己的瓦房，娶妻生子，过上自给自足的生活。可是，他盘点了自己的积蓄，连半亩田也买不到。这个理想到什么时候才能实现呢？

他决定到西天去问佛。可是，能不能见到佛，佛会不会回答他这个问题，佛的回答会不会应验，他全无把握。但是，他决定一试，即使他的积蓄全部用于旅途，他也在所不惜。

就这样，他带着他的全部积蓄出发了。

他经过他们县城的时候，知县知道他要去西天问佛，就把他请到衙门，和他谈话。

知县说，这里每年不是涝灾，就是旱灾。如果能够预先知道这年是涝灾还是旱灾，百姓就可以采取相应的应对措施，旱灾之年种旱稻，水灾之年种水稻，这样可以大幅度减轻灾害的危害。可是，要在稻子落谷之前准确预知这年在稻子的生长期雨水偏多还是偏少，是很困难的。因此，知县希望张大愚顺便问佛，明年这里的雨水情况如何，并且及时赶在明年农民落谷之前回来，把结果告诉百姓。

张大愚觉得，这事情关乎全县百姓一年的生计，实在重大，所以，当即就答应了。然后，他继续向西天前进。

一天，张大愚经过一个村庄，到一个富豪庄园的门房去讨水喝。一个门卫得知张大愚要到西天问佛后，就去叫来了主人。主人竟然对张大愚非常恭敬，这大出张大愚意外。

主人姓王，大家叫他王员外。王员外告诉张大愚，他唯一的女儿梦娇，年方二九。去年夏季的一天，她在自家后花园荷花池旁玩了半天，当夜就发病，说她被黑鱼精缠上了，一睡着，就会梦见黑鱼精来吓唬她，她就会吓得大叫，难以入睡。他们家请了很多名医诊治，也请了很多和尚道士做各种各样的法事，但没有一点儿效果。如此折腾，梦娇小姐已骨瘦如柴，这样下去，她性命恐难以长久。因此，主人央求张大愚，务必问佛，如何才能使梦娇小姐恢复健康。

张大愚觉得，人命关天，自己能出点力，在所不辞，因此，当即就答应了。主人千恩万谢，一定要给张大愚很多银子，张大愚坚持不受，喝完水，就继续上路了。

一天，张大愚又经过一个村庄，见到一家人家，一对中年夫妇和他们的儿子正哭作一团。张大愚就上前询问。

原来，这家人家姓李，有个女儿叫春花，在一家财主家当丫环。某日，财主夫人梳妆，将一串珍珠项链放在桌子上，被财主家三岁的孩子扯断，珍珠散落在地上。春花和财主一家人一起捡这些珍珠，但其中有两颗珍珠，百般寻找不得。珍珠不会滚到屋子外面，也没有别的人进屋子，在屋子内的人，只有春花是外人。因此，财主认定这两颗珍珠是春花藏起来了，就将春花严刑拷打，要她交出珍珠。可是，任凭财主一家如何折磨，春花始终否认是她藏了珍珠。

财主便告官，知县受理，审问春花，春花坚持说不曾藏珍珠。知县便将春花打入大牢，派人到春花家，要他们交出珍珠，否则交五十两银子，才能将春花赎出。李家根本就没有见过什么珍珠，当然交不出，他们又是穷苦人家，又如何拿得出这些银子？

听了这些，张大愚自告奋勇，对李家夫妇说："你们莫急，我正往西天，有问题请教佛。如果能够见到佛，我一定代你们问问，那两颗珍珠究竟是怎么回事。"李家夫妇听了，感激不尽，要留张大愚吃顿饭，张大愚婉拒了，继续上路。

张大愚跋山涉水，风餐露宿，一路艰辛，终于到了西天。他爬上灵鹫山，找到佛住的地方，对看门的金刚说，要求见佛，有问题请教。

一个金刚进去向佛转达了张大愚的要求。不一会儿，这金刚出来了，对张大愚说，佛答应接见张大愚，但只允许张大愚问三个问题。

张大愚自己有一个问题，这就是他什么时候才能够实现他的理想，他就是为自己的这个问题来的。可是，他在路上又三次答应人家，帮人家问问题。现在，他有四个问题。这四个问题中，他选择问哪三个呢？张大愚丝毫没有犹豫，就决定，自己的问题不问了，因为其余三个问题，都是大问题，都比自己的问题重要！

见到佛后，张大愚恭恭敬敬地磕了三个头。得到佛的允许后，他就进入正题了。

他按照前后次序，先问明年他们县的降雨情况。

佛说："明年是壬年，后年是癸年，壬、癸都是属水，雨水会偏多。"

张大愚记下了。然后，他讲了王员外家梦娇小姐的事情，问梦娇小姐的病如何治疗。

佛说："梦娇小姐如此，是心理问题。她在荷花池边看到了大黑鱼，心生畏惧，由此得病。只要让她看到荷花池中的黑鱼被捕获，被杀、被烧煮，她的病就会痊愈。"

张大愚记下了。然后，他讲了春花的事情，问那两颗珍珠到底会在哪里。

佛说："应该在那财主家的家禽肚子里。珍珠散落到地上，这些家禽，以为是可以吃的东西，就抢了吃了。"

张大愚犹豫着，正想请求佛允许他再问一个问题，旁边的力士，不由分说，就要把他拖出去。他赶紧向佛磕了三个头，从容退出。佛微笑点头，表示赞赏。

从佛那里出来后，张大愚以最快的速度往回赶。途中，他经历了新年。

他来到春花家，把佛给出的答案，告诉了李家夫妇。李家夫妇马上请了几个德高望重的证人，到财主家里，请财主当众把家里的鸡、鸭和鹅宰杀，验证佛所言是否正确。当时的农家，如果不是专门的养殖户，所养家禽也是不多的，最多五六只而已，这家财主家，也是如此。听到是佛说的，财主只得同意。很巧，他们刚宰杀了第一只鸭子，就在这鸭子的肚子中，找到了那两颗珍珠！

接下来的事情，就顺利了。春花得到昭雪，出狱了。财主受到大家的谴责，在村上德高望重的几个长者的调解下，财主向春花家支付了一笔赔偿。春花家用这笔钱，请了不少和尚、尼姑，还有村上的许多善男信女，念了几天经，感谢佛的恩德。

春花对张大愚一见钟情，李家夫妇也看上了张大愚，就提出让春花嫁给张大愚。张大愚也喜欢春花，但是，这个时候的他，几乎一无所有，一个长工，看起来前途也不会好，因此，他反复向春花和李家夫妇说明自己的状况，但春花和李家夫妇都不介意。在李家夫妇的建议下，张大愚和春花就在李家结了婚。

结婚后，张大愚不能久留，因为还有两个大问题，人家正等着答案，于是，他带上春花，继续往回赶。

他们赶到王员外家，把佛的话向王员外原原本本地转达了。王员外听后，觉得女儿有救了，很高兴。可是，怎么捕捉荷花池里的黑鱼呢？张大愚说，是否可以让他去看看那个荷花池。王员外当然同意，就领着张大愚和春花到后花园去。

这个荷花池不是很大，也不和外河相通。荷花也只有几丛而已，有的地方水草比较多，但大部分地方水草比较少。张大愚察看了一番，说要捉这黑鱼很容易。

王员外正为这件事犯愁，听张大愚这么说，就赶忙把这事情托付他，请他们夫妇住下。张大愚答应了。王员外派几个长工协助张大愚捕捉黑鱼。

张大愚的行动力特别强，安排好住宿，他就开始行动了。他让长工找来一百只比较大的鱼钩，还有很多鱼线，制作了足以围绕那荷花池一圈的带有鱼钩的长线，还有十几个短线鱼钩。这种短线鱼钩，由鱼钩、一根大约一米长的鱼线和一根大约一米长的芦苇秆组成。线的一段系鱼钩，另外一端，系在芦苇秆的中央。鱼钩装上饵料后，就被扔到河里，芦苇秆漂浮在水上，鱼钩悬浮在水中。这样的装置，是专门用来捕捉黑鱼的。这些都准备好后，张大愚又叫长工从厨房取来生的熟的牛羊肉碎片，将这些作为饵料，装在鱼钩上。

然后，他又指挥长工，把这些长线短线都下在荷花池中。然后，他们都离开荷花池，并且让人把后花园的门关上，以免打扰荷花池中的鱼。

第二天天亮后，张大愚和长工们，就到荷花池去察看，看到几根芦苇秆已不再浮在水面上，而是有一端沉到水面之下，另一端翘起在水面之上，张大愚断定，这些鱼钩上已经有鱼了，且很可能是黑鱼。

这时候，王员外一家，包括坐在椅中被人抬着的梦娇小姐——她已经无力自己行走了——还有一大群的丫环仆妇等，都来看起钩。张大愚指挥长工们把所有鱼钩，包括长线和短线，都收了起来。

他们获得了丰收！一共收到了大大小小十来条黑鱼，其中一条，足足有两尺长！此外，还有四只甲鱼。张大愚断定，这池子中的黑鱼，几乎都被捉起来了。

张大愚又指挥长工，把这些鱼搬到离河比较远的地方处理，因为黑鱼的逃脱能力很强，弹跳水平高超，外表滑腻，难以控制，所以容易逃脱。人们即使挖去它的内脏，把它放在河里洗的时候，它仍然可以挣脱，游向水深处，尽管它最终无法生存，但由此可以逃脱被人食用的命运。因此，人们捕捉到黑鱼后，要特别小心它逃脱，拿到远离水域的地方处理。

遵照王员外的吩咐，长工们当场把这些黑鱼、甲鱼全部宰杀，送到厨房烧煮。梦娇小姐目睹这一切，大笑几声，病霍然痊愈。到吃午饭的时候，她就着黑鱼汤、红烧黑鱼、清蒸黑鱼，吃了两碗饭！

王员外一家，都非常高兴。不过，王员外有些犯难。他曾经许下诺言，谁能够治好梦娇小姐的病，就把梦娇小姐嫁给谁。现在，张大愚使梦娇小姐恢复了健康，按照他的诺言，梦娇小姐就应该嫁给张大愚，王员外也确实很喜欢张大愚做他的女婿。可是，张大愚已经娶了春花了。这怎么办呢？

他的管家给他出了个主意。王员外有很多田产，正巧，其中有上百亩水田在张大愚的家乡。管家的主意是，从中划出三十亩，送给张大愚。

张大愚和春花在王员外家住了两日，就去向王员外辞行。王员外听说他们还有要紧的事情要办，也就同意了，准备给他们饯行。

在饯行的席上，王员外拿出那三十亩水田的田契和一百两银子，送给张大愚。张大愚坚决不受，说这都是佛的功德，自己不敢据为己有。王员外坚持要给。最后，张大愚实在无法推辞，就收了其中的一半，也就是十五亩水田和五十两银子。王员外就把另一半施舍给当地的济养院，也就是当时的慈善机构。

张大愚回到县城，去衙门见了知县，把佛对今年、明年天气的预言，告诉了知县。知县向全县公布，建议农民按照佛的这个预言安排种植。

张大愚带着春花，回到老家。他们用王员外送的五十两银子，造了三间大瓦房，置办了家具。他们自己耕种那十五亩水田，日子过得非常轻松。

这年果然多雨，农民们幸亏没有种旱稻，全都种了水稻，获得了很好的收成。为此，知县奖赏了张大愚一头牛，以及全套水车。不久，春花给张大愚生了个胖小子。

张大愚的人生理想什么时候能够实现？这个问题，他没有问佛，却通过为其他的人解决问题实现了。

"张大愚问佛——问三不问四"的故事就这样流传开了。

火烧街

这里说的火烧，是一种美味的熟食。古时候，有一个小城，城内有一条火烧街。这条街上，两边面对面，肩并肩，都是火烧店。这些店家，一边制作火烧，一边出售。出售是论斤的，当时一斤是十六两。店多成市，再加上这里的火烧很有名，因此，这条街上的火烧生意非常兴旺。

慢慢地，有几家火烧店，看到生意非常好，就开始短斤缺两了。一斤火烧，总要缺那么一两二两。其他的火烧店看到他们这么干，在利益的驱动下，也就跟着这样做。慢慢地，有些店家的胆子更加大了，一斤火烧，要缺三两了。其他店家，也就跟着学。可是，只有吴甲的火烧店，坚持卖十六两的火烧，坚决不缺斤两。

当时，对商人赚黑心钱，天帝有规定的。赚黑心钱达到第一个层次的，上天会让他按照黑心钱120%的额度丧失财产；达到第二个层次的，这个额度为150%；达到第三个层次的，额度为180%；达到第四个层次的，额度为足以让他彻底贫穷，丧失在五年之内重新立业的能力。

当火烧街某些火烧店赚黑心钱到第一个层次的时候，天帝决定实施惩罚，就派火神前去，让这些店家失火。可是，这个消息被泄密了。这些店家的灶神，知道了这个信息，就托梦给他们的主人。这些老板就联合起来，祭祀火神。他们除了向火神呈上丰厚的祭品，还给火神烧了大量的纸锭和佛经之类。

火神受了贿赂，就选择在正月十五夜间到火烧街走了一回，根本没有让任何店家失火，就回到天上，向天帝复命。

天帝说，他也看到火烧街失火了，火神干得很好。其实，天帝所看到的，不过是正月十五夜里那街道闹元宵张灯而已，是灯光，不是失火的火光。

那些火烧店仍然缺斤少两。这回，他们赚黑心钱，到第二个层次了。

天帝决定第二次降火灾。消息又被走漏了。那些店家又贿赂了火神。

为了防范火神庇护那些店家，天帝委派一神，监察火神实施降火。火神无奈，只好对那些店家降火。

可是，那些店家屋面上刚烧起火，正好来了一场倾盆大雨，马上把火浇灭了。原来，那些店家又贿赂了东海龙王。东海龙王收受了贿赂，火神降火的时候，他就等在旁边，火刚起，就被他浇灭了。

于是，那些店家放心地偷工减料了。很快，他们赚黑心钱，到第三个层次了。

天帝决定第三次降火灾。消息又被走漏了。那些店家分别隆重祭祀了火神和四海龙王。天帝为了避免蹈前两次的覆辙，给火神和四海龙王各派了监察神，让监察神紧紧地跟着他们所监察的对象。

火神既要完成任务，又要庇护那些店家。怎么办呢？他就在这条街上徘徊。这时，他听到很多人在说："足足十六两的火烧！足足十六两的火烧！"

原来，因为这条街上那么多火烧店，就吴甲一家不短斤缺两。正因为不短斤缺两，这家赚得就比人家少得多。为了推销他们的火烧，吸引消费者来购买，又不能明确指责同行偷工减料、短斤缺两——这也违背广告法，吴甲就打出了"足足十六两的火烧"这句广告。消费者见了，就念这句广告词，被火神听到了。

火神就想，就烧这一家吧，大家都说"足足十六两的火烧"，看来该烧。于是，他把吴甲的火烧店给烧了，且全都烧了，房屋一点儿也没有剩下，奇怪的是，还没有连累旁边的其他的店家，独独就烧了那一家。可见，火神降火的水平，确实很高。

火神回到天上，向天帝复命。

天帝责问："我让你烧那些短斤缺两的店家，你怎么反而把那里唯一不短斤缺两的给烧了？"

火神说："天心就是民意，民意就是天心。大家都在说'足足十六两的火烧'，那条街上，就这一家卖的是足足十六两的，这家当然就必须火烧！顺从民意么！"

烧也已经烧了，天帝也没有办法。

吴甲的火烧店被烧了，但还好，人没有受伤，钱都抢出来了，原料也抢出来不少。于是，他就在街口买了一块空地，重新建造了房子，挂牌开张，还是卖火烧。

一向偷工减料、短斤缺两的，都安然无恙，而一向真材实料、足斤足两的，却被烧了。大家觉得，所谓天理，根本就不存在的，而古印度流传的"祭祀万能"竟然屡屡被证明。

于是，那些店家，更加肆无忌惮，甚至十两的火烧，也被当作十六两卖。有的顾客自己带了秤，去揭穿他们。他们却理直气壮地回答："足足十六两的，要被火烧的！"

但是，吴甲却仍然坚持真材实料、足斤足两卖火烧，并且说，即使再被烧，也不会改变。

很快，那些店家，赚黑心钱，就到了第四个层次了。

这一次，天帝撤换了火神，让新上任的火神去执行对火烧街那些黑心商家的惩罚。

新官上任三把火，第一把火，就把那条街上的黑心店家烧得干干净净，现金、材料，全部烧光，黑心老板都被烧成重伤，连员工也都带了轻伤。这些店家，起码在五年之内，都无法重新开业了。

原来生意兴旺的火烧街，这时就剩下吴甲的火烧店还在营业，这家火烧店的生意，就天天火爆啦！那次火灾给吴甲造成的损失，没过多久就补回来了。等到新的火烧店陆续开张，吴甲的火烧店早就赚得盆满钵满了。

此后，这条街上的任何商家都不敢再偷工减料、短斤缺两了。

还魂珠

　　古代的江南地方，有一个小村庄。在这个小村庄上，有个男子，姓戴，名叫定光。他家里只有一亩田，他如果仅仅靠种田，无法养活全家老小。于是，没有农活的时候，他就去贩鱼。

　　贩鱼是很辛苦的事情。当时交通不发达，交通工具落后，在远离码头的地方，运输的方式主要是肩挑。他的本钱小，不可能有自己的团队，只能他自己一个人干。

　　凌晨，他就要出发，往北走很远的路，到靠近长江的镇上，在码头旁边批发鱼的渔业商行，买一百多斤鱼，然后，挑回家。回到家的时候，总是晚上了。第二天凌晨，他再挑了鱼，向南走，走上几十里，到某个市镇的市场，将这些鱼零售出去，赚批发与零售之间的一些差价。这个市镇离开长江远，鱼的价格就相对高一些。

　　可是，商行的老板，把批发价提得很高，而来向戴定光买鱼的人，几乎都是普通百姓，鱼价高了，他们也买不起。因此，戴定光辛辛苦苦贩鱼，也赚不了几个钱。

　　当时，科技不发达，像戴定光这样的家庭，当然没有钟表之类。去挑鱼也好，去卖鱼也好，耽误了时间，都是不行的。那么，他是如何确认时间的呢？他家屋子的后面，有个小小的竹园。每天凌晨，鸟叫的时候，他就起床，略微准备，就出发了。他觉得，这个时间出发，是最好的。

这天半夜，戴定光还在梦乡，却被屋后竹园中的鸟鸣声吵醒了。鸟都叫了，应该是凌晨了。尽管很困，但是，为了赚钱，他还是毫不犹豫地起床了。因为到商行去批发鱼如果晚了，就买不到合适的鱼了。起床后，略作准备，他就出发了。

其实，这时候才半夜呢，不是凌晨。原来，几个用网捕鸟的人，半夜到这竹园里来捕鸟，鸟儿受到干扰，就叫了起来。这个地方的鸟叫了，附近地方的一些鸟，也就叫了起来。其实，它们叫了一会儿，就不叫了。可是，戴定光没有注意这些，以为是凌晨了。

戴定光走过一座桥。平时，他走到这座桥的时候，即使是冬天，天也已经亮了，而这一次，天仍然黑着。他想，这次把时间搞错了。于是，他就走进桥头一个没有人居住的土地庙里，找了个地方坐下，想睡一觉。这里是交通要道，天亮时分，就会车水马龙，他不可能睡过头的。

戴定光刚打了一会儿瞌睡，恍惚听到一个老妇人的声音："老头啊，这么早，出门干什么啊？"

戴定光年纪还不到40岁，从来没有人叫他"老头"的，因此，他确信，那声音不是对他说的。

一个老翁的声音响起："一会儿有神仙走过，我要把这桥扫干净。"接下来，就是有人扫桥的声音。再一会儿，什么声音也没有了。戴定光想，准是土地神夫妇在说话。

戴定光睡不着，心想，难道真的有神仙？于是，他就走出土地庙，蹲在桥头，想看个究竟。

大概过了一袋烟工夫，有人来了。第一个是书生模样，背上却背了一把剑。第二个也不讲时令，深秋了，手里还拿把扇子。第三个是个道士，倒骑着毛驴。第四个是个年轻美男子，拿了一支笛子。第五个是唱戏的演员打扮。第六个竟然是个女的。第七个呢，还是一个当官的。最后一个却是个瘸子，挂着一根拐杖，衣服破破烂烂，头上一头乱发，用一个铁箍箍着，似乎是个乞丐，但背着一个葫芦。

戴定光看着他们，觉得他们每一个都很有趣，看得津津有味。突然，他灵光一闪："刚才土地神说有神仙经过，莫非说的就是这些人？啊，八个！正好八个！他们不是八仙吗？"

原来，这一行人确实是八仙。他们依次是吕洞宾、钟离权、张果老、韩湘子、蓝采和、何仙姑、曹国舅和铁拐李。

说时迟，那时快！戴定光想到这里的时候，正好第八个走到他身边，其余的，都已经过去了，消失了。此时不出手，更待何时？戴定光一把拉住这最后一个，请求道："神仙！请您帮帮我！我和我的鱼贩兄弟们，生活实在太艰难了！"

这乞丐无奈地说："老兄啊！我哪里是什么神仙？一个乞丐罢了！真的帮不了你啊！"

戴定光不相信，也不放手。乞丐反复说他不是神仙，请戴定光放手。可是，不管乞丐怎么样说，戴定光就是不放手。

乞丐无奈，从怀里摸出一颗珠子，对戴定光说："这珠子，名叫还魂珠。你买了死鱼，只要把死鱼放在盆里，倒上水，再把这珠在盆里浸一下，鱼就活了。不过，你不能一个人得好处，要照顾其他的穷人。"说完，乞丐就消失了。

戴定光觉得，这似乎是做了个梦，但是，那还魂珠确实在他的手里。

天亮了。戴定光继续出发。到了渔业商行，他以低价买了一百多斤死鱼，挑回家里。然后，他关上门，按照那乞丐说的操作。奇迹发生了，这些死鱼，真的全都变成了活蹦乱跳的活鱼！

第二天，戴定光像往常一样，把鱼挑到小镇市场卖。因为这些鱼是如此鲜活，价钱就比往常高，卖得也比往常快。

此后，戴定光都是如此操作。他赚了一些钱，没有忘记穷苦的鱼贩兄弟。他雇人到江边，向渔民直接大量收购死鱼，价格当然很低。然后，他用还魂珠，使这些死鱼复活，再以比渔业商行低得多的价格批发给穷苦鱼贩。这些穷苦鱼贩的日子，也好过多了。

戴定光这样做，当然严重影响了渔业商行的生意，因为鱼贩们都到戴定光这里进货了。

没有不透风的墙。戴定光的秘密，被渔业商行的老板知道了。他们便设计来抢夺戴定光那颗还魂珠。

一天夜里，戴定光正在密室内用还魂珠将死鱼复活的时候，渔业商行的老板带着一帮人，气势汹汹地夺门而入，来抢戴定光的还魂珠。

戴定光知道，自己根本不是对方的对手，还魂珠保不住了。情急之下，他就把还魂珠吞到了肚子里。老板见了，也没有办法，只得带了他的人，悻悻地走了。

此后，戴定光就不吃不喝，也不饿不渴。他成了神仙了。当然，他也不再贩鱼了。

当地的渔业市场，又恢复到了以前的样子。

渔夫与女海妖

从前，有个渔夫，终年在大海中打鱼。他和王宫有个约定，在每天戌时——也就是现在的晚上七点到九点这段时间，他得给王宫供应一百斤鲜鱼，这些鲜鱼，都应该是他自己亲手从海里捕获的，而不是他买来的，或者是别人送给他的，因为王宫需要的鲜鱼，第一个要求就是绝对安全。如果连续三天，渔夫没有能够按时、按量向王宫提供这些鲜鱼，国王就要将他处斩。

但连续两天，渔夫很不幸，他都没有捕捉到足够的鱼，第一天给王宫交了九十斤，第二天呢，更加少，只有七十斤。这天是第三天了，太阳已经偏西了，他只打到了三十来斤鱼。如果没有奇迹发生，他性命难保。因此，他很沮丧。

这时，一个女海妖踏着波浪而来，她住在一个海岛上，常在这片海域出没，也偶尔到人间逛一逛，甚至还会买一点东西。

海妖对渔夫说："我知道你有大麻烦了。我们做个交易：我帮助你在今天捕获足够交差的鱼，不仅如此，以后我也会经常帮助你。你给我的回报是，今天你到家的时候，出来迎接你的第一个生灵，你必须送给我。"

渔夫家里，就他、他的妻子、一个刚过周岁的儿子，还有一条狗。他每次回家的时候，出来迎接他的都是那条狗，因为他的妻子腿脚不大方便，他的儿子还太小。听了海妖的话，渔夫想："我回家的时候，出来迎接我的总是我家的狗。把一条狗给海妖，作为她帮我捕鱼的条件，这是可以接受的。"于是，他就答应了海妖。海妖很高兴，就协助渔夫捕鱼。渔夫下网，连获群鱼，太阳还没有下山，他捕了三百多斤鱼！

渔夫到王宫交完鱼，愉快地回家。但他走到家门口，出来迎接他的不是他家的狗，而是他的儿子！他的儿子蹒跚着，出门奔来，抱住他的腿，连声叫"爸爸"。顿时，渔夫的心都快碎了！

原来，渔夫的妻子正在准备晚饭，顺手把一根肉骨头扔给了狗。狗忙于吃肉骨头，就没顾上出来迎接男主人。渔夫的儿子刚学会走路不久，尽量找机会显摆他的能力，听到母亲说爸爸快回家了，就抢着出来迎接。

渔夫的妻子知道丈夫打鱼获得丰收，非常高兴，竟然没有觉察到丈夫的脸色。

第二天，渔夫照例出海打鱼。海妖来了。渔夫如实对海妖说，他昨天回家，第一个出来迎接他的生灵是他的儿子，但儿子还只有一周岁多一点儿。海妖说，她不善于照顾孩子，要渔夫在他的儿子十六周岁生日的第二天，再把儿子送给她。

此后，渔夫一家像以前一样生活。不过，海妖经常帮渔夫捕鱼。

儿子十六岁生日那天，渔夫没有出海捕鱼，在家里，和妻子一起给儿子过了一个隆重的生日。生日宴快要结束的时候，妻子和儿子发现渔夫脸色很不好，就问他有什么事情。渔夫知道再也不能瞒他们了，就把当年和海妖的约定说了。他们别无选择，只能履行这样的约定。

第二天，渔夫出海打鱼，就带上了儿子。渔夫的妻子，到海边送别儿子，儿子尽量安慰母亲。生离死别，其悲可知。

到了海上，渔夫把儿子交给了海妖。海妖看到渔夫的儿子是一个非常英俊的小伙子，非常高兴，就把他带回她住的岛上，当作她自己的儿子对待。可惜，渔夫的儿子毕竟是人，无法学习海妖的技能和神通。

在失去儿子后，渔夫的妻子让丈夫打听那海妖的情况。在知道了海妖好奇心重、爱美心强，且偶然到人间来购买物品后，她就试图向海妖要回儿子。她让丈夫购买了材料，在家里织锦。

一天，她到海边的集市卖她织的锦。看到那海妖来了，她就取出原先藏起来的一块锦，向海妖推荐。海妖看到这块锦很漂亮，很喜欢，就问价钱。渔夫的妻子说只要三两银子，这价钱很便宜。海妖问为什么价钱这么便宜，渔夫的妻子回答说，她织锦是打发时间，不是为了赚钱。海妖买下这块锦，高兴地走了。

就这样，断断续续，在三年中，渔夫的妻子，以很便宜的价钱，卖给了海妖八块锦。到她向海妖推荐第九块锦的时候，海妖发现，这块锦实在太美了，就问价钱。

渔夫的妻子说，只要海妖归还她的儿子，就可以拿走这块锦。这时，海妖恍然大悟，断然拒绝了。

海妖正要离开的时候，渔夫的妻子对她说："你回去把那八块锦用不同的方法拼接起来，看看有什么奥妙在。明天上午，我还会在这里的，这块锦，当然不会卖给别人，因为我要用它换回我的儿子。"

海妖回到岛上，把那八块各三尺见方的锦，用不同的排列组合方式拼接，并且从各个方向细细察看。折腾了半天，她猛然发现，这八块锦，用某种方式拼接起来，竟然隐藏了一只缺了头和颈的凤凰的图案！那第九块锦，肯定是凤凰的头和颈！

次日，海妖带着渔夫的儿子，早早地来到了那个集市。渔夫的妻子，早已在那里了。海妖从渔夫的妻子那里拿过那块锦，细细一看，上面果然有那只凤凰的头和颈！她们马上就成交了。渔夫的妻子带着儿子，欢天喜地地回家了。

海妖拿着那块锦，回到岛上住的屋子内，将这块锦放在那八块锦拼接成的缺了头和颈的凤凰图案上，一只栩栩如生的凤凰出现了！海妖对着这凤凰念起了咒语。

她念着念着，这凤凰竟然活了，还拍着翅膀！海妖跨上凤凰的背，凤凰冲出屋子，在大海上展翅飞翔！

凤凰飞啊，飞啊，它把海妖带到了一个小岛上。海妖从凤凰的背上下来，看到一个青年，在不远处砍柴。她走近这青年一看，从他脸部的胎记断定他就是自己的儿子！那青年，也常在梦中见到自己的母亲，因此，他一见到海妖，就知道是自己的母亲！母子两人，顾不上说亲热的话，就跨上凤凰的背，凤凰把他们带回到他们的家。

原来，在十八年前，一个海怪抢走了这海妖刚出生不久的儿子。海妖求海神相助，找回儿子。海神教了她一大段咒语，对她说，当她家里出现凤凰的时候，她念动咒语，那凤凰就会带她去找回儿子。

这海妖为什么要渔夫的儿子，为什么急于得到那第九块锦，原因也就很清楚了。

白龙管天气

一条年轻的白龙，受玉皇大帝委派，来管江南的天气，到龙神庙当主神。

这时刚到农历的四月，夏天刚刚开始。白龙神很想把天气管好，尽量造福百姓。可是，他首先得知道，老百姓需要晴天呢，还是需要下雨。

于是，他上任后，就变成一个普通的书生，到人间来了解情况。

他看到，几个农民在吃力地给秧田车水灌溉，尽管天气还有点儿凉，但是他们都赤着膊还大汗淋漓，他们的一根根肋骨，清清楚楚。看得出，他们非常辛苦。

白龙对他们说："你们很辛苦，要是现在天下雨，你们就不用这样辛苦地车水了。"

一个老农民说："你真是书生啊！种田的事情，你不懂。秧苗生长，既要水，又要阳光，缺一不可。如果现在下雨，我们当然就不用车水了，但没有阳光，秧苗长不好的。"白龙听了皱了皱眉，觉得事情很难办。

白龙走过一片桑树林，几个妇女正在采桑叶。她们一边采，一边在说，这年的桑叶长得不好，叶片小，这是雨水少的缘故。

白龙对她们说："如果马上下一场透雨，桑叶就能长得好吧？"

采桑女子们异口同声地说："不要啊！"

白龙问她们为什么不要。

一位大妈对白龙说："桑叶被雨淋湿了，蚕宝宝怎么吃啊？水分多的桑叶，蚕宝宝吃了会生病的。再说，下雨天，桑叶沾上烂泥，就更加麻烦啦！"

江南地区，属于丘陵地区，小山不少。白龙来到一座小山下。那里有一大片高而平的地方，都种上了麻。几个农民，正在从池塘里挑水，浇灌这一片麻地。其中一个农民还在骂："什么鬼天气，晴了这么多天，今天还是大太阳！"

白龙听了，接着他的话说："晴天不好吗？没有充足的阳光，要烂秧。下雨，桑叶湿了，蚕不能吃啊！"

那农民说："你这个书生，懂什么啊？我们种的麻，现在正是大量需要水的时候，没有水，你叫麻怎么长得好啊？活下来都难！"

现在的农村，已经很少种麻了。但是，在大量种植棉花之前，除了少数富贵家庭的人穿丝绸服装之外，人们穿的衣服都是用麻布做的。古代诗歌中，也常常"桑麻"并称，例如"把酒话桑麻"之类。因此，当时的农民，大量种植麻。麻的收成如果不好，对他们来说是很大的损失。

白龙觉得，自己这个差使不容易干好啊！秧苗和桑树，这个时候，既要雨，又怕雨，要太阳；麻呢，又要雨。这该怎么办呢？

回到庙里后，白龙把部下找来开会，请他们说说，以前的龙神是如何处理这些矛盾的。

部下甲说："上一任长官，决定第二天的天气用的是抽签的办法。"

白龙问怎么抽签。部下甲赶快去拿来一个竹筒，把竹筒里的竹签都倒在会议桌上。白龙很好奇，随手取过几根来看。这些竹签上，写着"下雨""大雨""阴转多云""东南风，大风，微热""西北风，大风，大寒"等等。部下甲说："抽到哪根竹签，就按照竹签上说的实行。"

白龙听了，眉头紧皱，心里说："荒唐！"转头问年资比部下甲深得多的部下乙："老先生，据你所知，以前的长官还有哪些办法？"

部下乙咳了几声嗽，嗓音沙哑，说："都是这样的，历来如此。长官您看，这些竹签，都磨得滑溜滑溜的了。您可以让我们制作一些新的，否则，确实显得寒酸了一些。"

白龙忍无可忍，怒道："荒唐透顶！"

部下甲和部下乙以为是在骂他们，赶紧低下头，很紧张。其他的部下，喝水的喝水，抽烟的抽烟，唯恐白龙问他们。究竟应该如何决定天气，他们从来就没有想过。

白龙看到部下们这副模样，失望极了，于是宣布散会。部下们赶紧离开。

怎么解决这样的问题呢？白龙想，不如看看图书档案室，有没有值得参考的资料。

于是，他来到图书档案室。这里窗明几净，图书档案都排列得整整齐齐。阅览桌上，只有一位白胡子老人在看书。

看见白龙进来，白胡子老人赶紧站起来，垂手而立。

白龙问："怎么这图书档案室，就你一个人？"

白胡子老人恭恭敬敬地回答："就我一个人。我在这里负责整理图书档案，还有扫地擦桌子之类的卫生工作。这地方，除了我，已经五十年没有人进来了。"

白龙看看这里的状况，心想，五十年没有人进来，还收拾得这么整齐，这么干净，难得！他对白胡子老人的敬佩之情油然而生，急忙请老人坐下。

两人都坐下后，白龙便把自己遇到的难题说给白胡子老人听，并且真诚地表示，希望得到老人的指点，尽快查到有参考价值的资料。

老人听了，沉吟道："长官要的这方面的资料，这里肯定没有。"

白龙很吃惊，说："这里这么多图书资料，您都读过？"

老人说："都读过不敢说，但都翻阅过。我能够确定，这里没有您要的这方面的资料。"

白龙很失望。

老人说道："不过，长官的疑难，在我看来，不难解决。"

白龙眼睛一亮，似乎看到了希望，急忙请教。

老人说："任何农作物，都缺不了阳光和水，缺一不可。现在这个季节，秧苗、桑叶要充足的阳光。这个是一定要保证的。太阳，只有白天才有，那么，白天就不要下雨了，保证阳光充足。秧苗、桑叶、麻，还有别的许多作物，都要雨，这雨，白天不能下，可以安排在夜间，夜间本来就没有太阳。"

白龙一听，惊喜啊！不由自主地站起来，连连说"太好了，太好了！"

老人继续说："夜间下了雨，桑叶肯定被淋湿了。不过，到了白天，阳光普照，不消一个时辰，桑叶就完全干啦！桑树林也不会拖泥带水了。"

白龙对老者，佩服得五体投地，说："这里的天气，实在应该由您来管啊！"

老者说："老朽岂敢，老朽岂敢！长官不耻下问，老朽才斗胆直言。"

于是，白龙就按照白胡子老人所说的安排天气。过了几天，他又变成书生，到田间走访，发现百姓都在赞扬这天气实在好，风调雨顺，都遂百姓的心愿。

秋收结束，因为年成好，百姓都很开心。龙神庙的香火，也前所未有地大盛。

黄粱又梦

清代乾隆年间，湖南有个秀才，叫燕湘云，三十出头，曾经考了几次举人，都没有考中。这年秋天，他又到省城长沙参加乡试。乡试也就是举人考试，一般在秋天举行，也叫秋闱。三场考试，燕湘云都颇为满意，认为这一次，自己肯定能够考中了。

不料，事与愿违，乡试发榜，燕湘云又一次名落孙山。其心情抑郁可知。省城生活开销甚大，既然没有考中，还是早日回家为好。于是，他就和仆人打道回府。

路过一个叫三桥的地方，夕阳西下，燕湘云就找了一家茅店，作为住宿的地方。他办理好入住手续，在房间安顿好行李后，带着仆人，看看周围的环境。茅店台阶下，有秋海棠一株，满身繁花，色极幽艳。庭中两棵梧桐树，绿叶正浓。燕湘云对着这些花木，只觉得触目伤心，于是回到房间坐下。他静坐了一会儿，又觉无聊，就命仆人问店家要了酒菜，自斟自饮。

饮到半酣，他觉得疲倦，就伏在桌子上，闭上眼睛休息。忽然，他听到外面急剧的敲门声，就命仆人去开门。来人原来是报录人，也就是发榜后给考中的考生报告考试结果的人，他高声向燕湘云贺喜，说"燕相公高中"！燕湘云一听，来不及穿好鞋子，就大步出来迎接，确信自己已经考中后，对报录人说："乡试榜已经发布了，上面没有我的姓名，怎么又说我考中了呢？"报录说："乡试榜填写，是从低名次到高名次进行的。低名次的先写上，高名次的晚写上，逐步往上写。相公您是第二名，所以，发布得晚了。"燕湘云大喜，觉得考官毕竟有眼光，拿出二两银子，赏了报录人，就跟着报录人到了省城。

到省城后，燕湘云拜见主考、副主考和巡抚、布政使、按察使、学政等相关官员，又拜见同年，忙了好几天，才回家乡。

回到家乡，四方乡绅，还有亲戚朋友，都来贺喜，燕湘云要招待，还要答拜，还要去其他应酬，例如参加各种典礼之类，如此又忙了一阵。

同年李生来访，说第二年正好开春闱，也就是进士考试，商量一起赴考事宜。然后，燕湘云参加文会，筹措盘缠，又一阵大忙。

次年二月，燕湘云偕同李生进京赶考，一路上又遇到几个考生，遂一起进京。到京城后，燕湘云广泛结交朋友，拜见名流，晋谒前辈，一时声誉鹊起。

会试榜发，燕湘云考中了。殿试榜发，燕湘云名列二甲第五名，钦点翰林院庶吉士。燕湘云任职，既谨又勤，诗词歌赋以外，策论亦属优等。散馆，授翰林院编修之职。燕湘云欲报答皇上知遇之恩，屡次上疏，直陈社会利弊，俱被采纳。翰林大考，燕湘云名列一等。

没过多久，朝廷命燕湘云为山东乡试主考，燕湘云遂赴山东主持乡试，所录取举人，都是山东知名人物，和当地舆论所赞扬的人高度一致。新举人照例以银两表达尊师之意，燕湘云所获甚为丰厚。当地巡抚等官员，也奉送程仪不少。

回到京师，燕湘云托人带回家三百两银子，让父亲以一百两修宗族祠堂，一百两修燕氏宗谱。不久父亲回信，说整个宗族都感谢燕湘云敬宗敦族之义举。

数月之后，燕湘云升任御史。当时，军机大臣刘某，擅作威福，结党营私，巧取豪夺，横行不法，家中富可敌国，京城内外，议论纷纷。燕湘云经过周密调查，掌握了大量的确凿证据，上奏章弹劾刘某。刘某被革职抄家，流放黑龙江。一时朝野震动。燕湘云于是得了"铁面御史"的称号。

此后，燕湘云屡次作为钦差大臣，到地方处理疑难大案要案。他所到之处，贪官污吏，奸邪豪强，望风慑服，大案要案，都迎刃而解，被他办成铁案。

青莲教造反，斩将杀官，屡屡攻陷城池，势如破竹。朝廷赐尚方宝剑，命燕湘云全权负责平乱。燕湘云刚到其地，就召集文武官员会议。会上，他宣布某总兵擅自逃跑罪状、某知县弃县城逃跑罪状，当场以尚方宝剑斩杀，其余文武官员，无不惊悚。既而燕湘云宣布战役方略，命各位文武执行。燕湘云自己，披坚执锐，亲自上前线。将士见之，无不用命，一鼓作气，将青莲教军队，彻底荡平。燕湘云凯旋，献俘阙下。九卿都出郊三里迎接。燕湘云作《颂圣诗》五言二百韵，皇帝命众大臣和之。

皇帝深知燕湘云有经国济民之才，就任命他为巡抚，不久又晋升他为总督。十年之间，他曾经在九个省担任巡抚或总督。他任职期间，钱粮、水利、民政、教育、盐政、矿政、治安、荒政等等，他都办得妥妥帖帖。百姓安居乐业，社会欣欣向荣，于是，他有了"有脚阳春"的雅号，意思是说，他到哪里任职，那里就繁荣昌盛，百业兴旺，如同春天一样。

燕湘云刚满五十岁，皇帝将他内调，担任军机大臣，相当于宰相，此乃众望所归也。他协和同僚，辅佐皇帝，燮理阴阳，举国风调雨顺，百姓安康，万国来朝。皇帝下令，修《乾隆大典》，以符"盛世修典"之说，而命燕湘云主持编纂。燕湘云率领众俊彦，埋首典籍三年，《大典》终于告成，朝廷论功行赏。燕湘云自入军机处，屡次担任会试主考官，门下生数以千计，其中列九卿、位督抚者多人。

日理万机之暇，燕湘云寄情翰墨，诗文书画，都达到第一流的水平。文坛艺林，奉他为风雅领袖。其所著学术著作《经史考疑》，煌煌两百卷，考据精审，议论高超，识者都称兼汉学、宋学之长而无其短，洵为传世巨著。

燕湘云七十岁生日，皇帝亲自写诗祝贺，门生故吏，纷纷上门祝贺，道路为之阻塞。所收到祝贺寿诞的诗文对联无数。当晚，燕湘云秉烛夜读《老子》，读到"知足不辱，知止不殆"，不禁悚然，马上写《请归养疏》，说"臣父母已近百岁，终日倚闾望臣归，万望陛下成臣之孝"云云。第二天，就上奏朝廷。皇帝当场挽留，燕湘云说："圣朝以孝治天下，臣耿耿孝心，还请陛下明察！"皇帝终于首肯。

燕湘云回乡之日，皇帝率领文武百官，送出城达五里之远，这才依依惜别。一路上，沿途官员，招待殷勤备至。

这天，燕湘云一行，来到三桥。燕湘云找到当年歇宿的那家茅店，想看一看当年歇宿的房间。老板告诉他，那间房间，早就不作旅客住宿之用，而是终年供奉燕大中堂长生禄位，供人礼拜。

　　燕湘云来到那间房间前，推开门，恍惚见到房间内有灯火，正要跨进门，不料脚被门槛一绊，似乎要跌倒，他赶忙稳住自己的身体，却突然醒来！

　　燕湘云睁开眼睛，再摇了摇头，揉了揉眼睛，只见桌子上剩菜残酒依然，一灯如豆，仅仅多了一朵灯花而已！

　　旁边的仆人笑道："相公连日劳累，这一觉，睡得这样沉！刚才打呼噜，还打得很响呢！"

马屁精

秀才某甲，擅长拍马屁，大家叫他马屁精。

有钱人家有喜事，他都要去拍马屁。如何拍法？最为简单的，就是送一副对联。例如，人家结婚，他就送诸如"螽斯瑞叶，鸾凤和鸣""十里好花迎淑女，一庭芳草长宜男""天赐良缘长百世，凤结佳偶肇三多"之类的对联；人家庆寿，他就送"自是牡丹真富贵，果然松柏老精神""天上星辰应作伴，人间松柏不知年"之类的对联。如果人家有丧事呢，那他就送挽联，什么"文章卓荦生无敌，风骨精灵没有神""事业已归前辈录，典型留与后人看""无愧相夫教子，定知成佛升天""寿世文章，一代山斗韩吏部；等身著作，六经渊薮郑司农"等等。这些，一看就是不着边际的拍马屁，但主人都非常喜欢，把秀才请来喝酒，坐上座，还要给他一个大红包。

如果是豪门，家里有人庆寿，除了送寿联外，某甲还要送上一篇寿序，除了把老寿星吹捧一番外，还要把主人家或者和寿星相关的有名望、有地位的人大大吹捧。豪门家里有人去世，某甲除了送挽联外，还要送上一篇死者的墓志铭、传记之类，当然也是大大地吹捧一番。主人家照例要以银子重谢。

更为夸张的是，有著名的大官僚去世，某甲也会根据他掌握的一些资料，加上道听途说，给死者写碑传文，大肆吹捧死者及其家庭。然后，他把这些碑传文在社会上散发，暗示这些大官僚去世后，他们的后人也都请他写碑传文。大家一看，连那些大官僚的碑传文，都是出自他的手，于是，对他就更加肃然起敬了，请他写碑传文的豪门，也更多了。他的文字，价格自然越来越昂贵。有时，一篇碑文，竟然能卖一千两银子！其实，那些大官僚的后人根本就不知道，他们和死者，都成了某甲做广告的材料！

官员某乙，知道了某甲拍马屁的才能，就把他聘为幕僚，也就是大致相当于现在的秘书。此后，某乙在官场上的应酬文字，对联、诗歌、各类文章，都出之于某甲之手，应酬的对象，都被这些文字拍得如醉如痴。某乙因此在官场步步高升，官至总督。

为了酬谢某甲，某乙上奏朝廷，让某甲当了知县。

可是，除了写诗文拍马屁，某甲可谓一无所能。水利、钱粮、刑法、教育、盐务、民政、农业、荒政等等，他完全一窍不通。在他的治理下，那里水灾、旱灾、虫灾等灾害频发，他救灾不力，大量百姓逃荒，甚至死去。穷困导致的恶性案件如同家常便饭。可是，某甲靠着拍马屁的高超技术，没有几年，就升到了知府，结果是这个府又被他折腾得一塌糊涂。

因他为政不善而丧生的百姓，联名在冥间上告，以渎职和拍马屁两个罪名控诉某甲。判官接到了这个控告，向阎王汇报。阎王下令，让牛头、马面两个鬼卒，前去拘捕某甲。

牛头、马面到阳间，见到某甲，不由分说，就一条铁链，往他脖子上一套，锁了，拉了他就走。

某甲一边走，一边定了定神，知道了这是去冥间，反抗也没有用处，只好跟着走。一边走，他对马面说，"老兄，我也姓马，人家叫我马屁精，我们是兄弟"，转过头，又对牛头说，"老兄，我们当然是表兄弟"，接着，就大讲儒家"亲亲仁也"的理论。牛头、马面听了，顿觉亲近，就把某甲脖子上的铁链解了下来。接着，某甲不断赞扬他们身材伟岸，相貌英俊，步伐健美。牛头、马面从来也没有得到过如此赞扬，非常高兴，竟然轮流背着某甲走。

他们来到阴司，牛头、马面把某甲交给判官。判官准备开堂审理众百姓状告某甲的案子。

一切准备就绪，判官喝令某甲跪下。某甲挺立不跪，朗声道："我堂堂天朝一个知府老爷，怎么能够对你一个判官下跪？"

判官心想："此人不是马屁精吗？怎么如此强项？莫不是百姓告错了？还是牛头、马面抓错了人？审了再说。"于是，他冷笑道："不要说你是个小小的知府，一品大员来这里，也是我审理。"

某甲道："那是你们这里不讲尊卑！小民百姓你审理，朝廷命官也是你审理，那么，朝廷命官，岂不就等同小民百姓？朝廷尊严何在？儒家尊尊之义何在？我告诉你，我见到阎罗大王，才会开口了。"说完，任凭判官气得暴跳如雷，某甲充耳不闻，只是一声不吭。

阎罗王听到外面判官高声嚷嚷，就命一个小鬼去看，是怎么回事。小鬼出来问，判官就把情况简单说了。小鬼转身进去向阎罗王汇报，阎罗王听了，就走出来。

判官见了，就站起来，把座位让给阎罗王，一边小声对阎罗王说："这个人不像是马屁精，硬得很。"阎罗王刚坐下，某甲赶紧跪下去。

阎罗王一边翻阅着案卷，一边审问某甲："你的外号是马屁精，是吗？"

某甲道："回禀大王，人家是这样叫我的。"

阎罗王道："你当过知县、知府？"

某甲道："是的，大王。"

阎罗王道："众多百姓告你为政不善，导致很多人死亡。他们在案卷中，罗列了很多事实，对此，你有什么话要说？"

某甲道："大王明鉴！除了判案有误外，古往今来，为政不善而导致严重后果的地方官员，谁被判刑了？这样的官员，如果都要判刑，恐怕地狱再扩大十倍，还是装不下他们的。"

如果在史书中细细地找，这样的实例，应该能找到一些的。可是，阎罗王读阳间书不多，一时想不起来，就说："那《西游记》中下错雨的龙王，不是被斩了吗？"

某甲道："龙王不是为政不善，是有意抗旨，冒犯了玉帝的尊严，当然就该杀了。"

阎罗王思索片刻，道："好，为政不善导致很多人死亡，这一端，可以不追究了。你靠拍马屁名利双收不算，还当到了知府，这总是事实吧？"

某甲道："回禀大王，这确实是事实。"

阎罗王道："你给那些富户写诗写文写对联什么的，人家给你润笔，这纯属正常，这完全是买卖。你写得再夸张，也不会有什么社会危害，再说，大家谁也不会把这些东西当回事，没有人相信那些都是真的，所以，这个部分，就不追究了。可是，你代那些官员写的和为你自己写的那些用于官场应酬的许多文字，实际上就是一种精神贿赂，你们通过这种贿赂，得到了想要的而不该得到的官位。这就是行贿罪，不能不追究了。"

某甲道："大王明鉴，容我细细禀告。我写应酬文字用于官场吹捧，其实，这和我给富户写那些祝颂文字，性质完全一样。坦率地说，他们需要有人给他们拍马屁，我就是满足了他们这样的需要，如此而已。如果他们不需要，我即使有拍马屁的超高本事，拍谁去？市场上，有了买方，才有卖方。如果没有买方，就没有这买卖，也就不会有卖方了。大王把我拍官场人物的马屁，看作是精神贿赂，要判我的行贿罪，那么，那些接受我拍马屁的人，用大王的话说，就是接受我精神贿赂的人，是否也应该判他们的受贿罪呢？"

阎罗王坚定地说："当然要！"

某甲道："大王，看来大王还不了解阳间的情况。其他的贿赂，我就不说了，省得节外生枝，就单单说拍马屁，也就是大王说的精神贿赂吧。那些当官的人写的诗文集，要找一种没有给大官等'上面的人'拍马屁的文字的，恐怕很难。每次会试殿试发榜后，都会有考中的那些人的答卷风行，翰林院考试后，也会有答卷风行。大王可以随便翻翻其中的五言八韵诗，看看那些人拍马屁夸张到什么程度、肉麻到什么程度！如果精神行贿、精神受贿都要算作犯罪，那么，大王如何来处罚这么多人？他们都会任凭大王处罚？地狱扩大十倍，能容得下他们吗？"

阎罗王听了，沉吟不语。

某甲继续道："不仅地上如此，即使天上，也差不多。"

阎罗王一惊，心想："此人竟然还熟悉天上的情况？莫非他是天庭某大员的亲戚？"便问："你此话怎讲？"

某甲道："大王！天庭那么多元帅、将军，甚至是天王，他们加起来，还没有孙悟空能力强吧？可是，孙悟空是什么官职？弼马温吧？怎么能和天王、元帅、将军相比呢？这实在太悬殊了。凭什么？还不是孙悟空不会拍玉皇大帝的马屁！除了这个，还有另外的解释吗？"

阎罗王听了，继续沉吟。

某甲道："天上天下，我所知道的有官爵的人和神中，确确实实从来不吃马屁，只有一个。"

阎罗王一听，大奇，眼睛一亮，急忙问："谁啊？"

某甲道："就是您大王啊！"

阎罗王心里得意，嘴上却说："我？还差一点儿吧？"

某甲道："这难道不是事实吗？我早就作了一首五言八韵诗《阎罗王颂》，朗诵给大王听。"

然后，清了清嗓子，某甲就朗诵起来，当真是珠圆玉润，声振金石。阎罗王学问不大，但是竟然全部听懂了，就称赞某甲写诗水平高，朗诵得也好。

最后，阎罗王说："官场应酬，圣人不免，经典明载。古往今来，诗文集中，此类作品，连篇累牍。因此，此类行为，不再追究。至于为政不当导致很多人丧生，历代没有追究先例，且实际上亦不可行。故此，某甲无罪释放，加三十年阳寿，送回阳间。"

某甲大喜，向阎罗王磕头致谢完毕，由牛头、马面送回阳间。

太阳升起的地方有黄金

王守弱是个穷苦的年轻人，没有父母，也没有其他的家人，家里除了一间破茅屋赖以栖身之外，没有任何家产。

那么，他如何生存啊？给人家打零工。农忙的时候，他很忙，人家雇佣他干农活。农闲的时候呢，人家雇佣他拉磨、当小工等。总之，他很少有空闲的时候。

为什么大家愿意雇佣他呢？很简单，尽管他不那么能干，但是，干活很尽心尽力，最为难得的是，他不和任何人争，当然，也不和东家争工钱、争饭菜，东家骂他，泥水匠、木匠等大师傅骂他，即使骂错了，他也逆来顺受。他也没有任何不良嗜好，很节俭。可是，一年忙到头，他也赚不了几个钱，因为东家给他的工钱实在太少。

有人说，看这个名字，他倒像是个有学问的人。其实，他本来连名字也没有的。他爹娘在世的时候，见他长得实在太瘦弱，就叫他"瘦弱"。后来，村上要造个庙，村里的豪强强迫他捐了二两银子，登记捐款的时候，执笔的私塾先生，觉得"瘦弱"这名字实在不雅，就给他改写为"守弱"。这名字，倒非常准确地体现了他的为人。

王守弱给人家干活，只有中午一顿，在雇主家吃饭，早饭和晚饭，都是在自己家里吃的。他孤苦伶仃一个人，也没有人到他家里拉家常，他也从来不到别人家里去——因为没有人看得起他。他是村上最孤独、最寂寞的人。可是，一只乌鸦，每天早晨和晚上，都要到王守弱门口的小树上，待上一会儿，看看王守弱，偶尔向他叫几声。王守弱呢？每天早晨和晚上，吃饭的时候，即使食物很少，不够自己吃，他也都要分一点儿给乌鸦吃。乌鸦身体小，一点儿食物，对它来说，都是很重要的。例如，半个鸡蛋大小的一块馒头，对乌鸦来说，就好比我们一个成人的两三个馒头了。

王守弱和乌鸦尽管无法交流，但早已成为了好朋友。他经常对乌鸦说："乌鸦啊，你如果会讲人话，那该多好哇！"

有一天晚上，乌鸦竟然飞进王守弱的茅屋，对他说起了人话："王守弱，你这么一个大好人，应该发财啊！"

王守弱见乌鸦说了人话，大喜，说道："我倒是很想发财，但像我这样的人，怎么会发财呢？"

乌鸦说："太阳升起的地方，地上有很多金子。我把你背到那里，你捡了金子，我再把你背回来。"

王守弱说："太阳升起的地方肯定很热，不要说我吃不消，你也会吃不消的。我们不要去冒那样的险。"

乌鸦说："我们只要在太阳出来之前及时离开，就可以避免这样的危险了。"

王守弱说："你那么小，能背得动我吗？把你压坏了，我就造孽了。"

乌鸦说："没有问题！我可以变大的。你找一个装金子的口袋。到二更时分，我们就出发。我会来接你的。"说完，乌鸦就飞走了。

王守弱很兴奋。可是，他知道，他家里根本就没有口袋。他好不容易找了几块破布，缝成一个小小的口袋。刚缝好，二更天就到了。乌鸦准时来到门口，叫王守弱出门。

乌鸦变得像一只水牛那么大，拍打着翅膀。王守弱带着那只刚缝成的口袋，爬上乌鸦的背，乌鸦就起飞了，向着太阳升起的地方飞去。

乌鸦到了太阳升起的地方，让王守弱着陆。王守弱着陆后，发现那里果然有很多金子，一块一块的，金光闪闪，散落在地上。他赶快捡起来，放到口袋里。他那口袋实在小，不一会儿就满了。他觉得，有这些，就完全足够了。

于是，他就催促乌鸦，赶快离开，否则，他们会有危险。乌鸦就驮着王守弱，回到了王守弱的家乡。

王守弱有了这么多金子，就买田买地，起房造屋，还娶了大户人家的女儿，家业非常兴旺。当然，乌鸦还是经常到他家门口的树上，和王守弱一起待一会儿。没有人的时候，他们也会交谈。王守弱仍然会把一些食物留给乌鸦吃。

村上从来不缺妒忌的人，他们特别不能容忍本来过得比他们差的人时来运转，日子过得比他们还好。于是，他们就到知县那里去告状，说王守弱暴富，肯定是做了强盗，要知县调查。

知县听了他们的怀疑和指控，命令衙役把他们每人都打了三十大板！那些村民，被打得杀猪似的嚎叫。责打完毕，知县警告他们，如果他们再这么造谣，他会更加严厉地惩罚！那些人心惊胆战，连声说再也不敢了，就抱头鼠窜。

过了一两天，王守弱家里，来了一位算命先生。王守弱成了富户以后，家里经常有此类人物来。王守弱知道他们生活不容易，从不拒绝，不管他们说什么，都会给一两天饭食的钱。听说门外又来了一位，他就命人请进来。

算命先生进门坐下后，让王守弱叫其他的人回避。王守弱挥挥手，丫环等人上完茶，就退了出去。

算命先生压低声音，对王守弱说："实不相瞒，我是本县知县。"

王守弱一听，大惊，赶忙站起来，要磕头，却被知县制止了："坐下说话，不必多礼。"王守弱只好坐下来。

知县继续说："王守弱，你知罪吗？"

王守弱大骇，慌忙拜倒在地，说："大人明鉴！小人不知道犯了什么罪。"

知县道："有人告你私通强盗，抢劫富户，半年之中，抢劫富户三十六家！是不是事实！从实招来，我倒可以考虑网开一面，给你一条生路。"

原来，这知县的职位是他捐来的，因此，他当官，目的只是尽可能地多捞钱。那几个村民告王守弱通强盗致富，如果这是真的，知县破了强盗抢劫案，好处也不过是给上司一个能干的印象而已，在当时的官场，这也未必就能给晋升加分，至于银子，则一两也别想捞到，因为赃物不是归还受害者，就是入国库。如果引而不发，不管王守弱是否真的私通强盗，冲着他暴富，知县总是可以敲他一大笔银子。

王守弱伏在地上，声音颤抖，说："青天大老爷，冤枉啊！我一向胆小，别说抢劫，给人家做工，我工钱饭食，都不敢和人争的！您如果不信，可以了解的。"

知县阅人很多，他知道王守弱没有说谎，继续问："如果不是私通强盗，你怎么会暴富的呢？"

王守弱吓怕了，只好把乌鸦背着他去太阳升起的地方捡金子的事情，原原本本地说了出来。

知县假装完全不相信，说道："鹦鹉能够模仿人说话，猩猩能够模仿人做事，但它们总归是禽兽。你说的，不符合情理，属于孔子不谈的'怪力乱神'。"

王守弱辩解道："今天太阳快要下山的时候，那乌鸦会来。你自己看就是了。"

知县说，那就等着瞧吧。

太阳快要下山的时候，乌鸦果然落在王守弱家门口的树上。王守弱走过去，乌鸦和他果然非常亲热。王守弱照旧拿了食物给乌鸦吃。这些，知县都看在眼里。

乌鸦飞走后，王守弱回到屋子里。知县对他说："乌鸦明天会再来的。你告诉它，让它后天二更天，带我到那个地方去捡金子。否则，我就按照你私通强盗拘捕你。"说完，知县就扬长而去。

第二天，太阳快要下山的时候，乌鸦又来和王守弱相会了。王守弱就把知县的话都对乌鸦说了。乌鸦听了，沉默了好一阵，叹了口气，说："杀身的知县，灭门的知府。别看你家财万贯，为人处事，没有丝毫瑕疵，但知县随便一个借口，就可以把你杀了，你的财产也会任凭他处置。就按照他说的办吧。"

天擦黑，知县就来了，他带了一个大口袋，还带来一条狗。到次日二更，乌鸦也来了。没有讲几句话，知县带着大口袋，还有那条狗，就爬上了乌鸦的背。乌鸦就驮着这一人一狗，向太阳升起的地方飞去。

乌鸦飞到太阳升起的地方，着陆后，知县带着他的狗，迫不及待地从乌鸦背上下来。知县看到这么多金子，赶快捡啊！他一边捡，一边不断地催促他的狗，赶快给他叼金子到他拿的大口袋里。一人一狗，就在那里忙着。

太阳快要升起来了，乌鸦催促知县，让他和他的狗赶快爬到它的背上，马上撤离，否则，太阳一出来，三条性命一起完蛋！可是，知县说："我才捡了小半口袋呢！让我再捡一会儿，真的一会儿！"乌鸦催促了三次，知县的回答都是这样。实在不能再等下去了，乌鸦就先飞走了。乌鸦刚飞走，太阳就升起来了！后面的故事，大家也都能猜到了。

熟种子的故事

古时候，有一个年轻人，叫阿富。家里就他一个人，靠耕种祖宗传下来的一块旱地生活。旱地不能种水稻，要种其他粮食，高粱是通常的选择。当时的粮食产量低，因此，阿富辛勤耕种，也只能糊口而已。

村上有个富豪，叫阿贵。他听风水师说，阿富的那块地是风水宝地，就一直对那块地垂涎三尺，想买到手，无奈阿富不肯卖。阿贵也没有办法，只好等待机会。

这一年闹饥荒，阿富为了活命，只好吃留下作种子的高粱，每天吃一点点，维持生命。到了要播种的时候，这些原本要做种子的高粱，已经几乎被吃完了，他只得向人家借高粱作种子。

阿富在村上找了好多人家，想借高粱，可是，他们都没有多余的高粱可以出借了，有的甚至也要向别人去借。

阿富只好去和阿贵商量。阿贵一听阿富要借高粱作种子，觉得机会来了，当即满口答应，让阿富第二天去取。

第二天，阿富就从阿贵那里借来了几斤高粱。他选了一个吉日，把高粱播种到他那块旱地上。然后，为了活命，阿富就离开家乡，到外地打短工去了。

过了一段时间，阿富回到家乡，想去看看自家地里的庄稼，除除草，捉捉虫，施施肥。他惊恐地发现，别人家地里的高粱已经一尺长了，但是，他那块地里的高粱，只长出了一株。这是怎么回事呢？

原来，阿贵借给阿富的高粱种子，是先煮熟、再烘干的，当然不会发芽生长了。阿贵想让阿富颗粒无收，活不下去，走投无路，不得不卖他那块地，这样，阿贵就可以如愿地买到那块地了。这些，阿富哪里知道？

再补种高粱？时节过去了，来不及了。种别的粮食？也来不及了。可是，这地里长出的唯一的那株高粱，长得非常好，几乎比人家地里的高粱高出了一倍，且很粗壮。阿富也没有办法，只好在那块地里种一些还来得及种的瓜菜之类，以便充作食物。对那一株"独苗"高粱，则分外细心地照料。

那株高粱，竟然长到了三十多米高。到秋天，这高粱结出的穗子，慢慢转成红色，好像一片红云！大家都说，这个穗子，能打几百斤高粱。阿富很高兴，怕有人来偷这高粱，他不分白天黑夜，就守在这株高粱下。

一个月明之夜，阿富睡在高粱下。迷迷糊糊中，他觉得头上有块乌云，睁开眼睛一看，原来是一只庞大的乌鸦。乌鸦用嘴巴折下高粱的穗子，然后飞走了。这高粱穗子是阿富的命啊！阿富马上站起来，追赶那乌鸦。

阿富追啊，追啊。当他追到一座山上时，乌鸦消失了。阿富很伤心，也很累，他哭了一会儿，就睡着了。

在睡梦中，阿富恍惚听到音乐声。他睁开眼睛一看，附近有很多人，在举行聚会，他们唱歌跳舞，喝酒吃菜。一个白胡子老者，手里拿了个葫芦。这些人要什么，酒啊菜啊，他就向这个葫芦要，从葫芦中倒出来。葫芦中的酒菜，取之不尽。很明显，这些人都是神仙。这一切，让阿富看得目瞪口呆。

聚会结束了，神仙们离去了。阿富看到那葫芦被白胡子老者忘记了，就捡起那葫芦，追上那白胡子老者，要还他这个葫芦。白胡子老者说，这个葫芦是他特意留给阿富的，阿富一定得收下。阿富就不再推辞了。

阿富回到家里，要什么吃的，就向这宝葫芦要。村民们知道阿富的高粱穗被乌鸦摘去了，都来慰问阿富，却发现阿富顿顿大吃大喝，很奇怪，就问是怎么回事。经不住乡亲们的纠缠，阿富就把这段奇遇告诉了他们。他们啧啧称奇。

阿贵知道了阿富的这段奇遇，也想去碰碰运气。他也在一个月明之夜来到那座山上守候，竟然也遇到了那样的神仙聚会，和阿富的奇遇，一模一样。

神仙聚会结束了，神仙们离去了。可是，那白胡子神仙竟然没有忘记他的葫芦，他把葫芦插在后腰的腰带上。眼看着白胡子老者要走远了，阿贵着急啊，不由自主地追了上去，伸手去偷那葫芦。

神仙的东西岂容凡人偷窃？《白蛇传》中，白娘娘盗仙草，但白娘娘自己也是神仙啊！白胡子老者转过身来，把阿贵当场抓住。

神仙们都回过来，围观这个小偷，还指指点点地笑骂讥嘲。阿贵无地自容。白胡子老者说："大家说说看，我们怎么惩罚这小偷啊？"

一位女仙说："这个容易啊！我们给他做点记号，让别人容易认一点，好防范他啊！我看，把他的鼻子拉长一些吧！"

白胡子老者说："何仙姑这个主意很好。我们就这样干！"说完，他伸手把阿贵的鼻子，拉长了一些。

他开了个头，神仙们你一把，我一把，把阿贵的鼻子拉得很长很长。阿贵只得任他们拉，不敢动弹。

神仙们终于走了。阿贵看看自己的鼻子，又是害怕，又是沮丧。鼻子拖在地上那么长，怎么走路啊？他费了好大的劲，把鼻子缠在腰间，才连滚带爬，回到家里。此后，阿贵只好待在家里，不敢出门啦！

金元宝

　　江南某一个村上，有一个农民是驼背，他的脊梁严重弯曲，整个身体，看上去似乎像个元宝。他的父母，就给他取了个名字，叫"元宝"，正好他姓金，就叫"金元宝"。

　　金元宝家里很穷，只有两亩薄地，全家勉强维持生活。他很聪明，自己学会了二胡，到了十六七岁，又自己编写了不少唱词，都是吉庆的内容。看到哪家人家有这样那样的喜庆之事，他就上门，一边拉二胡，一边唱那些吉庆的歌。当然，他唱的内容，都是和那家人家的喜事相切合的。他"金元宝"的姓名，加上他演唱的内容，都很受人欢迎。因此，那些办喜事的人家都把他的光临看作佳兆，唯恐他不去演唱。当然，人家也会给他比较丰厚的报酬。

　　就这样，金元宝慢慢积累了一些财富，娶了妻子，还竟然买了一块十亩大的水田。这块水田，三面各靠一条河，可以分别从三条河取水灌溉、罱河泥作为肥料，旱涝保收，因此，是当地上好的田。

　　不料，这十亩地给金元宝带来了麻烦。当地有个叫曹甲的富豪，早就看中了这十亩地。每次路过那里，曹甲总要停留一会儿，盯着田里长得非常好的庄稼，想象这田是自己的，在虚幻中过过瘾。他一直在寻找机会，让这田变成自家的产业。

某日，邻村张家娶媳妇，场面很大，金元宝当然照例前去演唱。不料，就在当夜，张家被强盗抢了。新娘丰厚的嫁妆几乎都被抢走了。发生了抢劫案，知县当然一定要立案侦查。曹甲一看，机会来了。他撺掇张家告状，把金元宝列为嫌疑犯，说金元宝到张家演唱，就是为强盗做眼线。

就这样，金元宝被逮捕了，关押在监狱中。在封建时代，天大的官司，地大的银子。尽管金元宝确实和强盗没有任何关系，但是，为了给他洗刷冤屈，让他在监狱中少吃苦头，金家忍痛卖了那十亩地，买家正是曹甲。由于金家急着用钱，曹甲一再压价，最后的成交价，仅仅是正常售价的一半而已。

金元宝好不容易被证明无罪，放了出来，但是，那十亩地已经没有了，金家又回到了清贫。金元宝尽管还像以前那样，到有喜事的人家演唱，但是，他的精神和以前大不一样，人家对他的热情，也和以前不一样了。当然，他获得的报酬，和以前相比，也明显少了。

金元宝多方了解他这一场无妄之灾的由来，最后终于确证：是曹甲为了图谋他那十亩地而设的局。

初夏的一天，金元宝路过那十亩地，看到小麦即将成熟，佃农还在田角的河泥潭旁边加工河泥，一切还是以前的样子，可是，这些都已经和他没有任何关系了。那香喷喷的新麦面也归曹家享用了。想到这些，金元宝不禁黯然，也觉得自己窝囊。

晚上，金元宝喝了一碗酒，有点醉了，不禁"怒从心头起，恶向胆边生"，避开家人的眼睛，拿起一把斧子，就出门了。他要去杀了曹甲，出一口恶气。

他走上一座小石桥的时候，被凉风一吹，酒醒了不少，想道，我失去了那十亩地，但家还在，我命还在。如果我杀了曹甲，我的命也就没有了，还造了恶业，比现在要糟得多。只要我的命还在，我还可以努力地赚钱，尽管未必能够把那十亩地买回来，但是，可以买其他的地，也许还会买到更好的地、更多的地。想到这里，他就把手中的斧子扔到了河里。

斧子掉到水里，发出"扑通"一声，一个声音马上传来，似乎是这声"扑通"的回响："这不是金元宝吗？"另外一个声音说："不错，是金元宝！"

金元宝刚要寻找，看看是什么人在说话，就觉得被人按倒在桥上，身上身下，各有一块硬板，被人使劲地压。但他并不觉得疼痛，反而沉沉睡去。

大约小半个时辰后，金元宝悠悠醒转，发现自己躺在桥的一边，赶快爬起来。他惊喜地发现，他的脊梁竟然直了！他成了一个挺拔的男子汉了！对一个三十多岁的驼背来说，还有比这个感觉更好的事情吗？

他回到家里，家人见了，几乎不敢相信，世界上还有这样的事情！当然，全家都沉浸在喜悦之中。

第二天，金元宝照常外出，村里人见了，都很惊讶。这消息很快传开了。没有几天，远远近近，都知道了。当然，这和金元宝常常四出演唱，知名度高，也有密切的关系。

不久后的一天，曹甲的伯父曹壬，来到金元宝家里。金元宝很奇怪，因为他和曹壬素来没有交往，有时路上遇见，即使金元宝主动和曹壬打招呼，曹壬也不过似是而非地鼻子里"哼"一下而已。尽管金元宝和曹甲有仇，但曹壬毕竟不是曹甲本人，何况，好汉不得罪上门客，因此，金元宝很客气地接待了曹壬。

几句客套话以后，曹壬说明了来意，说他代曹甲邀请金元宝第二天到曹甲家作客，曹壬会作陪。金元宝问什么事情，曹壬说，第二天他去了再说，并且再三申明，不会对金元宝有半点不利。金元宝想，自己就剩下祖传的两亩薄地了，也没有什么值得曹甲费心惦记的了，于是就答应了。曹壬也起身告辞，回曹甲家复命了。

第二天，金元宝到曹甲家作客，令他感到奇怪的是，曹甲竟然没有出现，只有曹壬一个人殷勤作陪。曹甲的妻子非常恭敬，忙忙碌碌，上酒上菜。酒菜非常丰盛。金元宝从来没有被人这么对待过，简直受宠若惊了。

酒过三巡，菜过五味，正事来了。曹壬道："元宝兄弟，您是否可以告诉我们，您的脊梁是如何变直的？是请哪位医生医治的？或者是吃了什么药？"

金元宝说，他自己也不知道，是在那座小石桥上被人压直的。金元宝的这些话，曹壬当然不相信，他说："我知道，我侄儿曹甲确实有对不起您的地方。但是，这个忙您一定要帮的，我们一定重谢。"

金元宝大奇，说重谢不敢当，如果拿了不义之财，他的脊梁又要断的，他宁可穷，也不想像过去一样做驼背。

曹壬听金元宝说到"拿了不义之财，脊梁要断的"，大惊失色！羞愧地说，某天夜间，曹甲忽然被家里的一张凳子绊了一下，跌了一跤，脊梁刚巧撞在桌子边上。那张桌子，是上好的榉木做的，非常硬。就这么一撞，曹甲的脊梁就断了，变成了驼背，样子和金元宝以前一样，此外，还疼痛难熬。从那以后，曹甲就没有再离开过床。此事除了曹甲家里人外，就只有曹壬知道。因此，曹壬听到金元宝说到"拿了不义之财，脊梁要断的"，能不大惊失色吗？

金元宝听了，才明白曹家为什么要请他来作客。他就原原本本地把他想来杀曹甲、走到桥上放弃这样的念头、把斧子扔到河里，然后被人压直了脊梁这些事情，都讲了。

曹甲夫人在一旁听着。听完后，她扳着指头细细算了几番，说曹甲撞断脊梁的时刻，正好是金元宝往河里扔斧子的时刻！曹壬和金元宝听了，大骇！

在曹甲一家的坚持下，那十亩地被归还了金元宝。不久，曹甲的疼痛渐渐消失了。再后来，没有经过任何医治，他的脊梁也恢复到和以前一样。

真假卢至

卢家世代为官，积累了很多家产。到卢至这一代，不做官了，专门经营各种产业。他苦心经营，持筹握算，锱铢必较，成了富可敌国的富豪，远近闻名。

可是，他非常吝啬。连同他自己在内，全家老少，以及男女仆人，同样的待遇：每人每天，给米六两，吃穿用度等都在其中。如果有超过，每人自己负责，卢至一概不管。后园的李子熟了，要送到市场去卖，他的儿子吵着要吃，卢至给了他一个，就把儿子当天应得六两米扣除了。

这天午饭时分，卢至饿了，刚要吃豆屑饭的时候，他的妻子来了。如果妻子陪他吃饭，肯定要吃他的份额，这是卢至不愿意的，所以，他就故意延迟吃饭。

好不容易送走妻子，他正想吃饭，忽然想到这天是三月三，游人必盛，在原野间野餐的人很多。出于吝啬心理，他想外出走走，"倘或撞见相熟的朋友，吃他一碗饭，可不省了自家的！"

于是，他就忍饥出游。路上，他捡到一个钱，欣喜异常。

四个叫花子在野餐，卢至见了，便想，叫花子吃完了，地上肯定会留下一些残羹冷饭来，他可以去捡了吃。因此，他就在附近等候。

乞丐们行酒令，第一个酒令是说世界上最富有的四个人，他们都说到卢至，没有异议。第二个酒令是说世界上最穷困的四个人，其中竟然也有卢至，且都没有异议。乞丐们大肆嘲笑卢至的吝啬。这些，卢至都听到了。

乞丐们野餐结束，卢至已经很饿了，赶过去找乞丐们没有吃完的食物，但是一点儿也没有找到。他既非常饥饿，又想到乞丐们嘲笑他吝啬，所以，就痛下狠心，想用捡到的那个钱，购买食品。

经过一番严格推敲，他用这一文钱买了芝麻，想美餐一顿。他又怕别人分食，又怕动物来抢，竟然到郊外没有人的地方，才吃芝麻。

卢至吃得高兴，大叫："方才那些乞丐说我不如他，如今我大吃芝麻，就是天神，也不如我快活！"

不料，天神正好在天空经过，听见这话，就想捉弄一下卢至。他变成世间的和尚模样，以建宝塔为名，前来向卢至化三千两银子。卢至马上严词拒绝。天神于是请卢至喝酒，卢至大悦，痛饮而醉卧。饥饿中的人，是很容易喝醉的。

天神又化成卢至模样，来到卢家，对家人说，以前他如此吝啬，是有吝啬鬼附身控制之故，适才遇见一圣僧，这圣僧将他身上所附吝啬鬼驱除，因此，他此后不会再吝啬了。可是，那吝啬鬼肯定还要寻找回来，"他若来时，你们阖家人同去打骂他，赶他出去，使他永远不敢上门便了"。全家老小，听了非常高兴。

天神于是用卢至家的大量财物奢侈享受，天天设盛宴招待宾客，还配上歌舞等等文艺表演。不仅如此，他还向穷人大幅度地布施钱财。这样一来,合家快活,百姓欢欣。

十天以后,卢至酒醒回家,路上看到很多人推着车,车上都是布匹、粮食之类,很惊讶。他一打听,才知道,这些东西竟然都是他家布施的!他肉痛啊!急忙跑回家。

回到家里,卢至看到家里又是盛宴,又是歌舞,还大举布施,简直要气疯了。卢家家人看到又来了个卢至,想起天神所扮的卢至的话,误以为已经被"圣僧"驱逐的吝啬鬼回来了,拿了预先准备好的桃木棒、鸡血狗血等,上前驱赶卢至。

卢家一时有了两个卢至,莫辨真伪。真卢至无法解释为什么十天不归,无以自明,又见他家享受奢侈,布施无度,自己无法制止,大痛,决意到国王处申诉,请国王详审。

告状需要银子,家中尽管钱财无数,但这时卢至已无法支配,好在还有几窖银子和其他财物藏在城外野坟里,连他妻子都不知道,他还能支配。只是吝啬之性使他舍不得动用,只找了不值钱的十匹白布,但他还是舍不得,边走边减,最后只献了五匹,指望国王能据实审明,断还家产。

可是,因为吝啬,他没送钱给国王的守门人,守门人不肯通报,卢至连国王都见不到,也就无法请国王审理。正无路可走的时候,卢至忽然想到,"那个假卢至性情面貌,与我一般,必定是妖魔鬼怪。佛力最大,一应邪祟,力能追摄",便决定前去求佛,认为"佛以慈悲为主,方便为门,定然与我做主,可不连白布也省了"?他还是不忘吝啬。

佛接受了他的控告,开庭审理,传假卢至和卢至家人到庭。

在佛面前,真假卢至相争。佛命卢至的母亲验证。卢至的母亲说，儿子应该对母亲好。对待她，两个卢至有天壤之别，因此，穿破衣服的那个是假的，因为他对母亲很不好。佛又让卢至的妻子验证。卢至的妻子所说，完全和她婆婆一样。到这个地步，卢至欲哭无泪，万念俱灰。

佛祖于是向卢至说法，卢至大悟，随即皈依佛门。

神奇的石磨

古时候，某一年，某个地方发生了特大的蝗虫灾害，很多土地几乎颗粒无收。不少百姓饿死了。官府赈灾，但杯水车薪。

一些富户，联合起来赈济灾民，这不仅是仁爱之举，也是智慧之举，因为尽管富户还有足够支持自家活下去的粮食，但如果灾民活不下去，揭竿而起，富户也很难保全的。

那里的富户赈灾，采用的是当时常用的方式，就是煮大量的粥，在规定的时间内发放，每个灾民，每天给粥一碗，以不饿死为目标。

青年农民张三排了一个时辰队，好不容易打到了一碗薄粥，就往家里跑。他家里还有一个眼睛已经瞎了的老母亲，这碗粥拿回去，会放在锅子里，加水，加青草，再煮一番，他才和母亲分食，否则，靠这一碗薄粥，母子两人是难以活命的。

走到半路，张三遇到一个年老的乞丐，这乞丐瘸了一条腿，挂着一根拐杖，走路很费力，也很慢。他一边走，一边说："今天又赶不上了！今天又赶不上了！要饿死了！"

张三知道，准是这个乞丐昨天也没有领到粥，等他赶到发粥的地方，发粥的时间肯定过了，他这一天，又吃不到什么东西了。于是，张三对乞丐说："老大爷，您赶到那里，发粥肯定早就停止了。

我分一些给你吧。"

乞丐说："你自己才一碗薄粥，我知道，你家里还有一个瞎眼母亲呢！如果我分了你们的粥，你们自己怎么办？"

张三说："现在这个情况，只求饿不死，就是上上大吉了。我们分给您一些，还不至于饿死，但您至少两天没有吃到正经食物，我怕您支持不下去啊！"

乞丐说："这倒也是。"说完，他就把碗伸向张三。张三把自己碗里的粥，往他碗里倒了小半碗。

乞丐赶快把这小半碗粥喝完，然后，对张三说，附近一个山洞里有一件好东西，要张三跟他去取。张三说，他母亲还在家里等吃的呢。乞丐说，就在附近，不费多少时间的。张三就不再坚持，跟着乞丐走。

乞丐把张三领到那个山洞里，指着一副小小的石磨说："这石磨是个宝贝，你要什么，石磨就给你磨出什么。我力气小，搬不动。我把这石磨送给你，你搬回家去吧。我知道你善良，会用这石磨救人的。"说完，他就教张三发动和制止这石磨的咒语。在确认张三记住咒语后，乞丐就消失了。张三这才知道，这乞丐是个神仙，大概是八仙中的铁拐李吧。

他把石磨搬回家里后，先是像往常一样操作，用打回家的粥和青草一起煮了，侍奉母亲吃完，然后，就琢磨这石磨的事情。

他心想，现在最为要紧的事情，就是赈济灾民。对灾民来说，特别是对从外地来的灾民来说，和大米等相比，面粉食用更加方便。于是，他试着让石磨磨出面粉。石磨果然磨出了大量的面粉。张三高兴极了，先用这些面粉做了几个面饼，和母亲两人饱餐一顿，然后，让石磨磨出更多的面粉，赈济灾民。

很多灾民闻讯而来。张三组织人力，加以妥善管理，用石磨磨出的面粉救了大量的灾民。

事情很快就传到知县李敦仁的耳朵里。知县马上派一个师爷，带了一帮如狼似虎的衙役，找到张三的家里，把张三训斥了一顿，说张三赈灾没有经过批准，是非法的；没有麦子而磨出面粉是妖术；吸引那么多灾民，更是有聚众造反的嫌疑，都够得上逮捕法办甚至杀头的罪名了。最后，师爷说，知县大人是法外开恩，对其他不再追究，但那石磨，必须没收。就这样，张三眼睁睁地看着衙役们把石磨搬走了。

知县李敦仁的儿子李公子平时狐假虎威，仗着他父亲的权力和地位欺压百姓，牟取钱财。那石磨被衙役抢到县衙门后，知县父子就商量，如何用石磨赚大钱。

李公子说，如果就在本县，不管卖什么，都不可能赚大钱了，因为百姓手里早就没有什么钱了。因此，要赚大钱，就要把石磨搬到别的地方去，什么能赚大钱，就让石磨磨出什么。他早就打听到，海湾的对面，盐价高昂。把石磨装在一艘大船中，磨出的食盐就装在船中，再到海湾对面的地方去卖，还省时间。于是，知县决定，由李公子随船，具体操办此事。

第二天，李公子准备了一艘大船，命人把石磨搬到船里。一切准备就绪，李公子带着一帮爪牙，就开船了。

为了节约时间，开船不久，李公子就支开其他的人，念动咒语，让石磨磨出食盐。——在张三用石磨磨出面粉赈灾的时候，他就装成灾民，偷听到了张三发动石磨的咒语——石磨果然飞快转动，迅速磨出食盐。李公子等见了，非常高兴。

　　船中的食盐越来越多。船刚到半路，食盐已经满船了，不能再让石磨磨了。可是，石磨还在不停地转，食盐还在不断增加。这时，操作者应该念让石磨停止的咒语了。可是，李公子不知道这个，急得团团转，没有办法。

　　石磨继续转，食盐继续增加。大船承载不了那么多食盐，沉没了。李公子和他的那帮爪牙都淹死了。石磨沉在水里，还在不停地转，不停地生产出盐。盐融化在水中，使水变咸。因此，海水就成了咸的。

蒙师李先生

　　李先生出身于没落的官宦家庭，从小就读书，十二岁就参加童子试，一直考到四十多岁，也没有考取秀才。他父母双亡，也没有兄弟姐妹，家里除了两间破房子、简单的旧家具以外，几乎什么都没有了，田也没有一亩。他本人呢？肩不能挑，手不能提，这样的人，谁愿意嫁给他？

　　不过，饭总是要吃的。他如何解决自己的吃饭问题呢？附近的某个村子，若干家境稍微殷实一点的农户牵头，办了个书塾，就请他当书塾教师。薪水是一年二十串钱。当时的一串钱，是一千文铜钱。这样的薪水，用于他参加秀才考试之类的考试，买一些书籍笔墨纸张，添置一些衣物之类以外，也就所剩无几了。吃饭呢？由他的学生家里轮流给他送饭。

　　他教的学生，大大小小，有二十多个。其中不少孩子，顽劣异常，见他老实可欺，就经常捉弄他。别的不说，他穿的蒲鞋，放在门口晒，常常被学生往里面尿尿。村里其他的人，也认为他是书呆子，谁都可以欺负，因此也喜欢拿他开玩笑，嘲笑他一番。

　　他的学问和文章怎么样，谁都不知道。不过，他的心确实是很好的。学生家里给他送饭，菜怎样不论，饭还是送得比较多的。

每顿饭，他只吃个七八分饱，其余的，都给了乞丐。不少乞丐知道他有这样的习惯，因此，有几个乞丐，成了他书塾的常客。

如果这么一直下去，李先生会在那里教书教到老。可是，一件不幸的事情发生了。

村妇某甲，被婆婆虐待，饿极了，就偷了邻居一只鸡，胡乱杀了，洗洗干净，煮熟吃了。邻居家少了鸡，到处寻找找不到，自然就嚷开了。所有的线索都指向某甲。某甲百般抵赖。某甲的丈夫羞愤之下，拿了一把菜刀，把她扯到场上，当着众人的面，就要杀她。

某甲大叫，说："不是我偷的！"

丈夫道："不是你偷的？那么，你的口袋里怎么会有鸡骨头？"

某甲看到锋利的菜刀就在自己的脖子下，怕啊！她看到李先生也在围观的人群中，急中生智，说："那鸡是李先生偷的！我看见了，他怕我告诉别人，就说会分给我吃。后来，他把鸡拿回家煮了，给了我几块。"

李先生大惊！大家的目光都集中在他的身上。某甲的丈夫用菜刀指着李先生，责问："她说的是不是事实？如果不是，那么，说明这鸡是她偷的，我马上一刀杀了她！"

李先生懵了，定神一想，这可是人命关天的大事！这莽夫真的一刀下去，某甲就完了，他们一家就完了。自己暂时承认下来，村人也不会怎么样。于是，他承认，鸡是他偷的，他年终会以教书的工钱赔偿。

鸡是李先生偷的？大家都觉得奇怪，因为他已经四十多岁了，从来也没有偷偷摸摸的事情发生过，连传说都没有。不过，他既然自己承认了，那就是真的了。谁愿意请一个偷鸡贼当教师呢？所以，他被书塾辞退了。

怎么谋生呢？李先生陷入了生存危机。雪上加霜的是，他的眼睛也发生了问题，看东西模模糊糊，看不清楚。其实，这很可能是情绪影响所致。

这时，一个老乞丐来到他的家里。这老乞丐，经常到李先生的书塾乞讨，李先生待他很好。老乞丐说，他知道李先生是无辜的，不惜牺牲自己的名誉救那农妇，却给自己带来了这么大的麻烦。两人相对叹息。

李先生对老乞丐说，他的眼睛也病了，即使有书塾让他去教书，他也不能干了，以后就和老乞丐作伴，一起乞讨去吧。

老乞丐听了，从口袋里掏出一颗药丸，给李先生，说："你打一盆水，把这药丸融化在水中，用这水洗你的眼睛，也许有用。"

这是很容易的事情。李先生马上按照老乞丐说的做了。他用这水洗眼睛，洗了又洗。老乞丐说，差不多啦！他还是不肯罢休，又细细洗了几遍。

李先生鼓足勇气，睁开眼睛，喜出望外，对老乞丐说，他的眼睛，完全恢复到以前的视力了，如果能找到教书的机会，他又可以教书了，不会挨饿了。

老乞丐道："难道只是恢复到以前的样子吗？你从书桌往下看，能够看到什么？"

李先生走到书桌边，从桌面往下看，竟然看到了书桌抽屉中的书！书上的字，例如《论语集注》之类，清清楚楚！他竟然有了隔了木板能够看到字的特异功能！对他来说，木板就像透明的玻璃一样！

老乞丐说:"你有这样的本事,何必去教书呢? 到附近镇上的赌场里去押宝,不是可以无往不胜吗?"

李先生想到当塾师老是被孩子欺负,被人嘲笑,觉得老乞丐的主意不错,眼睛一亮,点头称是。

老乞丐对他说:"不过,人生福德有限。以你的福德,最多每次只能押一百文,每天最多能赢两百文。一人没有饥寒,便如同神仙。记住,如果超过这个数目,你就会犯神仙之忌,定会招致大祸。切记切记!"

李先生沉浸在高兴之中,也顾不得问老乞丐更多的事情,忙着寻找赌本。老乞丐见了,大笑而去。

李先生在家里仔细翻找,凑足了一百文钱,就上镇上的赌场,想试一试,是不是真的可以轻易取胜。他随便到一个赌桌,看准了,把一百文全部押上去,果然赢了。他又试验了一次,还是赢。再来一次,他故意输,果然输了。

就这样,李先生几乎每天到赌场赌博,每次押注一百文,押八次,赢五次,输三次,总计赢钱两百文。他有输有赢,下注小,每天赢得的也少,人家也看不出来。

就这样,李先生每天半天赌钱,还有半天,或者在附近游山玩水,或者垂钓,或者待在茶馆喝茶,和人家海阔天空闲谈,或者和人下棋,晚上也读读唐诗之类,神仙的日子,想来也不过如此。

却说镇上有一位范相公,他的祖父和父亲都做过官,家业不小。这位范相公十七岁就中了秀才,现在三十多岁,没有考中举人,却迷上了赌博,而且下注都非常大。时间不长,把偌大的家业,一大半送给了镇上这唯一的赌场。可以预见,要不了多长时间,剩下的部分也会送进去的。

范相公智商很高，再说，李先生也是读书人，范相公就特别留意他。很快，范相公就发现了李先生赌钱的规律，他断定，李先生一定有秘密在。李先生也不笨，他也注意到范相公在注意他。因此，只要范相公在，李先生就不下注，在赌场里兜一圈，就离开了，或者到别的赌桌下注。这一切，也都落在范相公的眼里。他更加肯定，李先生赌钱，一定有秘密。

一天深夜，李先生正在读李商隐的诗，范相公突然来访，开门见山，提出拜李先生为师，学习赌博技术。

李先生知道，对范相公这样的人，隐瞒无益，坦率地说："我是每天只能赢两百文，对你来说，无济于事。我如果是你，还是戒绝赌博，用功读书，秋闱高中，春闱连捷，入翰林最好，即使不入翰林，外放知县，总是有的，这才是正道。再不济，你是秀才，如果想教书，有多少大户人家，欢迎你去做西宾。"

范相公道："李先生说的固然有理，但是，我大半祖产已经到了赌场，不孝之罪，深重如此！我现在只想恢复那些祖产，然后，就按照先生说的去做。"

李先生听了这些，觉得也有道理，但还是犹豫不决。范相公道："李先生，您什么也不必说，什么也不必做。我跟您下注，您不回避就行。"说完，他就告辞了。

第二天，李先生去赌场，范相公果然也在了。李先生下注，范相公也跟着下注。于是，范相公也和李先生一样，每天赌八次，输三次，赢五次。可是，范相公下的赌注，是李先生的二十倍甚至三十倍，因此，他赢得也多。

赌场老板，显然也是聪明人。不到半个月，范相公就引起了他特别的注意。再加仔细观察，他看出了其中的门道。他决定，对李先生采取措施。

赌场老板找到两个乞丐，和他们达成了交易。按照这个交易，乞丐挖下李先生的双眼，赌场老板送给他们每人三百两银子。因斗殴而挖下别人双眼之罪，在当时，刑罚上限是流放三千里。他们被流放后，有了三百两银子，也可以过不错的日子，比他们在这里当乞丐强多了。

某一天日落时分，李先生从镇上回家，路过一片必经的树林，突然遭到两个乞丐的袭击。一个乞丐抱住他的头，另一个乞丐下手挖去了他的眼睛。前后不过几分钟。附近的人听到李先生的呼救声赶到，李先生满脸是血，痛苦地嚎叫。两个乞丐让来人赶快救治李先生，他们自己，竟然去衙门自首了。

知县开堂审理此案。庭审进行得很顺利，知县正要以"斗殴挖人双眼，有自首情节"判两个乞丐流放两千里结案，李先生曾经设塾村庄的几位老者，出庭证明，李先生从来不和人争执，绝对不会和人斗殴，还举出他为救村妇而冒认偷鸡的事例证明。一个从前常向李先生乞讨的乞丐出来证明，那两个嫌犯乞丐自己透露，他们和镇上赌场老板之间，有什么密约。知县进一步审理，终于真相大白。

最后，赌场老板和那两个乞丐被判处绞刑；赌场老板家属负责给李先生养老送终；范相公被革去秀才功名；赌场被取缔。

三个大元宝

从前，有三个乞丐，张三，李四和王五，年纪差不多，张三和李四粗壮一些，王五瘦弱一些。他们一起住在一个土地庙里，还结拜了兄弟。土地庙里没有别人，就他们居住。当然，除了每人一只碗、一双筷子、一条被子以外，他们几乎就没有其他的东西了。还有一个竹棍，那是用来打狗的。

白天，他们就外出行乞，也就是俗话说的讨饭。晚上，就回到土地庙歇宿。讨到一点米，他们就存起来，稍微多了一些，他们就把米卖给饭店，然后把卖米所得的钱，三一三十一，平均分了。土地神像前的供桌上，人家上的供，什么水果啊，糕点啊，鸡蛋啊，有时候，还有整只的鸡，整个的猪头，甚至还有酒，这些，他们也是共享的。哪个有头疼脑热的，其余两个，也能够尽心照顾，甚至请医生来诊治。

某个春节，他们到财神庙拜财神，诉说当乞丐的艰难，希望财神老爷能够让他们发财。

这时，观音菩萨正巧来给财神拜年，也听到了乞丐们的这些诉说，她是以慈悲出名的菩萨，非常同情乞丐的遭遇，因此，她恳求财神，让这几个乞丐发一些财，让他们有资本成家立业，不要再当乞丐。

财神说："菩萨啊，并不是我不看你的面子，因为这三个人，连小财也不能发的，只能当乞丐，所以，我不会照顾他们，还是让他们当乞丐好。"

观音说："您就试试吧，如果不行，再把他们得到的钱财夺回来不就是了？"开始，财神还是不同意，但经不住观音的软磨硬泡，财神就同意了。

三个乞丐从财神庙出来后，就沿街乞讨。因为是春节，所以，他们要到的食品特别多。三人都觉得，这就是拜财神的效果。

回到土地庙，他们惊喜地发现，土地庙唯一的桌子，也就是土地神像前的供桌上，有三个硕大的元宝！这种元宝，每只50两白银，而在当时，正常年景，江南的白米价格每石还不到一两银子。除了这三个大元宝，供桌上还有一只很大的肥鸡，当然是煮熟了的。

按照惯例，他们三人每人分得了一个大元宝，这大元宝，足够让他们各自回到家乡，买田地、造房屋、娶妻子，成家立业了。他们决定，第二天就各自回家乡，乞丐生活，一天都不愿意过了。分别前，一起喝一顿酒，既是庆祝，也是分别。何况，他们还有一些没有分的钱，还有那只肥鸡呢，也可以留到喝酒的时候吃。

第二天，张三去镇上买酒，李四去镇上买熟肉，王五留在土地庙收拾。

张三和李四买了酒菜，先后回到土地庙。酒菜摆好，三人坐定。按照年岁大小，三个各自说了一段话，大致都是祝愿发财之类的意思。然后，张三宣布开始吃喝。

张三先吃鸡和肉，还没有喝酒；李四先喝酒、吃鸡，还没有吃肉；王五吃肉、喝酒，还没有吃鸡。三个人都刚要说话，却都倒了，很快死去。

有人到土地庙上香，发现三个乞丐死在那里，马上报案。官府派仵作——也就是现在的法医——来验看。法医经过仔细研究，得出的结论是，这些乞丐吃的酒菜中，都有毒。酒里的毒、鸡里的毒和肉里的毒，各不相同，但都是剧毒，都能够使人在短时间内中毒而死。经过研判，官府得出结论，三个乞丐，是相互下毒致死。

怎么安葬乞丐呢？按照当时当地的惯例，处理这些死亡的流浪者，尽死者留下的财力，不留分毫。众人把这三个乞丐的遗物翻来翻去，除了几个零钱，没有找到可以变现的物品。于是，几家愿意做好事的人家，各家出了一点钱，买了三张芦席，把三个乞丐的尸体包裹后，葬在乱葬岗上完事。

几个月后，一个老农挖坑种树，挖到了一个大元宝。再过了几个月，一个少年挖螃蟹，在河滩上挖到了一个大元宝。这两个地方，都在土地庙附近。又过了几个月，在翻建土地庙的时候，一个工匠发现了一个大元宝。这三个大元宝，正是三个乞丐各自藏起来的。

可怜三个乞丐，为了大元宝，相互残杀，结果白白丢了性命，却连大元宝的一点儿好处都没有沾到，即使是死了以后，还是只带去了一张芦席。

财富和生命的悲剧，古往今来，不知有多少。这个故事，仅仅是这些悲剧中某个类型的缩影而已。

太阳、公鸡和马齿苋

上古的时候，还是尧当天子的时候吧，天上出现了十个太阳。许多庄稼和动物都热死了。大量的人中暑，很多人因此去世。人们恨透了这些太阳。

有一个神箭手，叫后羿。后羿的父母、兄弟姐妹，一共十个人，也都中暑而死。他发誓要把十个太阳全部射死，为他的父母和兄弟姐妹十人报仇。他和一些能工巧匠合作，成功地制造了射日的弓箭。

一切准备就绪后，后羿在助手们的协助下，在一天的正午，对十个太阳发起了进攻。他为什么要选择这个时候发起进攻呢？这是有道理的。如果在这些太阳刚从东方出来的时候，他发起进攻，太阳们就会退回去，他就射不到了。如果在太阳们下山的时候，他发起进攻，太阳们会加快速度，藏到山后，后羿就没法射了。这和军队在敌人渡河到河中心的时候发动攻击，道理是一样的。

后羿第一箭射出，十个中的一个，就被射中了。这太阳摇摇晃晃，掉到大海中去了。第二个，第三个，第四个……十个太阳中，九个太阳被后羿射中，掉到大海里去了。

从第一个太阳被射中开始，其他的太阳就开始逃。结果，其余八个太阳没有逃脱。最后一个太阳，也可能是它逃得比较远了，也可能是后羿射了九个太阳后，力气不够了，没有被射中要害，只是受伤了。因此，这第十个太阳没有掉到大海里，它还能够控制自己，还能够逃跑。

它掉在田野上，变成一只萤火虫，藏在一棵马齿苋的叶子底下。当然，天色马上就暗下来了，好在天上星光闪烁，不然，地上就一点儿也看不见了。

马齿苋问太阳："你们今年怎么会闯这么大的祸呢？"

太阳低声回答："本来，我们兄弟十个，轮流当班，一个一班，从东天升起，在西天落下。后来，我们的大哥说，当班的兄弟辛苦点没有关系，但太孤单、太寂寞了，一整天，也没有谁和他说话。因此，他让我们十个兄弟每天都一起当班，这样，大家就不孤单、不寂寞了，一起走一整天，说说笑笑，非常轻松。想不到闯出了这么大的祸，我也很后悔。现在只剩下我一个了，我真的只能永远寂寞了，不过，你们放心，以后再也不会发生这样的事情了。"

后羿射落了九个太阳后，还不解恨，一定要把第十个太阳也射死，为他因中暑而死的十位亲人报仇。因此，他和他的助手到处寻找最后一个太阳。他们在马齿苋周围经过了好几次。尽管马齿苋的枝叶不大旺盛，但是，她还是尽力把太阳遮掩起来，以免被后羿发现。

但是，后羿这样走过来、走过去地找，早晚会找到太阳的。太阳很害怕。

就在这时，一只戴了眼镜的老公鸡走过来，对后羿说："大英雄，您为天下万物立了大功！我们衷心感谢您！您十位亲人因为烈日而去世，您的悲痛，我们都太理解了，因为我们很多生命，包括我，都有这样的悲痛。可是，天下万物的生存都离不开太阳，没有了太阳，万物就无法生存。现在，只剩下一个太阳了，您不能再把他射死了。不然，天下万物，包括你我，都无法活下去了。"

可是，后羿坚决不同意。老公鸡就反复劝说。

后羿和老公鸡说话的时候，太阳觉得是个机会，于是，他就混在萤火虫中间，逃走了，经过西边的山，藏起来了。

在老公鸡坚持不懈的劝说下，后羿终于放弃了射杀最后一个太阳的愿望。

可是，已经过了两天了，太阳还不出来。为什么？他怕后羿射杀他啊！

又过了三天，太阳还不出来。在人们的恳求下，后羿大声告诉太阳，他已经消除了射杀太阳的愿望，太阳出来后，他保证不射。可是，太阳还不出来。

又过了两天，人们更加着急了。天子尧也着急了。他带领文武百官，准备了丰富的祭品，点着硕大的火把，隆重地祭祀太阳，恳求太阳出来。太阳还是不肯出来。

怎么办呢？没有办法，大家只好轮流出来向太阳恳求了。

牛恳求了，马恳求了，狗恳求了，猫恳求了，乌鸦恳求了，燕子恳求了，许多动物恳求了，许多人恳求了，太阳还不出来。

这时候，那只老公鸡出来了，他说："太阳，你和你的那些兄弟闯的那些祸，尽管是你们的无心之过，你们不是有意为恶，但是，给天下万物造成了巨大的灾难！后羿射你们，是代表天下万物自卫！如果你是我们中的一个，你会怎么想？你会不会悲痛？你会怎么干？难道你不应该弥补你们的过失吗？出来吧，出来吧！"

那天老公鸡和后羿的对话，太阳都听到了。它知道，实际上是老公鸡救了他，老公鸡是他的救命恩人。再说，老公鸡讲的话，都符合情理啊！于是，太阳听了老公鸡这些话，就出来啦！人们看到太阳出来，多高兴啊！

以后，只要公鸡叫几次，太阳就出来啦！

因为太阳曾经变成萤火虫藏在马齿苋的枝叶底下，所以，马齿苋获得了一个本事，就是抗高温的能力特别强。在干旱、高温的情况下，即使其他很多植物枯萎了，甚至无法存活了，马齿苋还能活得好好的。

神农氏尝百草的时候，马齿苋把他的这种本领，告诉了神农氏。经过验证，神农氏发现，马齿苋有防中暑的功效。他就把这个秘密告诉了大家。直到现在，在大热天，不少人摘了马齿苋的枝叶，炒着吃，煮着吃，说是能够清凉防暑，确实很有效。

从鬼子母到九子母

在我国民间信仰中，九子母是妇女、儿童的保护神。可是，她原来竟然是一个邪恶的女神，叫鬼子母。

鬼子母的儿子很多，据说有一万个。她为了儿子们的幸福，就经常掳百姓的孩子，去当她的儿子们的奴隶。父母丢失了孩子，是何等痛苦！他们发疯似的到处找，但哪里找得到？

孩子失踪的事情，越来越多。丢失孩子的父母们，就到官府去报案，但报案不报案都是一样，因为官府根本就没有破这些案件的能力。百姓直接告到国王那里，国王也没有办法。家里有孩子的人，也都人心惶惶，百般防范，但孩子失踪的事情，仍然频繁发生。

人们实在想不出什么办法。有一个人说："不是说佛法力无边吗？我们为什么不去求求佛呢？"大家说对啊，怎么我们就没有想到呢？

于是，大家就到灵鹫山佛住的地方，见到了佛，向他报案，求他保佑，希望失踪的孩子能够回来，此后不要再有孩子失踪，所有的孩子都能够安全。佛答应了。大家也就散去了。

佛施展法力，了解到，那些失踪的孩子都是被鬼子母掳去的，他便想出了给百姓解决这个社会危机的方法。

鬼子母最小的儿子，叫爱奴儿，最受鬼子母的宠爱。佛就派人把爱奴儿带来，用一个钵把他反扣在地上，用一根很短的小棍子支在钵的边缘，露出一些空间，以免影响爱奴儿呼吸。在现代社会，这是绑架罪啊！或者是拐骗儿童罪。可是，在那个时候，法律不健全，只要不伤害孩子，这样做，政府不追究的。再说，鬼子母掳了人家那么多孩子，佛为了制服鬼子母，用这样的方法，社会也会不谴责的。

鬼子母不见了爱奴儿，就到处寻找，却找不到。她又发动她其余的儿子寻找，也找不到，大家都说，毫无踪影。一个活蹦乱跳的孩子，怎么一会儿就不见了，他的母亲和那么多哥哥们都神通广大，怎么会什么有效信息都无法获得呢？

鬼子母他们找了七天七夜，还是没有任何音讯。鬼子母悲痛欲绝，哭昏了好几次。

她的一个儿子建议，是不是可以去问问佛，他也许知道爱奴儿的下落。因为没有其他任何办法，鬼子母只好去试试。

她上灵鹫山，见到了佛，恭敬地请佛帮助她找爱奴儿，说她和他的儿子们找了七天七夜了，还没有任何消息，她已经到了崩溃的边缘了，请佛一定要帮她。

佛说："你有一万个儿子，只丢了一个最小的，就如此痛苦，如此痛不欲生！你想想，人家才几个孩子，有些夫妇才一个孩子，你偷了他们的孩子，他们是何等痛苦啊！你这些年偷了人家那么多孩子，给多少人造成了巨大伤害！你为了你自己孩子的幸福，掠夺那么多孩子给他们做奴隶，天理难容！"

鬼子母马上跪下，祈求道："只要我的爱奴儿平安，我可以舍弃一切！"

佛说："你的爱奴儿就在那个钵的底下，你揭开那个钵，就可以得到你的爱奴儿了。"说毕，指了指那个扣在地上的钵。

鬼子母一听，猛扑到钵的旁边，伸手去揭钵。可是，这小小的钵，尽管还用棍子支撑着，有缝隙作为抓手，她竟然还是揭不开，只好向佛哀求。

佛说："爱奴儿要获得自由，你必须答应几个条件。"

鬼子母说："我刚才已经说了，为了爱奴儿，我可以舍弃一切！只要您放爱奴儿，我可以答应您的一切条件！"

佛说："很好！第一，你必须把人家的孩子全部还给人家，当然以后再也不能去掳人家的孩子。"

鬼子母想都没有想，马上答应。

佛说："第二，你自己，还有你所有的儿子，此后，不能伤生，不能为恶，终身吃素。"

鬼子母也马上同意了。

佛继续说："第三，你必须皈依佛教，而且要到寺庙出家。此后，除了念经和修行外，你不能给你的任何儿子做世俗的任何事情了，包括挣钱积财、添置家产、雇佣仆人等等，都不能干了，还要离开他们，住在寺庙，念经修行。"

鬼子母犹豫了，问佛："那么，这岂不是要让我放弃对儿子们的爱吗？放弃对爱奴儿的爱吗？"

佛说："如果你把你对他们的爱，理解成仅仅是为他们挣钱积财、添置家产、雇佣仆人等等，确实就是这样，你必须放弃这样的爱。"

鬼子母还是舍不得啊！问："要是我不愿意呢？"

佛说："你就无法揭开这个罩着爱奴儿的钵。"

鬼子母思考了好一会儿，终于下定了决心，说："好！为了对爱奴儿的爱，我可以放弃一切，我刚才说过的。这'一切'，当然也应该包括我对所有儿子的爱！也包括对爱奴儿的爱！"

佛微笑着，点了点头。

鬼子母缓缓伸出手，轻轻一揭，那钵被揭开了。爱奴儿见到母亲，就扑到母亲的怀里。

鬼子母抚摸着爱奴儿的头，说："孩子，妈妈马上要出家了，以后，妈妈除了念经和修行以外，不能再爱你们了。"说完，她放下爱奴儿，当即让人给她剃去头发，在佛的座下，履行了出家的全部手续。

那些被她掳去的孩子，马上就回到了父母的身边。鬼子母的儿子们，真的只为善，不作恶了。

鬼子母自己，住在佛寺，在佛的指导下，念经修行。若干年后，她终于成了妇女和儿童的保护神，人们常向她求子。于是，人们不再叫她鬼子母，而是叫她九子母了。

目连救母

目连，古印度摩揭陀国王舍城外拘律陀村人，婆罗门种，后随释迦牟尼出家，成为佛祖的十大弟子之一，常侍佛的左边。在佛门弟子中，他号称神通第一。某次，他遇到反佛教的婆罗门，被对方杖击而死。

目连救母的故事，在我国广泛流传。

目连的母亲，是个少见的吃货。为了吃，她变着法子残害甚至虐杀动物，造了大量的恶业。因此，她去世以后，被打入饿鬼地狱。

一天，目连施展神通，想看看已经去世的母亲，却发现母亲在饿鬼地狱中，遭受饥饿之苦，不禁深切地哀痛起来。

于是，目连做了很多美食，穿上那双佛祖施了法术的魔鞋，进入饿鬼地狱，给母亲送美食。

他母亲挨饿已经很久了，看见了美食，自然很高兴。可是，任何美食，到她嘴边，都化成火炭，自然不能吃了。目连没有办法，也就失望地离开了地狱。

目连去问佛祖，为什么会这样呢？

佛祖说，目连的母亲罪孽深重，不是目连一个人能够救得了的。目连如果想要让母亲不受饥饿之苦，就必须在七月十五这一天，给和尚、尼姑送种种美食，请他们念经，这样才能帮助他母亲，脱离饿鬼之苦。

目连说："如果这样能够救我的母亲，这太好了。不过，世界上还有很多人的父母长辈，在地狱受苦，他们要帮助父母长辈解脱苦难，也可以用这样的方法吗？"

佛赞扬道："啊，毕竟是我的徒弟，考虑自己的父母长辈，马上想到其他人的父母长辈！任何人都可以用这样的方法啊！我们推广开去。"

于是，七月十五供养僧尼的风俗，就形成了。

目连就按照佛祖说的操作，终于把他的母亲，从饿鬼地狱中救了出来。

这还不算，目连准备争取把母亲送上天堂。他背着母亲，一步一步，很吃力地向天堂攀登。

走到半路，目连母亲说，她口渴了，想喝水。

目连是和尚，随手带着乞食的钵。他就让母亲在路边休息，自己拿出钵，去找水。

目连去了好大一会儿，端着半钵水，回来了。

她的母亲，早已等得不耐烦了。目连双手向母亲端上水，他母亲接过水，痛快地喝了。喝完水，他母亲问："这个水非常好喝，你是从什么地方取来的？"

目连苦笑着说："母亲啊，这个地方，哪里去找水啊？我是到龙的身上，去刮的汗水啊！"

目连母亲眼睛一亮："怪不得这么好喝！龙的汗水，味道竟然这么好！那么，可想而知，龙肉的味道，肯定还要好啊！"

　　她的话音未落，她的身体就直掉下去啦！正好又掉在饿鬼地狱中！

　　这一回，目连失去了耐心，就用他的法杖撬开地狱之门，把他的母亲救了出来。可是，地狱中的许多饿鬼，也逃了出来，投生于世。

　　若干年后，这些人都成年了，因为他们都是饿鬼投胎，所以，社会上五花八门的巧取豪夺之类的事情，非常非常多。天帝派人查原因，发现是目连闯的祸。所以，天帝让目连再次投生人间，为黄巢，负责把那些从地狱逃出来的饿鬼，统统收回地狱。

会唱歌的青蛙

从前，有一个王子，没有兄弟姐妹。他看到人家有兄弟姐妹，非常羡慕，经常感叹，甚至为此而苦恼。

他的老师对他说，"我听说过：'死生有命，富贵在天'。一个人，如果他谨慎而少失误，对人恭敬而有礼貌。四海之内的人，都是他的兄弟姐妹。没有兄弟姐妹这事，你担心些什么呢？"这王子记住了老师的话，对任何人，都是恭敬而有礼貌，充满仁爱，甚至对动物，都很有爱心。

有一天，王子骑着马出游，经过一座楼房的废墟，忽然听到一个小女孩在唱歌，歌声很凄美，哀婉动人。王子很好奇，循着声音找去，但是，当他靠近声音发出的地方的时候，歌声就停止了。他在附近仔细寻找，没有找到任何人，连有人在这里的迹象也没有发现。王子很沮丧，就离去。

他刚走了不远，歌声又响起来了。他又折回去找，还是像刚才那样，找不到。这样反复了多次。王子下马，仔细地找，只找到一只青蛙，在一个瓦罐里面。

这青蛙比较特别，头上有一条红色的条纹。他连瓦罐带青蛙，放到一个口袋里，挂在马上，然后上马离开。这一次，歌声没有再响起。王子想，唱歌的，准是这青蛙。

王子把青蛙带回王宫。在王子住的宫殿旁边，有一个池塘，那里有很多青蛙。王子就把瓦罐和里面的青蛙放到池塘的旁边。

此后，每天早晨和夜晚，池塘边，就会响起一个小女孩的歌声。歌声还是那样凄美，哀婉动人。其他的青蛙，早晨和晚上也会鸣叫。可是，小女孩的歌声响起的时候，其他的青蛙，马上就停止了鸣叫。这歌声，只有王子能够听到，其他人即使在池塘边，也是听不到的。

到了深秋，青蛙不会鸣叫，小女孩的歌声，也没有了。王子若有所失。

第二年的暮春，池塘中的青蛙，又开始鸣叫了，小姑娘的歌声，又响起了。王子感到很欣慰。

某日清晨，又是小女孩歌声响起的时候了，但是，王子没有听到歌声。连其他青蛙的鸣叫也没有，甚至鸟鸣都没有，一片沉寂。这是什么原因呢？是不是这青蛙发生了什么意外？王子放不下心来，干什么都心不在焉。他决定去探个究竟。

当走到池塘边的时候，王子发现，池塘中有五条蛇正在围攻那只头上带有红条纹的青蛙！已经遍体鳞伤的青蛙奋力躲避，但明显已经衰惫，险象环生。王子马上奋身冲进池塘，把蛇全部赶跑，救出了青蛙。

当王子双手捧着青蛙，走出池塘，到岸上的时候，青蛙忽然变成一个漂亮的小姑娘，青蛙原先头上的那红条纹，原来是她头上扎的红绸带。王子急忙命人叫来医生，救护这小姑娘。

原来，这小姑娘是一位教书先生的女儿。由于她的父亲拆穿了巫婆骗人的把戏，并且怒斥巫婆危害百姓，巫婆就买通强盗，杀了她的父母，并且毁了他们家的房屋。这还不算，巫婆对她施了魔法，让她变成青蛙，并且下了咒语：当作为青蛙的它受到五条蛇围攻并成功获救的时候，魔法才会解除，它才能够回到人的形状，恢复人的功能。

可是，一只青蛙即使遇到一条蛇，也很难逃脱，不用说遇到五条蛇的围攻了。再说，青蛙遇到五条蛇围攻的时候，被人相救，这样的概率实在太小了。可是，这女孩，或者说这青蛙，竟然遇上了！

在医生和王子、王子的父母的精心呵护下，小姑娘很快就恢复了健康。王子的父母收养了小姑娘，小姑娘成了真正的公主。她还是每天唱歌，这时她的歌声大家都能够听到了，不只是王子一个人能听到。她的歌声，也不再凄美哀婉，而是欢快悠扬了。

王子终于如愿地有了个妹妹。

公冶长与乌鸦的故事

孔夫子有个学生，叫公冶长。公冶长有个本事，他能够听懂鸟的语言。

有一天呀，有一只乌鸦在公冶长家门前的树上，叫："公冶长，公冶长，南山有只野山羊，你吃肉，我吃肠。公冶长，公冶长，南山有只野山羊，你吃肉，我吃肠。"

乌鸦的意思很明显，"公冶长啊，我给你提供这个信息，你得到了那野山羊，羊肉你吃，那羊肠呢，你就给我吃吧"。怎么把羊肠给乌鸦吃呢？把羊肠挂在树上，乌鸦就可以吃到啦！

那个时候呀，物质生活资料匮乏，人们的生活水平低，难得吃到肉啊。公冶长年纪轻轻，食欲旺盛，就更加想吃肉啦！现在乌鸦提供了这个信息，宁可信其有，不可信其无。再说，公冶长当时也没有什么别的事情，所以，他就决定，花一些时间去看一下吧。

公冶长跑到南山，在一块大岩石下，看到一只野山羊死在那里。原来这野山羊不小心从大岩石上掉下来，就摔死了。野山羊，当然是没有主人的。

于是，公冶长就把那只死了的野山羊扛了回来，处理一番。羊肉呢，当然是公冶长和他的家人吃了。按理说，他应该把羊肠给那只乌鸦吃，毕竟人家提供了信息啊。可是，公冶长实在太贪心了。羊肠也是美味啊，他舍不得给乌鸦吃，也是他自己和家人吃了。

乌鸦眼巴巴地等着公冶长把羊肠挂在树上给他吃，可是公冶长没有。乌鸦给公冶长提供了野山羊的信息，却一无所获。乌鸦心里当然会怨恨公冶长啦！公冶长啊公冶长，你实在太贪心了吧？

过了好长一段时间，公冶长又想吃肉了，但是哪里来这么多的野山羊给他去捡呢？

他竟然又听到那乌鸦在他屋子前面那棵树上叫："公冶长，公冶长，南山有只野山羊，你吃肉，我吃肠。公冶长，公冶长，南山有只野山羊，你吃肉，我吃肠。"公冶长简直不敢想象自己的耳朵！竟然这样的大好事连续降临到他的头上，好事成双了！

公冶长非常高兴啊，赶快跑到南山。在原来那块大石头下，他看到果然有东西在。可是，他走近一看，哪里是什么野山羊？原来是一个刚刚被人杀死的人！

公冶长害怕了，刚想走啊，衙役来了。衙役发现公冶长在一个死人旁边，死人又是刚被杀死的，于是，就把公冶长当作犯罪嫌疑人抓了起来。

经过一番折腾，衙役总算搞明白那个人不是公冶长杀的，公冶长和那个人的死完全没有关系，但是这一番折腾，也够公冶长受的了。

原来呀，那只乌鸦怨恨公冶长不遵守约定，所以呢，就以这样的方式，来捉弄公冶长。

魔戒

古时候，有个男青年，叫王二。他没有家，到处流浪，以给人家打短工为生。如果某一段时期里没有人雇佣他，他就要挨饿。可是，他对生命都很仁慈，对人，对动物，都是如此。

一天，王二干完活回到他临时住的窝棚的时候，看到一个人准备杀一只猫。王二就上前问那个人，为什么要杀猫。那个人说，这猫是野猫，他捕到了，杀了当一顿美餐。

王二不忍心这猫被杀，口袋里正好有东家刚发的半个月的工钱，心里有底气，就问对方，如果他把这猫买下来，要多少钱。对方说了一个数目，这个数目，刚好就是王二口袋里的半个月的工钱。

王二也没有还价，就掏出钱，捧起猫，回了窝棚。

此后，王二每天早晨出去打工的时候，就给猫准备好一天的食物，叮嘱猫不要到处乱跑，如果再被别人捉到，那就麻烦了。

过了几个月，王二打工回窝棚的路上，又看见一个人，正要杀一条黄狗。他又用一个月的工钱，买下了这条狗，带回他住的窝棚。

此后，王二每天出去打工前，都要准备好猫和狗的食物。猫和狗相互照顾，尽量少麻烦王二。王二的收入，勉强支持着这"一家"的清苦生活。

又过了大约一个月，王二打完工回窝棚的路上，看到一群孩子在玩一条蛇，蛇已经受伤了，流着血。王二又用十天的工钱，买了这条蛇，带回窝棚。他又出去采草药，给蛇医治伤口。

蛇的伤口终于完全好了。一天，蛇对王二说，它还有妈妈，无依无靠的，王二能不能把它的妈妈也一起接来？王二说，当然可以啊！

猫提醒王二，说日子本来就勉强凑合，如果再添了一张嘴，还怎么过啊！王二说，没有关系，让它妈妈来了，再想办法。

于是，蛇就领着王二去山上它原先住的洞穴。他们到了洞穴口，因为洞穴口实在太小，人是无法进去的，蛇就请王二先在外面等一会儿。蛇自己进洞。

很快，蛇又出来了，嘴里衔了一枚戒指。蛇把戒指给了王二，说，它早就没有妈妈了。这枚戒指，是它的妈妈留给它的宝贝，按照它妈妈的嘱咐，要给它的救命恩人。王二是它的救命恩人，因此，它必须把戒指给王二，王二一定要收下。它又告诉王二，这戒指叫如意戒指，是个魔戒，主人要什么，这戒指就能给什么。

王二为了试验这魔戒的魔力，就向戒指要一个馒头。话音未落，一个馒头，就在他眼前了。

蛇让王二拿了魔戒回去，至于它，它说，蛇和猫、狗不同，不能长期和人生活在一起的，山上才是它的家。王二也知道这样的道理，也就不勉强了。

王二告别了蛇，回到了他和猫、狗住的窝棚。他有了这个魔戒，要什么就有什么。不久，他就和他的猫、狗，住在豪华的别墅里，过起了舒适的生活，还雇了几个仆人，照顾王二和猫、狗。其中一个叫裘大富的男仆，专门负责照顾王二。

可是，不久后的一天，裘大富趁王二洗澡之机，偷了王二的魔戒逃走了。顿时，王二的一切钱财家产，包括别墅和别墅里的一切，都化为乌有了。

王二只好辞退仆人，带着猫和狗，到山上，搭个窝棚居住，然后再出去打短工，养活他自己和猫狗。日子回到了从前的样子。

猫和狗决定为王二做点什么，来报答王二的大恩。猫来到王二身边后，就再也不吃老鼠和活鱼了，再也不伤害鸟雀了，不仅如此，鱼儿、老鼠和鸟雀，都成了它的好朋友。猫就让到处飞的鸟雀访察裘大富的行踪。

很快，猫就从鸟雀那里，得到了裘大富的确切所在。原来，裘大富在大河的南岸，而王二和猫狗，就在大河的北岸。大河终年白浪滔天，没有渡船，更没有桥。裘大富水性非常好，他偷了魔戒，就把魔戒放在嘴里，游到对岸去了。他知道，王二根本不会游泳。因此，他就放心地在南岸，靠着魔戒过上了奢侈的生活。

猫把这个消息告诉了狗。狗说，它可以背着猫渡过河去，接下来怎么办，到了南岸，再想办法。

于是，狗就背负着猫，开始渡河。惊涛骇浪中，渡河之艰难，简直难以用文字表达。大家展开想象吧。

终于到了对岸。在当地鸟雀的指点下，它们终于找到了裘大富的别墅。因为裘大富和猫、狗都非常熟悉，又是在白天，所以，猫和狗不敢进入他的别墅。它们只好在一个树林里等待天黑。

到了夜间，是开始行动的时候了。它们刚走近裘大富的别墅，那别墅中的藏獒就叫起来了。它们只得退回到树林。猫让狗继续待在树林,它自己找到老鼠聚居的地方,请老鼠们帮忙。

老鼠家族正在为一对青年老鼠举行婚礼。老鼠族长听了猫说的情况,马上宣布,婚礼提早结束,全体老鼠,只要有单独行动能力的,一起出发,去查找裘大富把魔戒藏在什么地方。老鼠新娘也脱下婚纱,妆都来不及卸,就参加行动了,其他的老鼠,也都很积极。猫见了,非常感动。

不到半个时辰,消息传来,魔戒在裘大富的舌头底下,而裘大富,正呼呼大睡。事情会竟然这样!这裘大富,实在太狡猾了。

猫也想不出什么办法。老鼠们七嘴八舌,也都是假设的话,例如"如果藏在什么箱子里就好了"之类。

老鼠族长沉吟片刻,说它亲自去办。

猫听了,连忙劝阻,说这不行,"您德高望重,如果有个三长两短,我无法向贵家族交代的"。老鼠族长说,不要紧的,姜还是老的辣,它的功力,还是很少有老鼠可以匹敌的。于是,老鼠族长就带上一只小老鼠,出发了。

大约煮熟两斤米饭的工夫,老鼠族长带着小老鼠回来了。猫老远看到,松了一口气。

老鼠族长和小老鼠笑盈盈地走来,大家一看就知道,它们得手了。老鼠族长把魔戒交给猫。大家激动啊!赶快问是如何得手的。

小老鼠说:"裘大富正呼呼大睡,族长把长长的尾巴伸到他的鼻孔中,轻轻摇动,裘大富一个喷嚏,魔戒就滚出来啦!我冲上去抢了就跑,族长马上撤退。到了安全的地方,我就把魔戒交给了族长。"

猫对老鼠族长和老鼠们千恩万谢,然后,就离开老鼠窝,回到树林。狗得知了这一切，也非常高兴。

它们再准备一番，就渡河北归。狗还是背负着猫，猫的嘴巴里含着魔戒。

渡河过程中，因为兴奋，狗不断地说话。猫因为怕魔戒掉在河里，所以不能说话。狗讲了这么多话，看到猫一直沉默，觉得猫是在居功自傲，看不起它了，就对猫讥嘲起来。

猫忍无可忍，开口辩解，可是，它一开口，魔戒就掉在水里了。这么大的河，这么急的水，这么高的浪，一枚小小的戒指，掉到河里，到哪里去找？

猫和狗到了北岸，坐在河滩上，谁都不说话。怎么办呢？猫走到浅滩上，对一条鱼说了它面临的困难。鱼说，它会马上报告鱼王，让鱼王安排力量寻找。说完，就游走了。

大约过了一个时辰，鱼王在刚才那条鱼的带领下，来找猫，很高兴地把魔戒交给了猫。猫当然喜出望外，又是一番千恩万谢，然后衔了魔戒，走向狗。

走到狗那里，猫放下魔戒，刚要说鱼找魔戒的事情，狗猛扑过来，叼起魔戒，飞也似的向王二住的窝棚跑。

当猫到窝棚的时候，狗已经把魔戒交给了王二，王二非常高兴。猫把它们过河找魔戒的大致过程，向王二作了汇报，但隐瞒了魔戒曾丢失在河里的事实，因为这些对狗是不利的。

王二出门后，猫对狗说："你为什么抢先把魔戒交给主人？我们一起回来交给他，不是更好吗？"

狗说："我怕再有什么变故啊！早点交给主人，不好吗？你是说我抢功劳啊？你向主人汇报的时候，我算过，十分之九在说你自己，只有十分之一说我。这公平吗？如果没有我背你两次渡河，你能成吗？

说着说着，它们竟然吵了起来。

王二的魔戒失而复得。他和猫、狗的舒适生活，也失而复得。可是，猫狗之间的关系再也无法恢复到和以前一样了。直到现在，猫狗相遇，还是要吵架，甚至打架的。

海龟冈上吃烧烤

从前，有一只海龟，爬到岸上，一只脚被碎石划伤了。伤口遇到海水，它的脚上疼得很厉害。因此，它就趴在海边陆地上。

这海龟不大动，头和四条腿缩在身体里面，连眼睛都常常闭着。一些小动物不知道它是海龟，还以为是一堆土，就在它周围玩耍。有小动物走到它的嘴边，海龟就突然伸出脖子，一口咬住，很快吃掉。海龟觉得，这样捕猎食物，实在不错。所以，他就这样一直趴在那里。

一年过去了，两年过去了，很多年过去了。海龟越长越大，海龟身上的土越积越厚，还长了很多杂草。

到那里去玩的人，也不知道那是一只海龟，还以为是一个小小的土冈呢。再后来，人们觉得这个土冈实在太像海龟了，就给它取名为海龟冈。

有一天，这里来了一伙人，他们要做烧烤吃。他们中的一个人说："做烧烤会散发出浓重的气味。我们要在高一点的地方做，这样气味容易散掉。"

另外一个说："那就在这个小土冈上做吧。"

于是，他们就爬上这海龟的背上，在那里做起烧烤来。当然，他们完全不知道这个冈其实真的是一只海龟。

这伙人，他们一边做烧烤，一边吃烧烤。其中几个人嫌烧烤做得慢，说最好再生一个炉子，两个炉子做烧烤，做的烧烤就多了。可是，他们没有第二个烧烤炉。

一个人提议，说挖个坑，把炭火放在坑底，也可以做烧烤啊！大家都说这是个好主意。

于是，他们拿出铲子，就地挖了个坑，从正在做烧烤的炉子里取了不少炭火，放到坑里，再加上许多炭。一会儿，这坑中的炭火，就烧得旺旺的。他们正想把羊肉呀鸡肉呀什么的放到坑里去烤，突然觉得这土冈明显有点动了。

原来，他们在这海龟背上用炉子做烧烤，海龟还不觉得什么。可是，他们在上面挖了坑做烧烤，海龟背部被这样烧，能吃得消吗？

其实，海龟只要一翻身，或者往大海一滚，就很容易把炭火撒到一边了。可是，这是一只对人类有爱心的海龟，它不愿意这样做，因为不管是翻身，还是滚进大海，海龟背上的人，他们毫无准备，难免会受到伤害，甚至会有生命危险。因此，这海龟只是小幅度地动了动，一边用人的语言叫喊："赶快把炭火浇灭啊！我吃不消啦！"

人们很快反应过来，知道他们原来是在海龟背上做烧烤！这些人，也是富有爱心的，就赶快用水桶里的水，浇灭了坑中的炭火。然后，他们从海龟背上下来，向海龟又是道歉，又是致谢，因为他们也知道海龟为了不给他们带来危险而甘愿忍受炭火烧背的痛苦。

海龟说："这是我的错，你们不知道是在我的背上。这是你们人类活动的地方，大海才是我的家。"说完，海龟就和大家告别，下了大海。至于它脚上的伤，当然早就好啦！

感恩动物负恩人

古时候的某年，大旱，一些比较小的池塘干涸了，鱼儿被人捉光了。有人从一个干涸的池塘里捉到一只巴掌大的乌龟，给孩子们玩。孩子们在乌龟的壳上钻了个洞，用绳子穿了，牵来牵去玩。

农民孙甲见了，很是不忍心，就出钱从孩子手里把乌龟买下来，解掉它身上的绳子，放到一个大池塘里。

不久后的一天夜里，乌龟突然来敲孙甲的门，告诉他，特大洪灾将要爆发，务必准备好船，这样到时候才能逃命。

第二天，孙甲把这个信息告诉大家，但是，大家不仅不信，还纷纷嘲笑他，说如此大旱，怎么会有特大洪灾？可是，孙甲相信乌龟的话，准备了一只船，船上放了很多干粮等备用。

才过了十多天，特大洪水果然来了，田地、房子等全部被淹没了。孙甲马上登上船，寻找其他的人。可是，其他的人都被洪水冲走了，一时怎么找得到？一只狐狸在洪水中挣扎，孙甲不忍心，就把这狐狸救了。此后，他又救了一条蛇、一只老鼠。

这时，他看见了一个人，此人已经精疲力竭，眼见很快就会沉下去了。孙甲赶快划船去救。

狐狸说："那个人不是好人，不能救！否则你会有大麻烦的！"

孙甲说："你们不是人类，我尚且要救你们，他是人，我怎么能够不救呢？"于是，孙甲把那人救上了船，还给他干粮吃。

那人说，他叫李乙，是个小商人。

他们终于到了陆地，安全登陆。狐狸是穴居动物，它到了陆地，就要打个洞居住。它挖啊挖，竟然挖出来十个金元宝！狐狸是不需要金元宝的，因此，它就把这十个金元宝送给孙甲，这也是报答孙甲救命之恩的意思。孙甲也就接受了。蛇和老鼠，各自散去。

这时，李乙向孙甲提出，这十个金元宝，孙甲必须分五个给他。孙甲当然不同意。

不料，李乙到国王那里去告状，列出了孙甲的两大罪状：第一，孙甲霸占李乙的船；第二，盗墓取金，那十个金元宝，就是孙甲盗墓所得。

国王派法官审理，孙甲和李乙，都到庭接受审理。

法官问孙甲："你那船有什么特点？有没有做过什么记号？"

孙甲如实回答，把那船描绘一番，说没有做什么记号。

法官又问李乙同样的问题。

李乙也把船描绘了一番，还说，他是做了个暗记号的，前舱右下角的缝隙中，他嵌了两个铜钱。法官派人验看，那里果然有两个铜钱嵌在缝隙中。

于是，法官判定，这船是李乙的，被孙甲霸占了。孙甲必须把船归还李乙。盗墓的事情，李乙是人证，十个金元宝，就是物证，孙甲犯了盗墓罪。于是，孙甲被关进监狱，金元宝当然也被没收了。

当时的监狱，不负责犯人的伙食。孙甲没有人送饭，饿得头昏眼花，几乎要坚持不下去了。这时，几只老鼠给他送来了一些果子。

原来，那只被他救的老鼠，知道他遭到冤枉被关进监狱，就带着同伴来给他送吃的。孙甲就这样，靠着老鼠的帮助，在监狱熬着。

这时，太子被毒蛇咬了，昏迷不醒。国王很着急，发布告示，能治愈太子者，给予十个金元宝的重赏。

夜间，孙甲救过的蛇来到监狱，告诉了孙甲国王悬赏治愈太子的事情，说太子是它的一个朋友去咬的，不难治疗，当即说了治太子蛇伤的药方，让孙甲去治。

第二天，孙甲向监狱负责人报告，说他能够治愈太子。监狱负责人不敢怠慢，赶紧向上级汇报。于是，经过国王批准，孙甲就被提出监狱，去医治太子。没有费什么周折，孙甲很快就治愈了太子，太子很快就康复了。

孙甲向国王诉说自己的冤屈，国王就重新派法官审理孙甲的案件。

法官派人从孙甲的家乡找来证人，证明那艘船确实是孙甲的，不是李乙的。法官又派人到狐狸挖到金元宝的地方去查看，证实孙甲所说是事实。所有这些，最终又都从李乙的口供中得到了证实。

结局是：那艘船，还有狐狸送给孙甲的十个金元宝，都被归还给孙甲。孙甲又从国王那里，获得了十个金元宝，那是他治愈太子的奖赏。李乙呢，因为诈骗人家的船、诬告人家盗墓，被判了十年徒刑，关入了监狱。

贪心不足的张宗禄

　　从前，有座山。山脚下，有一个村庄。村庄里，有一家人家，姓张。张家和这个村庄的其他人家一样，不算很穷，但也算不上富有，都是终年辛勤劳动，维持最为基本的清贫生活。张家有个青年，二十多岁，叫张宗禄。

　　某日，张宗禄上山砍柴，看见一只黄鼠狼，似乎正要吃什么，就把手里的砍柴刀向黄鼠狼扔去。一张黄鼠狼皮，如果到市镇上去卖，可以抵得上几天砍柴的收获，何况除了皮以外，黄鼠狼的肉还可以成为他们一家人的美味呢。可惜，黄鼠狼何等机敏，它听见声音，就赶快扔下猎物，逃跑了。

　　张宗禄一击不中，有些懊恼。上前察看，才知道黄鼠狼扔下的猎物是一条小白蛇。小白蛇被救，获得自由，就迅速游走了。

　　这天夜里，张宗禄梦见一位白帽白袍白鞋的老者，前来拜谢。老者说，他是这座山上的蛇王，张宗禄白天从黄鼠狼那里救下来的，是他的小孙子。为了报答张宗禄救他小孙子之恩，请张宗禄天亮之后，到黄鼠狼扔下小白蛇的地方，去取一百两银子。

　　老者又郑重告诫张宗禄，"恩公可以用这一百两银子，买一些田地，修一些房屋，或者做一些小生意，万万不可去捐功名，尤其不可谋官位"，还说这也是相报之言。说完这些话，老者就告辞了。

第二天，张宗禄顾不得梳洗吃饭，就往山上去。在黄鼠狼扔下小白蛇的地方，他果然取到了一百两银子！不用说，他非常高兴。回到家里，他全家都非常高兴。

这一百两银子，如何用法？张宗禄力排众议，用其中五十两银子，去捐了个秀才，又用五十两银子，去疏通关节，当上了某县一个大镇的巡检。其间过程，颇为复杂，这里就从略了。巡检这个职位，官职尽管不高，但绝对是个肥缺。

是张宗禄忘记了蛇王的告诫吗？没有。那么，他为什么还要捐功名、谋官位呢？因为他看到那些当官的有职有权有威风，实在太羡慕啦！

张宗禄当了几年巡检，巧取豪夺，积累了很多钱财，又通过包括行贿在内的各种手段，当上了知县。他当了一任知县，正要谋求升迁，不巧，他的母亲去世了。按照规定，他应离职，回家守孝。

守孝期间，张宗禄紧锣密鼓地筹划守孝结束后的升迁事宜。在当时封建时代的官场，官员谋求升迁，如果缺乏政绩等实力，要耗费很多钱财，关键人物，尤其需要重磅贿赂。张宗禄为官，根本没有什么政绩可言，那么，如果要升迁，就只能向那些关键人物行贿了。行贿当然需要钱，他如何弄到足够的钱呢？他伤透了脑筋。

某日，他忽然想到蛇王。但是，如何才能找到蛇王，和他沟通呢？

一开始，他一连几天，到他当年救那小白蛇的地方去察看，但是都没有遇到任何蛇。后来，他想到了逼迫蛇王现身的一个办法。

他在一个吉日，到他当年救那小白蛇的地方，大声宣布：请蛇王现身，和他见面，否则，第三天，他就要把这一带的杂草灌木全部烧掉。

当天夜里，张宗禄果然梦见蛇王来见。蛇王问他有什么要紧的事情。张宗禄明确提出，希望蛇王能够派蛇，到离此山不远的一个龙潭中，去取那个潭中老龙颔下的明珠。在当地，这是个祖祖辈辈传下来的神秘传说。

蛇王道："那龙潭中，老龙颔下有明珠，这个传说不假，那明珠是无价之宝，这也不假。可是，第一，即便是其他的龙，或者是鳄鱼，要去取这明珠，也会有生命危险；第二，这是人家修了几千年而形成的宝贝，去偷去抢去骗，都是不道德的；第三，这也是天条所严禁。这三条之中，只要涉及任何一条的事情，我断断不会让部下去做，当然，我自己也不会去做，何况，此事这三条全占呢？"

张宗禄道："你如果不按照我的要求去做，我明天就烧山了，你的部下，会烧死不少的。"

蛇王道："我已经通知我的部下，它们全都撤离了。我们蛇族，都不积聚财产，你烧山，我们不会损失什么。其他生灵，我也都告知了。你若执意烧山，所造恶业，都会有报应的。"

张宗禄拿出最后一张王牌："我是救过你小孙子的命的啊！你不能忘恩负义啊！"

蛇王道："你的救命之恩，我已经相报。别的不说，我那些告诫，也是可以救你命的。你不听，那是你自己的选择。还有一点你必须明白，做了善事要求报答，这是不道德的，如果还以人家之报不足而相责，就更加令人厌恶了。"说完，他就离开了。

第二天，张宗禄知道，烧山也无法解决问题，只好想别的办法，筹措经费。

经过努力，他用多种方法，例如让租种他们家田地的佃户预先交租、向亲友借贷等，筹措到了一笔钱。但是，这笔钱数目不大，他都用作贿赂，也只谋得了一个知州的职位。如果他能够得到龙潭老龙颔下的明珠，那就可以谋一个知府的职位了。他很不满意，把一肚子的怨恨，都归结在蛇王身上，但也没有办法。

守孝结束，非常顺利，张宗禄就得到了某州知州的任命，高高兴兴上任去了。

不料，某官员也看中了这个知州职位，发现这职位竟然被张宗禄占去了，很不服气，就收集张宗禄担任知县时种种违法乱纪、行贿受贿的勾当，上报朝廷。朝廷派员认真查核，又发现了张宗禄其他的罪行。

最后，张宗禄因为罪行严重，被朝廷处斩了。

形影不离的神仙姐妹住谁家？

某日，张员外家门口来了一位女士。这女士容貌端庄，穿着考究，打扮精致，气质高华。

张员外见了，赶快走到门口，问："女士，请问您是谁啊？我没有见过您。您到我这里，有什么需要我帮忙的吗？"

女士说道："我是金色仙人，常保佑人身体健康，事业兴旺，内外少麻烦，子孙有出息。现在，我想找个住处安身。这年月，房子的租金那么贵，我们很难找个安身的地方。"

张员外一听，惊喜啊！赶快说："您原来就是金色仙人啊！请进请进！就住在我们家里吧，我们家里有几间空房子。"

金色仙人说："那，租金怎么算啊？我们可是两个人呢。"

张员外赶快说："什么租金不租金的！我不会收你们租金的。别说两个人，三个人、四个人也没有关系。我还会给你们烧香、上供呢。"

这时，在金色仙人身后闪出一位女子。这女子容貌丑陋，衣衫褴褛，蓬头垢面，神情怪异。

张员外见了，大惊失色，问金色仙人："这是谁啊？不是和您一起的吧？"

金色仙人说："让她自己说吧。"

那女子说："我叫黑色仙人，是金色仙人的亲妹妹。我常让人疾病缠身，事业不顺，内外多麻烦，子孙不上进。我们两个总是一起的，如果她住在这里，我就也住在这里。"

张员外问金色仙人，说："她说的是真的吗？"

金色仙人回答说："都是真的。"

张员外说："那么，您住在我这里，她不能住在我这里。"

金色仙人说："那不可能。我们两个，不可能分离的。如果我住在这里，她肯定住在这里。她不住在这里，我不可能住在这里的。"

张员外只好遗憾地说："那请您二位都走吧！"

看着这姐妹俩离开，张员外竟然一阵轻松。

离开了张员外家，她们就去李员外家。

李员外见到金色仙人，听她介绍了她的神通，以及她们姐妹两人想找房子住的话，和张员外一样，热情欢迎。

这时，黑色仙人出现，她向李员外如实介绍了自己的神通，也就是"常让人疾病缠身，事业不顺，内外多麻烦，子孙不上进"，然后，她强调，她和她的姐姐不可能分开。李员外听了，连声说"没关系"。

这大出金色仙人的意料之外，她忍不住问："员外，您明明已经知道，我妹妹常给人制造麻烦，甚至祸患，您为什么还要容留我们呢？"

李员外回答道："身体健康与否，事业成功与否，人际关系如何，子孙发展如何，这些事情，因素实在太多，我们能够认识到的，只有其中很小的一部分，而我们能够掌控的，又是这很小的一部分中的很小的一部分。我就把自己能够掌控的部分做好，其他的，也就不去想了。"

金色仙人道："员外高论，愿闻其详！"

李员外说道："例如，健康方面，我没有对健康有害的任何不良习惯，一切都按照有利健康的要求做。事业上，我谨慎勤勉，奋发向上，不断开拓。人际关系方面，我恭敬谦虚，宽厚多容，多恕多让。子孙教育方面，重点在教育孩子走正道，言教身教，请学校教。如此而已。至于您二位如何作为，那是您二位的事情，不是我能够掌控的，所以我也就不操心了。"

金色仙人大喜，说道："您如果真的这样，那么，我们就住在您家里，我会很忙，我妹妹就轻松了。"

李员外说道："我确实一向如此。一言为定！"

金色仙人说道："一言为定！"

黑色仙人也说道："一言为定！"

赢又赢的故事

从前，也不知道确切的年代，有个非常好赌的人，他本来姓林，至于他本来的名字么，大家早已忘记了，只知道他为了赌博能赢钱，给自己重新取的姓名，叫赢又赢。大家都叫他"赢又赢"。他的老母亲骂他，也会说："赢又赢，你今天又输钱了！"

尽管他改了这个姓名，甚至花大价钱学了很多据说能够赢钱的巫术、符咒之类，但是，他参加赌博，还是输钱的时候很多，赢钱的时候很少。他家本来属于小康，但被他赌得只剩下一亩薄地了。他也知道赌博不好，还给儿子取名为"不博"，但他就是忍不住要去赌。

他家里有六十几岁的母亲、四十几岁的妻子和一个十七八岁的儿子。这样一家四口，仅仅靠一亩地，是无论如何也无法生活下去的。何况，赢又赢不干任何营生。

好在他的母亲和妻子，终年辛勤纺织，儿子林不博读书很聪明，虽然还没有考上秀才，但已经在一家大户人家教书，因此，一家人的生活，也还勉强将就。

赢又赢输了钱，怎么办呢？地被他卖得只剩下一亩了，不能再卖了，房子也不能卖——卖了全家就没有地方住了，于是，他就编造危机，向亲友借钱，还赌债，或者再去赌博，想翻本呢。他的父亲去世前，被他编造了几十次病危。他的母亲、妻子和儿子，身体一向健康，从来也没有请医生看过病，但也都被他编造了十几次重病。至于被贼偷、被强盗抢等，都反复被他编过。亲友们被他骗得次数多了，也就不再借钱给他了。他只好在家里到处寻找母亲、妻子和儿子藏起来的钱，找到了，就去赌博，但最后结果总是输得干干净净。

有一次，赢又赢得了病，到邻居医生赛华佗那里看病，赛华佗仔细给诊治，开了一张药方。赛华佗给邻居看病，给穷人看病，都是不收钱的，当然，他也没有向赢又赢收钱。可是，到药店买药，那肯定是要钱的。

赢又赢向母亲要买药的钱，这个理由非常充分，他的母亲赶快给他。可是，赢又赢拿了钱，没有去买药，而是去赌钱了！结果却还是输。

困难再多的家，也总是要谋求生存和发展啊！林不博去参加秀才考试，要钱；成家，也要钱。为了增加收入，林家婆媳，决定在纺织的同时，念经出售。

她们一边纺织，一边念《波罗蜜多心经》。每念一遍，就把一段灯草从左边的盒子放到右边的盒子。有些人家做法事、祭祀鬼神，要念诵《心经》的功德，就到她们家来买。她们家右边盒子中灯草段的数量，就是她们念诵《心经》的数量。买家把这些灯草段买去，做法事或者祭祀的时候，焚化给鬼神，就算给鬼神念诵《心经》多少卷了。

受祖母和母亲的启发，林不博也在教书之余，每天抄写《心经》

十遍，回家的时候，交给祖母，让祖母出售，攒钱。他的老师是理学家，是程朱理学的信徒，大力反对佛教的，知道林不博在抄写《心经》，就把林不博严肃地批评了一顿。林不博的同学知道了，也把他抄写《心经》的事传为笑谈。对这些，林不博都只好保持沉默，因为他如果声明不信佛教，那就没有人来买他抄写的《心经》了。

可是，不管是念诵的《心经》，还是抄写的《心经》，社会需求都小，何况，邻村尼姑庵的几个尼姑，也出售这些。和她们相比，林家的竞争力，就差远了。因此，林家积压了很多代表念诵《心经》遍数的灯草段和抄写的《心经》。这些，赢又赢也都知道，但是，他也没有办法把这些佛教功德变现作赌本。

后来，赢又赢病了，病势逐渐加重。赛华佗前来诊治，开了药方让他吃药，都不见好转。

赢又赢日夜躺在床上，还不闲着，不断地叫："三万！""清一色！""同花！""吃！""和啦！""唉，可惜，又差了点！"

他的母亲听了，劝他："你病成这个样子了，省点神思吧！怎么还在想赌钱的事啊？"

赢又赢回答："我在和他们赌钱啊！忙着呢。"

他母亲说："和哪些人赌啊？"

赢又赢说："多着呢！"

他母亲又问："你哪里有钱赌啊？"

赢又赢道："可以欠啊！他们不怕我还不出。他们说，我家钱多着呢。"

他母亲长叹道："我们家哪里还有什么钱啊！"

就这样，赢又赢天天躺在床上，在虚妄中和人大赌特赌，几乎是酣畅淋漓。

一天，赢又赢这样赌着赌着，忽然就没有声音了。他的妻子上前一看，发现他已经昏迷过去了，赶忙报告婆婆。

林老太太过来一看，慌了，请隔壁邻居，去请赛华佗马上前来救命。

一会儿，赢又赢竟然醒过来了。他清楚地对他母亲和妻子说："我输了一千两银子，被债主派人抓去了。我再三求情，他们才让我回来。他们说，要给他们烧一千两银子的纸钱，才能放过我，不然，他们还会来抓我去，不放我回来了。他们的人就等在门口，要一千两银子的纸钱，赶快焚化吧。"说完，又昏迷过去了。

林老太太听了，急啊！家里没有预备纸钱，现做起来，时间不允许，去购买，没有钱。情急之下，她就让儿媳妇把她们积压在那里卖不出去的代表念诵《心经》的灯草段，还有林不博抄写的《心经》，代纸钱焚化。她儿媳妇急忙去执行。

这时，赛华佗匆匆赶到。他摸了摸赢又赢的脉搏，很微弱，但他还是有把握抢救过来的。于是，他取出银针，找准穴位，在赢又赢身上，插了许多针，不时旋转。可是，赢又赢没有任何反应。赛华佗加大了针刺的力度，赢又赢还是没有反应，连脉搏都没有了，呼吸也没有了。赛华佗觉得非常奇怪，急得满头大汗。

这时，林不博也回家了，在床前，很着急，但又没有办法。

这时，赢又赢咽气了。

赛华佗长叹一声，"罢了，罢了"！对林家三人说："你们节哀顺变，处理后事吧。"说完，他就离开了。

林家于是就处理了赢又赢的后事，不提。

赛华佗对这事情，耿耿于怀，觉得奇怪，就脉搏看，赢又赢完全是可以抢救过来的，至少能活过来一段时间，可是，这些力度很大、定位很准的针刺，竟然没有起到任何作用，赢又赢竟然连一点儿反应都没有。他想来想去，想不明白。

他把这事情原原本本地讲给好友袁子才听，也讲了自己百思不解之处。

袁子才听了，道："老友不必纠结，道理很简单。林家错就错在一下子烧了那么多《心经》！如果林家初一烧几张、月半烧几张，分期付款，给他还这一千两银子阴间赌债，说不定他还能活几年呢。"

赛华佗大奇："此话怎讲？"

袁子才说："如果赢又赢确实在阴间欠了一千两银子赌债，林家烧了那么多《心经》还了这赌债，债主就没有理由、也没有必要把他扣押在阴间。他这样的人，百无一用，能为债主干什么？在阳间，赢又赢没有赌资，如何能赌？不赌，对他来说，生命还有什么意义？可是，在阴间，就大大不同了。他家烧的那些《心经》功德，说不定就值十七八万。你想想，他坐拥那十七八万，即使确实欠了一千两赌债，也根本不算什么，当然可以大赌特赌加豪赌，何等快活？何等潇洒？怎么还肯回到阳间？"

赛华佗听了，一拍大腿，疑团顿时就解开了。

真假英雄

从前，某个村子里，有个孩子叫欧德岐。欧德岐家里很穷，他从七岁起就到富豪家去放牛。到十五岁左右，他不放牛了，成了帮人家种田的正式长工。

欧德岐没有读过一天书，但是，他很好学。他的好学，并不是好读书——他即使想读书，也找不到书读，当然也没有人教他读。他的好学，是好学各种技术。他二十多岁的时候，和农业直接相关的技术，他全部精熟。此外，其他的手艺，例如泥水匠、木匠、篾匠、铁匠、厨师的技术，他也都会。

在他生活的环境里，几乎没有什么值得他学的了。他渴望能够到新的环境中去，扩大眼界，接触新的事物，学习新的本领。

正好，他的机会来了。一条章鱼精，经常出没在京城附近的海滩上，伤了不少人的性命。不久前，国王的女儿，一位二十岁的公主，到那海滩上去游玩，也被这条章鱼精抢去了。国王派了很多人到海里去寻找，但一点信息都没有。

这次，国王又要派一艘海船入海寻找。他许下诺言：谁杀死那条血债累累的章鱼精，并且救回公主，就可以娶公主为妻。

一位年轻的将军，出身高官世家，一直很想娶公主为妻。他得到这个消息，就自告奋勇当了船长，去执行国王的这项使命。国王同意了，让他负责实施。

于是，这位将军船长，就招募愿意入海并且合格的人，当这艘船的船员。欧德岐得知了这个消息，非常高兴，利用多年当长工的积蓄当路费，来到京城应募。

当地是沿海地区，又是京城，且这是国王派的差使，待遇优厚，因此，前往应募的人很多。欧德岐没有任何海洋经验，海洋知识也很贫乏，只知道带鱼、黄鱼之类极为普通的海货而已，可是，他身体非常好，相貌也端庄英俊，样子又属于踏实、听话的那一类，所以，将军船长就把他放在最后一名录用了。

就这样，欧德岐随船入海了。在船上，任何人都可以差使他，他也很乐意被差使，决不会感到吃亏、感到被欺负，更加不会计较这些，因为对他说来，干活就可以学到知识，学到技术，得到启发。空闲的时候，他就掏出短笛，吹他熟悉的曲子。因此，大家都很喜欢他。

他们在海上航行了几个月，没有任何收获。某次，遇到了风暴，尽管挺过来了，人员也没有伤亡，但丧失了很多粮食和淡水，船上必须减员。在经过一个小海岛时，将军船长设计，把欧德岐抛弃在这个海岛上，然后，其余的人开船离开了。

当欧德岐发现自己被抛弃的时候，船早已离开他的视野了。没有办法，他就在岛上寻找可以生活下去的资源。还好，岛上有一个池塘，是淡水，还有很多浆果正好成熟，他暂时可以靠浆果充饥，生活无虞了。在岛上的一个水湾，他惊喜地发现那里有一艘搁浅的船，明显是被海潮送上去的。他爬到船上，发现船里有很多东西，竟然还有两把剑！走进一个船舱，他大惊：竟然有人在这里住的迹象！

他赶快取了剑，退出船舱，下船，再退到附近的灌木丛中，想看看住在船舱里的是什么人。一会儿，他看到一个年轻女子，走向船。他才松了一口气，从灌木丛中走出来。女子也发现了他。欧德岐走近那女子，两个人交谈后，彼此才放下戒备的心。

原来，这女子正是公主！那章鱼精把公主掳到这个岛上，逼她同意和它结婚，每过几天，它就来纠缠一番。公主还告诉欧德岐，那章鱼精有三个头，八条手臂，因此，非常厉害。有了三个头，不同的方向，对它说来，都是正面，有了八条手臂，就足以应对来自不同方向的进攻了。她亲眼看见，好几个海怪和这章鱼精交战，都被它打败了。

欧德岐在船上，也听老船员讲了一些关于章鱼的知识，又听了公主所言，便思考打败章鱼精的方法，就问公主："是不是这章鱼精在陆地走动要迟钝一些？"公主说是的。

欧德岐说："章鱼是软体动物，我有剑，能够打败它的。"

公主说："这章鱼精皮粗肉厚，八条手臂的表面，都如同长了厚厚的老茧一般，普通的刀剑根本砍不动。我看到一条鲨鱼咬它的一条手臂，都没有能咬下来。"

欧德岐说："我可以先试试。不管如何，我拼了自己的性命，也要保护公主殿下。"

欧德岐到船上，把船上的东西检点一番，发现了很多他们用得着的重要物品，例如，火刀和火石，还有很多火炭。他们把火炭运到岛上僻静的地方。欧德岐挖了个坑，在坑中点燃了这些火炭，利用他的铁匠技能，将那两把普通的剑成功淬火，再放在最为合适的岩石上细细地磨。这两把剑，都成了罕见的利剑。

欧德岐干这些活儿的时候，公主到海滩上捡了很多海物，放在刚才用来淬火的火坑中烧烤，做了很多美食。他们饱饱地吃了一顿。然后，公主带着欧德岐，熟悉岛上的地形。他们选择了一个适宜于袭击章鱼精的地方，做好了袭击的方案。晚上，他们回到船上歇宿。

第二天，他们一起到海滩上找海货，到山坡上找浆果，在岩石上继续磨那两把剑。

第三天，他们刚吃完早餐，一阵暴风由远及近。公主惊恐地说："那章鱼精又来了！"他们赶快到昨天选定的地方。欧德岐双手持剑，埋伏在灌木丛中。公主就在旁边的一棵大树下，坐在一块岩石上。

岛不大，章鱼精很快找到了公主，它走近公主，送给公主很多珊瑚之类的宝贝，说这是和公主结婚的彩礼。公主假意犹豫。章鱼精觉得，和此前相比，公主似乎有些愿意的样子，大喜，正要继续相劝，它三个头中的一个，脖子上遭到了猛烈的一击，落在它的面前！欧德岐的袭击，一出手就成功了！

可是，章鱼精还有两个头啊！

毕竟是章鱼精，遭到这样的突然袭击，它还是迅速应对，挥舞着八条臂膀，向欧德岐全身展开攻击。欧德岐挥舞双剑，抵挡这些沉重的打击。他的双剑尽管锋利，但是，只能给章鱼精的手臂划几道口子，根本无法砍断。好在章鱼精在陆地挪移不那么灵活，又刚丢失了一个头，不大习惯，行动就不如以前那样迅速了。欧德岐抓住一个机会，又砍下了章鱼精一个头。

他这才知道，这章鱼精的脖子，要比它的手臂容易砍断。因此，他的双剑，就轮番向章鱼精仅存的一个头的脖子进攻，而尽量避开它的手臂。

可是，欧德岐连砍了几次，章鱼精的脖子，只是被划了几道口子，那第三颗头，还是没有砍下来。原来，他的双剑砍了章鱼精两颗头，又被它八条手臂撞击很多次，变钝了。看来，砍下章鱼精最后这颗头，已经很难了。

于是，欧德岐就变砍为刺，双剑接连向章鱼精的脖子刺去。终于，他一剑深深地刺中了章鱼精的脖子，章鱼精倒了下去，停止了抵抗，在地上挣扎了一会儿，一命呜呼了。欧德岐怕它复活，还是砍下了它的那颗头。

公主坚持要把章鱼精的三颗头全都拿到船上去，说如果能够回到他们的国家，这三颗头，也可以告慰那些被章鱼精所害的那些人，对他们的亲属，也是一个交代。欧德岐提了两颗，公主提了一颗，回到船上。

公主从船上拿来了三根绳子，请欧德岐把这三颗头捆扎起来。玩绳子，这是欧德岐的拿手好戏。用绳子打农村常用的络绳，这也不是每个农民都会的，而他能够打十八种花样的绳络！他从公主那里拿过绳子，把这三颗章鱼头捆扎好，挂在船的桅杆上。

此后，他们就生活在这个小岛上，采野果，拾海物，捉小鱼，食物还是丰富的。空余时间很多，公主给欧德岐讲了很多王宫乃至京城的事情，欧德岐则给公主讲了农村的很多事情。觉得没有什么可以讲的时候，欧德岐就从怀中掏出短笛吹，一遍遍地吹他熟悉的曲子。

一天，他们发现有一艘船在附近经过，欧德岐就在小岛的高处，使劲挥舞着公主的一件红色披风。船上的人看到了，就让船靠岸，派人登岛。

公主和欧德岐喜出望外，原来这就是将军船长率领的那艘船！将军船长和他的船员听公主讲了这一切，也都非常惊喜！

　　于是，他们在岛上取了足够的淡水和浆果等食物，带上公主、欧德岐，还有那艘搁浅的船中很多有用的东西，当然还有章鱼精的那三颗头，向祖国进发了。

　　就在快要到京城的时候，将军船长趁人不备，把欧德岐推到了海里，然后，他威胁利诱，让船员们配合，证明杀死章鱼精、救出公主的英雄，是他将军船长，而不是欧德岐。船员们只好从命。

　　将军船长告诉公主，欧德岐自己不小心，掉到海里去了。公主很伤心，但是也没有办法。

　　回到京师后，将军船长向国王复命，详细叙述了他如何杀死章鱼精、救出公主的英雄事迹，当然，这些都是他在公主所说的基础上虚构的。国王本来就很喜欢将军船长，当即就表示，将公主嫁给他。

　　公主和家人团聚，并且向他们叙述她被掳后所经历的一切。国王觉得，公主所说的，和将军船长所说，有很多不同，最大的不同是，公主说欧德岐杀了章鱼精，而将军船长则说是他自己杀了章鱼精。但是，国王将这些不同归结为公主因为受到严重刺激，所以记忆不清。

　　国王要把公主嫁给将军船长，公主不同意，理由是杀章鱼精、救她的，是欧德岐，而不是将军船长。国王亲自去向船员们了解，船员们众口一词，所说都和将军船长所说完全一致。因此，国王愈加认为公主的心理不大正常，结婚或许能有助于她的康复。于是，国王就安排婚礼，让将军船长和公主结婚。公主竭力反对，但没有起任何作用。

　　婚礼在海滩举行，热闹、豪华、浪漫。婚礼的高潮，是听将军船长讲他如何杀章鱼精、救公主的故事，为了追求尽可能好的效果，章鱼精的三个头，也都被带到了现场。将军绘声绘色地讲他和章鱼精交战的过程，使人如临其境，一直讲到他把那三颗头都捆扎起来。

这时，绝望的公主，要求将军船长把这三颗头上的绳子解开，且不许砍断。将军船长费了好大的工夫，连一个都没有解开。他的头上冒汗了，旁边有人悄悄议论起来。既然是他捆扎的，他怎么解不开呢？

公主大声宣布，杀章鱼精并且救她的人，就是捆扎这三颗章鱼精头的人，因此，谁能够解开这三颗章鱼精头上的绳子，她就和谁结婚！将军船长既然解不开，也就没有资格和公主结婚了。

来宾中，有几个纨绔子弟，异想天开，想来碰碰运气，捡个便宜，就上前解章鱼精头上的绳子，结果可想而知，自取其辱而已。

这时，从海滩上爬起来一个因为沾满海藻而浑身绿色的人，他非常虚弱，慢慢地走到章鱼精头的旁边，从容地把捆扎在这三颗头上的绳子，有条不紊地解下来。然后，他从怀中掏出短笛，甩空里面的水，吹了起来，吹的就是公主在岛上听惯的曲子。

公主惊喜，大叫："这才是杀死章鱼精、救我的人！他叫欧德岐！"

大家欢呼起来。于是，公主和欧德岐举行了婚礼。

此后，他们过着幸福、平安的生活。

原来，草根出身的欧德岐，非常谨慎，一贯注重准备好维持生命的最低保障。在海船上，他常把一些食物藏在身上。被将军船长推入大海后，他在海中尽力保持漂浮的状态，终于抓住不知道从哪里漂来的一块木板，随波逐流地漂浮，凭着身上带的干粮，经过多日的漂流，终于漂到这里，正巧遇到公主的婚礼。

社会故事

陈大云的窖藏金库

　　陈大云的曾祖父做过官，后来，他们家败落了。到陈大云出生的时候，他的父亲，已经到以上山打柴为生的地步了。家里人都希望这孩子能够带来好运，就索性取名为"大运"。后来，一个私塾先生，认为这个名字太俗，建议改为"大云"。陈家采纳了这个建议。

　　可是，"大运"没有给他们家带来大运，"大云"也没有给他们家带来任何庇荫，他们家还是那样穷，没有改善。

　　尽管陈大云非常聪明，通过自学，写写算算都没有问题，但是，读书没有条件，经商没有本钱，种田无田可种，养蚕无桑可采，只能像他父亲那样，上山砍柴卖钱，养家糊口。快三十岁了，还没有结婚，因为没有姑娘愿意嫁给他。

　　快到年底的一天，他卖完柴回家，发现穿的破棉袄腋下有一个洞。他觉得奇怪，因为，衣服的腋下部分一般是不会破的，连颜色也是最晚褪去的。他从这个破洞中挖下去，竟然挖到了一块银子！称了称，这银子有二两之多。

　　原来，那天街上一家银肆，正在用专用的大剪刀把一个很大的银元宝剪成大小适用的银块。操作的时候，那老板用力过猛，一块剪下的银子飞了出去，也不知道飞到什么地方去了。几个人仔细找了好大的地方，都没有找到。大家以为飞到街道两旁的树上去了，就放弃了。其实，那时陈大云卖完了柴回家，扁担放在肩上，右手放在扁担上，右腋露了出来。他走过钱肆门前时，那块银子正好在他棉袄的右腋下钻了个洞，就进了棉袄。当时，陈大云只觉得被什么东西撞了一下，街道嘈杂，他也没有注意。因此，这银子是怎么来的，他确实不知道。

当时，像陈家这样的小户人家，一般是用铜钱的，银子这样的大额货币，是很少的。陈大云有了这二两银子，就是发了大财，真的交了大运了。刚好在年底，他就给一家三口，他父母和他自己，都添置了一套新衣服，家里破旧家具，更换一新，还置办了不少年货。更为重要的是，他们一家三口，个个喜气洋洋。

开始的时候，有人形容他们家生活水平忽然提高，说"像挖到窖藏金库那样"，传到后来，这话变成了"陈大云挖到了窖藏金库"，谈论的人，甚至言之凿凿。这事情越传越神奇。

不乏好事者向陈家人核实，可是，陈家人都矢口否认，这让大家愈加相信，陈大云挖到了窖藏金库。

陈大云的舅舅来了，送给陈家一些钱，对陈大云说："窖藏之银，是大吉大利之物，延迟动用一个月，好运延续一代人。千万不要因为柴米油盐去动用窖藏，如果有短缺，你就告诉我。"陈家反复说明，压根儿没有什么窖藏。舅舅几乎动怒了，说："我给你们送这些，不是想分你家的窖藏！"陈家三口赶紧赔不是。远远近近的亲友，也都来送这送那。大家就更加相信陈家挖到窖藏的传说了。

陈大云照例上山打柴。一天，他身体不适，打的柴比平时少了十几斤，有人就说："陈大云打柴是装装样子的，所以，比以前打得少得多。如果他不是挖到了窖藏，怎么会这样？"

富翁某甲，看到了长远赚钱的机会：陈大云年近三十，还没有结婚。某甲自己没有未婚的女儿，但家里有八个丫环。他派人到陈大云家说亲，说他家的丫环任凭陈大云挑选。陈大云选的，他就认为义女，负责嫁妆。陈家一商量，觉得是个好机会，也就同意了。

这天，陈大云要到某甲家选妻子了。某甲家八个丫环，都希望被家有窖藏金库的人选上做妻子，个个精心打扮。

其中一个相貌最差的丫环，叫夏荷，已经二十五岁了，在当时，绝对是老姑娘了，因为相貌差，没有人愿意娶。其实，这姑娘虽然相貌差，聪明也不够，但是，她心地善良，任劳任怨，勤奋踏实，因此，男女主人都对她很好。她除了完成主人交给的任务外，还做女红挣钱。得到的钱，她就藏在一个口袋里。主人允许她自己拥有这些钱。夏荷清楚地知道，自己的容貌和聪明，没法和其他姑娘相比，但她觉得自己有很大的优势：口袋里的银子，足足有一百两了。这个优势，是其他姑娘所没有的。可怜的姑娘啊，聪明显然不够。一个拥有窖藏金库的人，怎么会看上她那点银子？这是姑娘所想不到的。

夏荷想，如何让陈大云知道她有这个优势呢？她给了看门的男仆两碗酒钱，请他允许她那天上午在门口代他看门一个时辰。男仆一听，竟然有这么好的事情！马上同意了。

这天，陈大云到某甲家选妻子。他进门的时候，夏荷在看门，轻声告诉他："请你选我做你的妻子，我有一百两银子！"陈大云对她说："可以，但你要明白，我根本没有挖到什么窖藏金库，你嫁给我，要受穷的。"

夏荷以为陈大云是在刻意遮掩，或者是在考验自己，就更加坚定地恳求陈大云选她。说着，她就跟着陈大云进了屋。

在某甲家的客厅，其他姑娘尽情地向陈大云展示着自己的美，有几个，甚至千娇百媚，只有夏荷，只是简单地作了打扮，静静地站在一边。陈大云没有任何犹豫，出人意料地选择了夏荷。

没过多久，夏荷就带着某甲为她准备的一份嫁妆，当然还有她那一百两银子的私房钱，嫁给了陈大云。

陈大云婚后，房子紧张，就从夏荷的私房钱中拿出三十两，造了三间新房子。在当地，工匠的工钱总是要拖到年底才给。陈大云觉得，工匠都要养家糊口，自己手头有钱，不要拖欠人家的，于是，新房子完工的当天，他就把工匠的工钱都结清了。

所有这些，都是明摆着的事实，这些事实，都支持陈大云挖到窖藏金库的传言。

富豪某乙，见富豪某甲和陈家结了亲，也动起脑筋来。他认为，陈大云是否挖到窖藏金库，可以不论，但是，此人交上了大运，是明摆着的事实。一个人交上大运，一定会延续好长一段时间。自己何不利用他的大运赚钱呢？这和搭顺风车，是同样的道理。这正是天才的想法。

这天深夜，某乙带着厚礼，来到陈大云的新房子里，拜见陈大云。陈大云接待了他。某乙开门见山地提出，自己出五千两银子，交给陈大云做买卖，说完，就让仆人把几只箱子拿过来，打开给陈大云看，里面当然都是银元宝。

陈大云赶忙说，不要听信传言，他根本就不知道什么窖藏金库。某乙道："你有没有窖藏金库，我不管。我只是出银子五千两，由你去做买卖，算是入伙。"

陈大云说："我没有银子做买卖啊！怎么入伙？"

某乙说："你不用出银子，就拿我这五千两做本钱，我不插手，由你去做。"

陈大云说："那亏掉了怎么办啊？我怎么赔得起？"

某乙说："亏了全部算我的，赚了我们对半分利润。"

陈大云同意了，两人立了字据，某乙就告辞了。

第二天，陈大云不再上山砍柴了，就上县城，了解做大买卖的事情，一连在县城住了十几天。这消息传出，陈大云挖到窖藏金库的事情，尽管陈家人始终坚定地否认，在人们的心目中，已完全成了事实，没有人不相信了。在县城，陈大云所到之处，总有人指指点点，商人们更是趋之若鹜。

在经过比较充分的调查研究以后，陈大云在县城开了商行，做起了买卖。他从较小的生意开始，稳扎稳打，逐渐往大处做，且涉及很多领域，例如关中的小麦，苏杭的绸缎，云南的铜器银器等。

大家都喜欢和他做生意，究其原因，他被认为资金丰富、实力雄厚，这一点尚在其次，主要是他做生意，向来非常讲究诚信，并且一贯奉行"有钱大家赚"的共赢理念。如果能赚七分，争取一下能赚八分，但他只会拿六分。这样的人，谁不愿意和他合作？他不发财，谁发财？

不到十年，他已经富甲一方了。某甲和某乙，因为和他合伙，也发了大财。

至于陈大云有没有挖到窖藏金库，大家都很不在意了，仅仅是作为一个话题存在，延续了好几代人。

卖饼师傅顾聚财与二胡红艺人顾子韶

清代中叶，卖饼师傅顾聚财，孤身一人，在南京租了一间房子，在门口安了一个土炉子，一边烤饼，一边卖饼，以此为生。

卖饼利润微薄，刚够他自己一个人清贫的生活。除了三顿饭的时间外，生意清淡，他就在旁边拉二胡，吸引很多人来听。晚上收了摊子，他也无事可做，还是拉二胡。

天天如此。他的生意没有发展，利润没有增加，但他很快乐，拉二胡的水平，也迅速提高。他的邻居，每天都能听到他那优美的二胡声。

某日，顾聚财正烤饼卖饼，突然来了两个衙役。顾聚财见了，吓了一跳。他一向奉公守法，卖饼都是真材实料，货真价实，也没有社交活动，极少离开这个街道，怎么会有衙役上门？他赶快问衙役有什么事情。衙役故弄玄虚，说不知道是什么事情，他们是奉江宁知县之命，来带他去见知县。

邻居们都劝顾聚财，拿出一些钱送给衙役，如果有什么事情，也可以请他们帮忙。衙役上门，不管什么事情，不给钱是不行的。顾聚财自信没有任何问题，再说他尽管名字叫聚财，但也没有积聚到什么钱，没有办法，就给了衙役每人两个烧饼。

顾聚财被两个衙役带到知县面前。他见到过吏胥之类，但他还没有见到过这么大的官——普通百姓，很少有跟县官打交道的机会，且不希望有这样的机会，因为一旦遇上这样的机会，几乎没有什么好事。即使他很自信没有做过任何错事，也不会被人牵扯进什么案子，但还是不免紧张。

出乎顾聚财的意料之外，知县笑眯眯地请他坐下。在知县面前，顾聚财哪里敢坐？只是紧张地站着，不知该说些什么，手脚都不知道怎么摆放。知县见了，就对他说，恭敬不如从命啊！听了这话，顾聚财才勉强坐下，臀部只占了椅子的四分之一。

知县把请他来的意图告诉了他。原来，朝廷的刘侍郎，到江苏省担任这年的乡试（也就是举人考试）主考，最近就会到南京。江苏乡试的考场，设立在南京的。这刘侍郎，才四十岁，已经在中央政府担任侍郎了，此人可谓前途无量。因此，从两江总督以下，官员们都想巴结这位刘侍郎。他们动用各种关系了解刘侍郎，以便更好地奉承他，免得拍马屁拍在马腿上。他们了解到一个可靠信息：刘侍郎喜欢听二胡，自己也会拉二胡，对二胡演奏很有研究，是高层官员中的二胡专家。总督决定，在欢迎刘侍郎的宴会上，要安排一个二胡演奏节目，作为重头戏。江宁知县命人明察暗访，寻找二胡高手，经过比较，当局就选择了在江宁地面上卖饼的顾聚财。

知县对顾聚财说，到那天，会有人去接他的，占用他一天的卖饼时间，当局会补偿他的。顾聚财当然同意了。

到了那天，顾聚财由衙役带领，到欢迎刘侍郎的宴会现场演奏二胡。场面和过程，我们不必说了，就说结果：刘侍郎听了顾聚财演奏的二胡，非常高兴，给了很高的评价，还提了一些改进的建议，以及今后努力的方向和途径。顾聚财听了，觉得刘侍郎确实是高手，也是知音，佩服得五体投地。刘侍郎认为"顾聚财"这个名字太俗，建议改为"顾子韶"，顾聚财当然很高兴地采纳了。

刘侍郎赏给了顾子韶二十两银子，总督也给了二十两。在场的官员见了，也都给了顾子韶赏银，数量当然都在二十两以下，随着级别递减的。

顾子韶回到家里，数了数，他竟然得到了近两百两赏银！他从来也没有见过这么多银子！他数了几遍，没有错，是这么多。

有了这么多银子，顾子韶就不再卖饼了。他把所租的房子以及旁边的两间房子都买了下来，合成三间，添置了不少新家具，过起了阔绰的生活。

更重要的是，他在总督欢迎主考的宴会上演奏二胡大获成功的消息，迅速传遍了南京城。他演奏二胡的美妙，刘侍郎的赞赏，越传越夸张。官场、商界的聚会，有钱人家的喜事，都要请顾子韶去演奏二胡。有了顾子韶的演奏，主人会觉得脸上有光。如果没有顾子韶的演奏，酒菜再好的宴会，都不会被认为是高档的。

顾子韶忙着到处赶场子演奏，每天忙到深夜，他才带着高度的疲惫回到家里。第二天日上三竿，他才起床，简单梳洗一番，迎接他去演奏的轿子，又已经在门口了。这成了他生活的常态。

他赚了很多很多的钱，但是，他没有了以前拉二胡的感觉，甚至在演奏的时候，会取巧，会应付听众，还会想到，这几支曲子演奏下来，会得到多少银子。当然，他的邻居，他门前来来往往的行人，再也听不到他的二胡声了。

三年后，以前的那位刘侍郎，在陕西省当了两年巡抚后，调任两广总督，朝廷命令他在上任途中，绕道南京，处理一桩公务。两江总督为欢迎刘总督，举行宴会。如此高级别的宴会上，当然不能没有顾子韶的二胡演奏。

宴会预设的高潮，正是顾子韶的二胡演奏。顾子韶演奏的时候，包括两江总督在内，几乎是在座的所有官员，注意力不在听演奏，而是在观察刘总督的反应。

顾子韶刚上场，刘总督显露出非常高兴、期待的神色。可是，顾子韶刚开始演奏，刘总督就似乎有些失望。再后来，他脸上呈现出明显的不悦，既而皱起眉头。接着，索性不看了，喝酒吃菜。大家见了，都默不作声。顾子韶演奏结束，刘总督竟然没有鼓掌，没有叫好，也没有给赏钱，甚至连头都没有抬起来。在场的官员都很尴尬，这个时候，沉默是最好的选择。顾子韶只好黯然离开。

宴会结束后，刘总督对守候在客厅的顾子韶说："想不到三年时间，你的二胡技艺退步得这么快！"顾子韶除了磕头以外，无言以对。刘总督这样的反应，这样的评价，众官员当然也就不能给顾子韶赏银了。最后，总督命人给了顾子韶二两银子的辛苦费。

在回家的轿子中，顾子韶伤心地哭了，不是为了没有得到赏银，是为了自己的改变。他已经有了足够的钱成家立业，还有必要为了钱而舍弃快乐的生活、舍弃自己心仪的追求吗？

第二天清早，他在家门口挂了一块牌子，告诉大家，从即日起，他谢绝一切演奏邀约。

在履行了预订的所有演奏邀约后，顾子韶又在大门口垒了一个烤饼的土炉子，开始烤饼卖饼，恢复到他三年前的生活状态。

他的邻居和街上来来往往的过客，从此又能听到他们曾经熟悉的二胡声了。他又是卖饼师傅顾聚财，而不是二胡红艺人顾子韶了。

黄巢宝藏的故事

宋朝的时候，福建泉州经济很发达，宋王朝宗室的一支，居住在那里。进入元朝后，宋王朝的那些宗室成员也就成了普通百姓。赵孟阳就是其中的一个。

赵孟阳家境贫寒，夫妇两个，还有一儿一女，靠耕种几亩地生活。农闲的时候，赵孟阳也到山间砍柴，除了自己家里用以外，还挑到街上去卖，以补贴家用。日子尽管不免紧巴巴，但他毕竟是宗族出身，家中还保留着当地其他人家所没有的文化气氛，且与世无争，因此，他们一家的生活充满了祥和之气。

一天，赵孟阳去深山砍柴，一不小心，跌下山涧，幸亏抓住了一棵树，奇迹般地没有受伤。然后，他小心翼翼地向下爬，终于安全到达涧底。那是个人迹罕至的地方。

他在草木丛生、地貌复杂的涧底，艰难地寻找回家的路。忽然，他在不经意间一抬头，发现不高的涧壁上，一块石头上似乎有文字。金石碑版，是他少年时代的爱好。这样的爱好，是需要强大的经济实力支撑的，因此，后来家境中落了，他当然就无力玩这些了，可是，他喜爱金石碑版的心还在。在爱好和好奇心的驱使下，他费了好大的劲，爬到那石头旁边。

他很幸运，那块石头上果然有字。他拉开爬在石头上的藤藤蔓蔓，首先发现，那些文字的落款，竟然是"黄巢封"！他一阵激动！

再从头至尾读石头上的文字，他这才知道，这竟然是唐末黄巢藏金银财宝的地方！这石头旁边是个洞穴，藏着黄巢的金甲，此外，在附近还有八个洞穴，都藏着其他的金银财宝！

赵孟阳根据石头上的记载，找到了其他的八个洞穴，取了几锭金子和银子，仍旧用那些藤藤蔓蔓把九个洞穴盖严实。然后，他回到那石头旁边，把上面的文字一字不漏地背下来。最后，他又花了很大的力气，把那些文字全部用石块敲掉，不留一点儿痕迹。干完这些，他喝了几口山泉，慢慢地寻路回家。

赵家的生活，顿时改观了。他们不仅经常买鸡鸭鱼肉，还玩起了琴棋书画，连很贵的古董都买。可是，每过一段时间，赵孟阳还是要上山砍一次柴，其实，他是去那些洞穴中取金银，砍柴是做做样子的。

一个玩琴棋书画的人进山砍柴，这就不能不让人感到奇怪了。

最先发现异常的，是村里的一个闲汉。某日，他找到赵孟阳，开门见山地说，赵家突然富有，肯定是通了强盗。邻村张家被抢，是不是赵孟阳勾结强盗干的？

赵孟阳大骇，急忙否认，说家中经济突然好转，是发现了祖上留下来的一些金银。至于他仍旧上山打柴，那是多年形成的习惯。这尽管都在情理之中，但他不是一个会说谎的人，辞气神色，都很不自然。

闲汉也是个经验丰富的人，他知道赵孟阳说的不是实话，就威胁赵孟阳，说是要让官府来查一查。赵孟阳更加怕了，就给了闲汉三两银子，求闲汉不要找他麻烦。

后来，闲汉每到要用钱的时候，就去敲诈赵孟阳。赵孟阳觉得这不是了局，就给当地小吏送钱，请他来对付闲汉。小吏出面，制服了闲汉，闲汉不敢敲诈赵孟阳了。

赵孟阳舒心的日子并不长，因为为时不久，他又被那小吏缠上了。小吏隔三差五来敲诈，且胃口比那闲汉更大，没有十两银子是不完的。

赵孟阳觉得，这样下去，日子怎么过？寻找一个更有势力的人，来对付这个小吏？那还不是狼去虎来，和以小吏对付闲汉，有什么区别？想来想去，还是不要这些财富为好。

他把自己祖上的社会关系回忆了一遍，想到了豪门张员外，是他曾祖父的一个朋友的孙子，只有张员外，才能够庇佑他们一家平安。

于是，赵孟阳就以世交后辈的身份前去拜访张员外。张员外接待了他，虽然很客气，但很明显没什么热情。赵孟阳让张员外把其他人支走，然后，把黄巢宝藏的事情和详细地址，全部告诉张员外，这等于把黄巢宝藏全部送给了张员外。当然，赵孟阳也提了条件，这就是请张员外庇护他们一家。张员外当然喜出望外，当即答应了赵孟阳的要求。

张员外派心腹跟着赵孟阳秘密上山，果然找到了那九个洞穴，取回了黄巢的那副金甲，以及部分金银。张员外马上兑现了对赵孟阳的承诺，让赵家搬进张家别墅区居住。

此后，赵孟阳就再也不管那宝藏的事情了，不再到那里去取金银了，当然也不上山打柴了。他们一家，生活全靠张员外家供应，张家又有的是琴棋书画和古董，供他们把玩研讨。

时间久了，不免有"张家得了宝藏"之类的风声传出。闲汉、无赖、小吏等，不敢找张家麻烦，但是，州县衙门的地方官之类，也找上门来了。怎么办呢？张家的社会关系盘根错节，上上下下都有他们的人，张家就通过这些关系，大肆行贿，把那些来找麻烦的州县衙门官统统镇住了。

可是，比县官大的官多着呢。不久，福建行省衙门也得到了传闻，派福州路副总管王守廉前往调查。

王守廉来到张员外家调查。张员外不敢怠慢，好酒好菜招待外，还把黄巢那副金甲送给了他。并且告诉他，什么黄巢宝藏的事情，完全子虚乌有，这副金甲，是祖上传下来的，张家好几代，都没有从军的人，知道王副总管是军人出身，因此相送。王副总管假意推辞一番，也就笑纳了。

回到衙门，王副总管就向行省衙门郑重汇报，说根本没有什么黄巢宝藏的事情，都是乡下人传出的谣言。好在此类谣言，历来不乏，所以，行省衙门，也就采信了。

不久，王副总管得了重病。狐死首丘，他想在家乡终老，于是，就告病还乡。他和家属坐船，回乡途中，经过洞庭湖，风浪大作，随时有翻船的危险。

船家说："这船上肯定有稀世珍宝，江神想夺宝，所以有这么大的风浪。不给他宝贝，风浪不会平息的！你们带了什么宝贝，赶快献给江神！"

王守廉一听，下意识地扑在装有黄巢金甲的那只箱子上。在这危急时刻，保住性命要紧，其他都管不得了。船家三个儿子，一拥而上，从王守廉身下抢过箱子，打开一看，里面除了那副金甲以外，还有很多珍宝，令人眼花缭乱。

船家的儿子齐向王守廉道："各种官员，我们见得多了，你这样的官员，俸禄也就那么多。这些宝贝，难道都是你的俸禄换来的？不是贪污受贿来的，是怎么来的？怪不得湖神如此发怒！"

船家催促道："快献给湖神啊！这个时候了，还啰嗦什么！"

船家话音未落，他的三个儿子，就把那只箱子连同箱子中的金甲等珍宝，都扔到了湖中。王守廉见了，心疼啊！但是，他有什么办法呢？他的妻子、儿子和女儿等，这时早就晕头转向，什么都顾不得了。

不一会儿，湖面果然平静得多，没有危险了。

好在除了那一箱外，王守廉还带有不少金银财宝。过了洞庭湖，他们一家另行雇船，继续向家乡进发。不幸的是，王守廉本来就重病在身，再加上洞庭湖中的惊吓以及失去稀世珍宝的伤心，还没有到老家，他就去世了。

张员外一家，度过了王守廉调查的危机，过了一段时间平静的生活。可惜，这样平静的生活，也没有能够延续多久。

一伙强盗听说了张员外家得到黄巢宝藏的传闻，派人展开调查。尽管不能完全肯定，但他们调查的结果，几乎都支持这样的传闻。强盗采取蹲守的方法，试图尾随去山上取宝的张家心腹，找到宝藏。可是，几个月过去了，强盗毫无所获。

强盗不耐烦了，决定抢劫张员外家。毕竟，即使没有宝藏，张家也是一块肥肉。于是，他们联合其他几股强盗，经过周密计划，在一个月黑风高的夜间，对张员外家实施抢劫。

张家尽管有一批看家护院的人，但是，他们哪里抵挡得了预谋已久的强盗？强盗很顺利地攻进了张家，控制了张家的很多人。

张员外家的金银财宝，都被抢了个精光，房屋都被付之一炬。张员外和他的几个心腹，以及他的儿子，因为不肯说出宝藏的准确地点，悉数被杀。赵孟阳夫妇，也在混乱中被杀。

赵孟阳的一双儿女侥幸逃得性命，到处流浪。一天，他们到一个私塾要饭，私塾先生看他们像读书人，就试着考他们的学问，他们都能对答如流，甚至比私塾先生还高明。私塾先生大喜，就收留了他们。

经过一段时间的观察，私塾先生肯定，这兄妹两个，人品学问都好，就对他们说："这里方圆十里内，还没有合适的人来接替我教孩子们读书。孩子们不能不读书，因此不能没有这个书塾。我已经是风烛残年的人了，近几年，我勉力支撑着。现在，我可以把这书塾交给你们了。"他们兄妹俩郑重地向私塾先生磕了三个响头，接受了这个私塾。

此后，他们就在这个私塾教书，以此为生。再后来，他们男婚女嫁，仍然以教书为生，过着普通人的生活。一直到去世，他们都守口如瓶，再也没有提起黄巢宝藏的事情。

三寸稻草与金香炉

从前，有座山，山上有座庙，庙里有个老和尚。小朋友会说，老和尚要讲故事了。不是的，老和尚没有空讲故事，正忙着呢。

这座庙，不大，也不小，曾经兴盛过，但二十多年来，不知道什么原因，就衰落了。和尚们还俗的还俗，投奔其他佛寺的投奔其他佛寺，只剩下一个老和尚。

山上土地很多，老和尚种地，山上这样那样的果实等山货又多，他靠山吃山，生活没有问题。不过，佛寺要打扫，进香的人，来游览的人，尽管不多，但也要他招呼，因此，他非常忙碌，白天是没有时间讲故事的。

有一个客人，根据他自己说，姓茅，名有余，住在这佛寺几天了，白天游山，晚上回到佛寺寄宿。

这天，老和尚煮了够两个人吃的粥，那是茅有余和他自己的晚饭。茅有余回到佛寺，老和尚就招呼他吃晚饭。下粥菜是咸菜、酱瓜和炒蘑菇。茅有余给了老和尚一串钱，说，第二天，他就要离开这里了，这一串钱，就算在这里的住宿费和伙食费。老和尚也不客气，收下了。

第二天吃过早饭，茅有余就告别老和尚，下山了。

大约半个时辰后——古代的一个时辰，相当于现在的两个小时，我们说的"小时"，就是"小时辰"的省称——茅有余回来了，跑得气喘吁吁。他见到老和尚，就连声说"对不起，实在对不起"。老和尚莫名其妙。

茅有余说，他下山后才发现，身上粘了一根稻草，于是，就不惜爬山，来归还这根稻草，说："为人首先要讲德行，德行第一！人际交往中，一个东西，可以取，可以不取，如果取了，他就不是一个廉洁的人！德行就亏了。德行一亏，其他就不足观了。我这个人，从来就是不白拿别人分毫的。这根稻草，微不足道，但是，不是我的，是你们佛寺的，因此，尽管我是无意之中带出佛寺的，我还是要回来还的，否则，我于心不安。"说着，他郑重地用双手把一根大约三寸长的稻草，交给老和尚。

老和尚大感意外，继而对茅先生佩服得五体投地！连声赞扬他德行之高，说他自己作为一个资深的佛门弟子，也自叹弗如。然后，他恭敬地把茅先生送下山去，送了一程又一程，再三赞叹茅先生的德行，请他以后多来佛寺中作客。

此后，老和尚一有机会，就讲茅先生还一根三寸稻草的故事，感叹良久。

大约过了半年，茅先生又来到这佛寺，白天游山，晚上回到佛寺住宿。这一次，他和老和尚是老朋友了，老和尚尽心招待。

白天，老和尚没有时间，到了晚上，他总是和茅先生一起吃晚饭，然后，就挑灯夜谈。老和尚一个人住在佛寺已经二十年了，他是非常寂寞的，何况，人老了，就有许多故事想和别人说。这位茅先生也非常健谈，并且很愿意倾听。老和尚难得遇到这样的人，很快就把他当成了知音，几乎无话不谈。每天晚上，他们都要谈到半夜才休息。

这天夜里，老和尚对茅先生说了这佛寺的一个重大秘密。老和尚师父的师父，也就是师爷，掌管这佛寺的时候，佛寺香火很盛，收入不菲。师爷用这些钱，请可靠的金匠打造了一只金香炉，涂上厚厚的黑漆，放在大雄宝殿释迦牟尼像的正前方，当一般香炉用。因为香炉通体都加了厚厚的黑漆，所以，其他人都不知道这香炉是金的。师爷临终前，把这个秘密告诉了老和尚的师父。老和尚的师父临终前，又把这个秘密告诉了老和尚。

老和尚感叹，他老了，但是，一个徒弟也没有，以后，谁来打理这个佛寺呢？因此，他郑重委托茅先生，帮他物色一个好徒弟，好继承他的衣钵。他相信，茅先生的德行如此高尚，推荐的徒弟肯定不会错的。茅先生当即就郑重答应了。

老和尚又问茅先生，第二天有没有什么要紧的事情。茅先生说没有，就是游山而已，早一天迟一天，都没有关系。老和尚说，第二天是初一，有人家做法事，要老和尚去念经。以往遇到这样的事情，老和尚都是请山下的王老汉来看守佛寺的，但近来王老汉身体不好，不能来了。因此，老和尚想请茅先生看守佛寺一天，因为佛寺是不能关门的，何况是初一。茅先生一听，满口答应。

第二天早晨，吃过早饭，老和尚下山做法事，茅先生在佛寺招呼香客。

太阳下山时分，老和尚回到佛寺，看到佛寺的门开着，但不见了茅先生。老和尚到客房查看，发现茅先生的行李也不在了。他再到大雄宝殿一看，释迦牟尼像正前方那只涂了厚厚的黑漆的金香炉不见了！老和尚大惊。很明显，金香炉被茅有余偷走了！

老和尚大哭一场，为了那只金香炉，为了师爷和师父，为了他自己，也为了自己心目中德行高尚的茅先生！

一个德行如此高尚的人，无意中带走了一根三寸长稻草，也要走半个时辰山路来归还，怎么会偷金香炉呢？老和尚想不明白。

腊八粥的来历

关于腊八粥的来历，有这样那样的传说。我听到的传说是这样的。

古时候，有一家人家，非常穷。某年，遇到灾荒，他们家卖得一无所有，活下来的只有母子二人。这孩子叫文海。文海和妈妈，只能要饭为生。

要饭当然很不容易，经常要受到别人的凌辱，被吐吐沫，还算是轻的。让小文海最害怕的是，他们走街串巷常常会被恶狗追咬。至于吃饱肚子，那是不可能的，因为一般人家吃饭的时间大致相同，也不会长。在那段不长的时间内，他们去要饭，有些人家给两口饭，他和妈妈各人一口，有些人家稍微给一点米，不给饭。吃饭的时间过了，他们就要不到饭吃了。

文海十来岁的时候，他们要饭时，走过一个佛寺。妈妈对他说："孩子，你当和尚去吧，在寺庙生活，好歹要比要饭容易一些。"于是，文海就在这个佛寺当了和尚。

这个寺庙，和尚不少，因为谋生艰难，很多人活不下去，所以就来当和尚了。到这个佛寺进香的客人，也不少。因为人们觉得命运无常，没有安全感，就到佛寺来烧香，求神灵的保佑。因此，这佛寺要烧煮很多食物和茶水。文海呢，就负责烧火，每天从早到晚，就是烧火。

当时，当地都是在用土坯砌成的灶上烧煮食物和茶水，燃料是稻草、麦秸和各种各样的豆其之类。这佛寺也是如此。文海烧火的时候，看到稻草上有半个稻穗，麦秆上有半个麦穗，豆其上有没被剥开的豆荚，里面有豆子，他都不放过，都要收集起来。秋天，他偶尔到佛寺背后的山上去，看到栗子树上掉下的栗子，也都收集起来。夏天，佛寺中的西瓜、南瓜等的瓜子，他能收集到的，也都收集起来，抽空用石头敲开瓜子壳，取出瓜子肉，也收集起来，晒干，放在口袋里，藏在柴房里。三年下来，这些杂七杂八的粮食，他聚集了几百斤。

在古代，抗灾能力低下，水灾、旱灾、虫灾是经常发生的。这一年，又遭了大灾。到腊月，这佛寺只有很少的粮食了，香客也几乎没有。和尚们每天吃仅仅能维持生命的食品。腊月初八，是佛教节日。这个节日，要怎么过呢？

当家的老和尚和满寺和尚几乎都绝望了。这时，文海当众说出了他藏有粮食的秘密。这下，和尚们可高兴啦！

于是，他们到柴房搬出这些粮食，舂米的舂米，淘洗的淘洗，浸泡的浸泡。第二天，他们就把这些粮食掺杂在一起，煮粥。这些粥中，有米，有麦，还有黄豆、赤豆、绿豆、豇豆、蚕豆，甚至还有西瓜子肉、南瓜子肉和栗子等。这样的粥，不用说，那是非常香的！在饥饿中的和尚，更加觉得这粥好吃啦！

这天正好是腊八节，和尚们就把这粥称为"腊八粥"。此后，文海继续这样节约粮食。每逢腊月初八，这佛寺就用他一年之中收集到的这些杂七杂八的粮食，烧煮成粥，满寺和尚，快快乐乐地喝。后来，香客们知道了，也在这一天到这佛寺喝这样的粥。这佛寺的香火，就更加旺了。

别的佛寺知道了，也这样做。久而久之，腊月初八喝这种杂粮粥，就成了节日风俗了。人们就管这粥，叫"腊八粥"。

智破项链案

从前，有个王后，某一次，她在一大群侍女的陪伴下到一个园林里去游玩。那是个春日，天气比较热。她把自己的棉袄脱下来，挂在树上。在园林里走了一圈，再回到她挂棉袄的地方，穿上棉袄，打道回府。

回到宫中，王后发现，她戴着到园林游玩的那串珍贵的项链丢了。她肯定，项链是丢在园林里的。

于是，国王派了大批的人，到园林里去寻找。人们几乎找遍了那个园林的所有地方，都没有发现项链的踪迹。国王的那班大臣得出结论：项链一定是被人偷走了。

是谁偷了项链呢？王后的随从都可以排除的，她们都是经过长期考验的，决不会干这样的事情。排查来，排查去，最后，觉得那时在园林里的一个乞丐有嫌疑。那个乞丐就被逮捕了起来。

开始，那个乞丐坚持说，他根本没有看见什么项链，当然更谈不上偷项链了。审讯官员就对乞丐用刑。乞丐吃不消了，就承认，是他偷了项链。案件终于有了进展，国王和王后很高兴。

但是，项链要追回来啊！审讯官员再提审乞丐，要他交出项链。乞丐根本就没有看见什么项链，更别说偷了，他怎么交得出？于是，他翻供了。审讯官员就再用刑，乞丐吃不消，只好乱说一通。于是，他又被用刑。

折腾来，折腾去，乞丐只好乱咬人，说他偷了项链，就马上交给同伙了。审讯人员眼睛一亮，要他交待同伙，乞丐就说了几个人的姓名。这些人都被立即逮捕，审讯，用刑。

可怜这些人并不是乞丐的同伙，哪里知道项链在什么地方？当然不承认。但是，审讯官加重用刑力度，这些人吃不消，就承认，承认了交不出项链，就再咬一批人。

一百多人被抓进去了，审讯的地方常常鬼哭狼嚎的，但项链还是没有踪影。大臣们知道这样的做法完全不行，他们知道被抓进去的人都是冤枉的，但是，没有办法。

终于，大臣甲想到了一个主意：让被抓进去的人，把大药的儿子也扯进去。

大家一时想不明白，大药的儿子，绝对不会掺和偷项链这样的事情，把他扯进去，不是故意冤枉他吗？再一想，大家都明白了，乐了。

原来，大药是国王手下著名的谋臣，如果他出手，这项链案肯定能够破。可是，最近一个阶段，大药和国王闹了点儿矛盾，赌气要辞职，不来朝廷上班。大家为项链案忙得焦头烂额，还丝毫没有进展，他却在家里躲清闲呢！把大药的儿子扯进去，实际上就是逼大药出手。

于是，他们利用给被抓进去的人送饭的机会，告诉那些人，把大药的儿子扯进去。那些人被审讯的时候，就都说，大药的儿子是和他们一伙的，并且主持策划了这个盗窃案。果然，大药的儿子，很快被逮捕了，罪名是盗窃王后项链的主谋。

大药见儿子被抓，知道大臣们的用意。不过，无论如何，他不能不出手了。再说，即使不是为了儿子，为了那么多被愚蠢法官用刑折腾得死去活来的可怜人，他也不忍心不出手了。

于是，大药回到朝廷上班。第一件事情，就是负责破这个项链案。他在朝廷办事，向来是可以调配这个国家的一切资源的。

他从王宫中调来五十多个色艺俱佳的宫女，让她们穿上颜色鲜艳的服装，精心化妆，每人戴上一串色彩鲜艳的珍珠项链，然后在音乐声中翩翩起舞。大药看了一会儿，叫她们停止。然后，把她们带到那个园林中，让她们在优美的音乐声中，在树下跳集体舞。

这时，园林中的猴子都来围观，越来越多。有些猴子也跟着这些宫女跳起舞来，有的在树上跳，有的在地上跳。不一会儿，更多的猴子跳了起来。

一只猴子爬到树上，从一个乌鸦窝里，拿出一根项链，戴在它自己的脖子上，然后，就在树上，模仿宫女们跳了起来。

大药让宫女们在舞蹈中加入仰头、低头的动作，且幅度要大！宫女们听到大药的指令，仰头、低头，脖子上的项链，纷纷掉下。猴子们也跟着宫女们大幅度地仰头、低头起来！

那脖子上戴项链的猴子也跟着这样做，它脖子上的项链，就掉了下来，落到地上！

说时迟，那时快！几个官兵一拥而上，把那项链捡起来，不让猴子来抢。经过王后的贴身侍女验看，这项链，正是王后丢失的项链！

原来，王后脱棉袄的时候，把项链取下来，挂在树枝上，脱去棉袄后，忘了把项链戴上，就去游玩了，侍女们也没有注意。一只猴子看到项链漂亮，就把项链偷走了，藏到乌鸦窝里去。

那些漂亮的宫女来表演歌舞，猴子忍不住要模仿，为了模仿得更像一些，它也戴上了项链，结果中了大药的计了。

张知县破盗案

县城一连发生了三起强盗抢劫案，三家大户人家被盗。前两家人家被盗财物尤其多。

抢劫案是大案，何况一连发生了三起！这还了得！上级严厉要求张知县尽快破案，否则就给朝廷上奏章参劾，罢他的官！县城的一些富户也联名上书，要求尽快破案。令人奇怪的是，才几天时间，城里那些以说唱为生的那些艺人，也都以这连环抢劫案为题材，编了唱词演唱。

张知县感到很大的压力。这连环案，明显是同一伙强盗所为，可是，线索在哪里呢？他苦苦思索。就在这时，第三家被抢劫的大户，送来一本簿子，说是在他们家发现的，但不是他们家的，很明显，是强盗遗落的。

张知县翻看簿子，竟然是强盗的日记！再一看，日记上记得清清楚楚，某日，在某某地方，和哪些人一起喝酒，商量抢劫某大户等。地方有变化，例如寺庙、名胜景点、赌馆、酒楼包厢，甚至某某家。参加的成员，名字都记载得清清楚楚。某日抢劫，抢到了哪些东西，过程如何，哪些方面做得好，哪些地方需要改进等等，也有记载。

张知县马上召集衙役，全体出动，按照那簿子上的记载，把那些人全部抓捕归案。另一方面，他派人按照那簿子上的记载，到寺庙、酒楼等地方，找人核实。县城不大，这些都不是难事，很快就完成了。

被抓捕的人，都集中到大堂，张知县审讯。大家一看，这些人都是县城内大户人家的子弟，且都平时游手好闲，不干正事，尽干些酗酒、赌钱、打架、捧戏子之类的事情。这些事情，都是需要大钱支撑的，他们没有了钱，去抢劫，也是有可能的。

可是，听到张知县要他们交待抢劫的事情，这些人都懵了，面面相觑，都是一脸的无辜，矢口否认和抢劫有关系。这些人的家长也都来了，说子弟们尽管没有出息，他们做的事情尽管很费钱，但是，他们都是胆小无能的人，不可能去干抢劫的勾当，再说，他们也不缺钱。

知县问那些被抓的青少年，某月某日，他们是不是在某地方喝酒？哪些人回忆一番，然后都说是的。证人也说是的。知县又问，某月某日，他们是不是在某赌馆包厢赌钱？某月某日，他们是不是在某个戏院看戏，看的是某某戏，演员是谁，然后他们又去了什么地方？那些人的回答，都是肯定的，证人也予以证明。

然后，张知县又把那本簿子拿给那些人和家长们看，说明明白白记录着呢，他们是以喝酒、看戏、赌钱等为名，商量抢劫的事情。那些人和家长看了，都目瞪口呆，根本无法提出任何事实或者理由来否认参与抢劫。

既然如此，接下来的事情就是追赃了。张知县问他们，抢得的赃物，藏在什么地方？嫌犯们自然不知道，当然也没有办法交代。嫌犯不交代，那时候，审问者是可以对他们用刑的。于是，张知县就命令衙役，先用板子打嫌犯，说打了板子，如果还不交代，就上更加厉害的刑具。

第一个嫌犯被打板子。这些嫌犯，都是养尊处优惯了的，细皮白肉，如何受得了板子？打一下，他就杀猪似地嚎叫几声，旁边的嫌犯，吓得心惊肉跳，脸色都绿了。才打到第三下，那嫌犯就招供了，说赃物就埋在城南关帝庙后面的一棵大槐树下。张知县惊堂木一拍，问其他的嫌犯，是不是这样？其他的嫌犯众口一词，都说是的。他们根本没有参加抢劫，为什么还要这样承认呢？怕打啊！逃过了眼前这一关再说。

由于夜已经深了，张知县就吩咐，把嫌犯关押起来，第二天到关帝庙后面去起赃物。

第二天，张知县带着衙役，押着一干嫌犯，到关帝庙后去起赃物。嫌犯们的家长，也都跟着去，因为他们根本就不相信他们的子弟会参与抢劫。

他们来到关帝庙后面的大槐树下，发现那里确实有破土的痕迹。张知县命人开挖。没有挖很深，就挖到了不少金银财宝！嫌犯和他们的家长，又一次目瞪口呆！都面如死灰！嫌犯们想不明白，他们因为怕打板子，才胡乱招供的，怎么真的挖出了赃物？太不可思议了。家长呢？想不到自家的子弟真的参加了抢劫！这太出于他们的意料之外了。

张知县让被抢的人家来辨认。第一家被抢的人家来辨认，说不是他们家的，很沮丧。第二家被抢的人家来辨认，也说不是他们家的，也很沮丧。第三家被抢的人家来辨认，非常高兴，说这些东西，都是他们家的！当场就给张知县磕了几个响头！

嫌犯们的抢劫罪算是可以坐实了。张知县可以如此结案，向上级汇报，向社会交代了。可是，还有两家被抢劫的钱物，没有着落啊！这案子还不圆满。此外，张知县还觉得，这案子有些地方不对劲。例如，这案子也破得实在太顺利了；强盗的日记，这么重要的东西，强盗怎么会轻易遗落在抢劫的现场呢？那些嫌犯，即使有抢劫的心，也没有那个胆子，更加没有那个能力啊！再说，嫌犯在一起喝酒、赌钱、看戏，是他们的常态，未必是商量抢劫啊！可是，老槐树下起出的赃物是千真万确的。这是怎么回事呢？

张知县又一次提审嫌犯，问他们其余的赃物藏在什么地方。那个首先招供说赃物藏在"老槐树下"的嫌犯说："恩公，我交代说，赃物埋在关帝庙老槐树下，那是因为怕打，随口胡乱说一个地方，先免打再说。想不到你们真的在那老槐树下挖到了那些赃物，这是老天爷要让我们死，是天意，天意不可违，我们也没有办法。可是，要我们再胡乱供认，会害得恩公和众人空忙一场，这也会加深我们的罪孽，我们不能这样干。我们反正都是死罪，即使打死，我也不胡乱供认了。"其他的嫌犯，也都这样说。

张知县无奈，只得宣布退堂。嫌犯们被衙役押回监狱。

嫌犯们刚离开，张知县马上密令两个心腹衙役，赶快把刚离开大堂县衙的那个马夫，秘密逮捕起来，送到密室审讯！

衙役大惊，不敢怠慢，把刚出门的那个马夫，骗到衙门内隐秘之处，立即逮捕，送到密室！

在密室，只有张知县、马夫和那两个心腹衙役。张知县喝问马夫："你知罪吗？要我用刑吗？"

马夫磕头如捣蒜："知罪知罪！请大人不要对小的用刑，小的全部招出来！愿意戴罪立功！"

原来，这马夫是强盗的眼线。他遵照强盗头目的指令，张知县每次审讯抢劫案嫌犯，他都要来旁听，然后，把审讯的情况，及时汇报给强盗头目。那次嫌犯胡乱招供"赃物埋在关帝庙大槐树下"，就是他告诉了强盗头目，强盗头目再让人趁着黑夜，把赃物埋在大槐树下，以坐实那些嫌犯抢劫罪的。他想不到，张知县已经注意到，凡是为此案设的审讯，他必自始至终旁听，而以前张知县审案，他是极少来旁听的，因此，这引起了张知县对他的怀疑。

马夫交代了这些罪行，接着说："今天，那伙强盗都在盛世大酒楼聚会，我可以带领衙役，将他们一网打尽，以此将功赎罪！"

张知县马上召集衙役，周密安排，然后，亲自带领衙役，前往盛世大酒楼，把那伙强盗，悉数捉拿归案，无一漏网！然后，他顺藤摸瓜，为三家被抢劫的人家，找回了被抢的钱物。

强盗们的计划是，抢劫以后，增加张知县的破案压力，又以"遗落日记"的手法，故意误导张知县的破案思路，嫁祸于那些浪荡子弟，再用栽赃的手法，坐实那些浪荡子弟的抢劫罪名，并且促使张知县尽快结案，这样，他们就可以逃脱惩罚，并且从容处理赃物了。那些浪荡子弟一起喝酒等的事情，都是强盗跟踪他们后记录下来的，因此都是真实的，当然，他们讨论抢劫的事情，是子虚乌有的。富户联名上书催促张知县破案，说唱艺人以此案为说唱内容，都是他们促成的，意在给张知县增加破案压力，以便让他更加容易上他们的当。不料，马夫的行为被张知县注意到并加以追究，使得他们的计划落空了。

那些浪荡子弟随即被释放了。此后，他们再也不敢一起游荡了。其中有两个，痛改前非，认真读书，在科举考场上有了收获，甚至做了官。

聪明的小邢鹤

古代，高淳县的一个村庄上，有个孩子，叫邢鹤，才六七岁，就非常聪明。

某个隆冬腊月，大雪刚停的一个清晨，邢鹤的爷爷，背着邢鹤到亲戚家去。因为这家亲戚比较远，所以，他们很早就出发了。因为早，又是隆冬腊月，还是大雪刚停，路上几乎看不到行人。

他们走着走着，转到一条大道上，发现前面几十米的地方，有两个人，一前一后，中间是一头大水牛。前面的人拉着牵牛的绳子，后面的人用一根棍子，狠狠地打牛，赶着牛往前面走。

邢鹤轻声对爷爷说："爷爷，前面两个人，是偷牛贼！那条牛，是他们偷来的！"

爷爷大惊，说："孩子，这话不能瞎说啊！你怎么知道的？"

邢鹤说："他们一个使劲地拉，一个使劲地打，很明显，这牛不是他们的，如果是自己的牛，他们怎么舍得下这样的狠手？牛怎么会这样不听他们的使唤？更加重要的是，后面一个人，一边赶着牛，一边在用脚扫掉牛留下的脚印呢！"

爷爷低头一看，果然，雪地上只有人的脚印，看不清有牛的脚印了，而且，很明显，牛的脚印，是被人故意扫掉的。

于是，他们赶快到离他们最近的村庄，告诉村民们他们看到的情景和他们的怀疑。村民中几个青壮年，马上追赶上去，一边大喊"捉贼！""捉贼！"那两个人一看苗头不对，放下牛就逃。村民们一边追赶一边大喊，人越来越多，最后，四面包抄，把那两个人控制住了。

经过一番审讯，真相大白。两个偷牛贼受到惩罚，牛也归还给了失主。

大家都称赞小邢鹤聪明、心细，会动脑筋。

聪明的老人

很古很古的时候，在古印度，有一个城邦国家，叫弃老国。为什么这个国家有这么个奇怪的名字呢？

这个国家历史上发生过一次严重的灾荒。为了尽可能地保存社会活力，当时的国王制定了一条不合人情和伦理的法律：老人年满六十周岁，就要被抛弃到荒山野岭，任他们自生自灭，结果当然可想而知。谁违反这样的法律，就要遭到惩罚。

社会经济恢复正常后，国王没有来得及废除这条法律，就去世了。继任的国王，为了遵守"三年不改父之道"这条"孝的规则"，也没有马上废除这法律，可是，即位还不到三年，他就去世了。后来的国王呢，为了坚持"先王之道"，也都严格执行这法律。因此，人们都叫这个城邦国家为"弃老国"，至于它本来的名字，一般的人都忘记了。

却说大臣甲的父亲，已经年满六十岁了，按照那条法律，也应该被抛弃。可是，大臣甲非常爱父亲，不忍心抛弃父亲，因此，他就偷偷地把父亲藏在家里，对外却说，他按照法律，已经把父亲抛弃在荒山之中了。

大臣甲这样做，是需要极大的勇气的。如果事发，他不仅要受到严厉的惩罚，还要承受舆论界的谴责。对当时的国王"当今圣上"和过去的国王"先王""先圣""不忠诚"，严重违背"君臣大伦"，会遭到严厉谴责的，这可是"千秋名节"所关啊。可是，他还是冒着这样巨大的风险，把父亲藏了起来。

有一次上朝的时候，来了个外国使者。这使者送给弃老国三十匹马，其中十五匹母马，十五匹小马驹。使者告诉大家，这十五匹母马，分别是这十五匹小马驹的妈妈。使者要求大家给每一只小马驹找妈妈，并且说："如果两天之内，还没有人能够给每一只小马驹找到正确的妈妈，那么，这说明，贵国的人才也就这么样了。"

满朝文武，还有国王，竟然没有人能够想出办法。大家很焦虑。

大臣甲回到家里，把这个问题对父亲说了。父亲说："这个很容易啊！只要把小马驹和母马分开，然后，分别给母马良好的饲料，那么，母马马上会呼唤自己的孩子，小马驹也会往自己的妈妈那里跑的。这样，一对对母子，不就出来啦！"大臣甲恍然大悟。

第二天上朝，大臣甲把他父亲的设想作为他自己的设想，当众说了出来。外国使者听了，连连点头称是，很是钦佩。弃老国终于保住了面子。

过了不久，又有一个外国使者，向弃老国君臣提出了一个问题：使者手里的这根木棍，上下一般粗细，如何辨认哪一端是靠近树根的部分，哪一端是靠近树梢的部分？满朝文武，面面相觑。

大臣甲回到家里，把这个问题对父亲说了。父亲说："这个很容易啊！只要把那根棍子往水里一丢，就知道啦！下沉的是靠近根部一端的，另外一端，当然是靠近稍部的了。两者密度不一样么。"大臣甲恍然大悟。

第二天上朝，大臣甲又把他父亲的设想作为他自己的设想，当众说了出来。外国使者听了，连连点头称是，很是钦佩。弃老国又一次保住了面子。

又过了不久，第三个外国使者，来到弃老国君臣上朝的宫殿，拿出一块宝石，说："这是一块宝石，其中有一个孔，从这一端通到另外一端，但这孔是弯弯曲曲的。请问，如何用丝线，从孔的这一端，穿到那一端，把这宝石串起来？"

满朝文武冥思苦想，还是想不出来。那使者说："各位现在一时想不出来，也还罢了。我明天来听答案。经过一夜的思考，应该有人能够找到正确的答案吧？否则，难道各位都是酒囊饭袋？"君臣上下，又气又怒，但没有办法。

大臣甲回到家里，把这个问题对父亲说了。父亲说："这个很容易啊！在宝石上的孔的一端涂上蜂蜜，抓一只强壮的蚂蚁，用极细的丝线捆在这蚂蚁的身上，再把蚂蚁放在孔的另一端。蚂蚁嗅觉灵敏，它闻到蜂蜜的味道，就会从孔中钻过去吃蜂蜜，不就把丝线带到另外一端了吗？"大臣甲恍然大悟。

第二天上朝，大臣甲又把他父亲的设想作为他自己的设想，当众说了出来。外国使者听了，连连点头称是，很是钦佩。弃老国又一次保住了面子。

大臣们纷纷议论，说大臣甲平时显示出来的智商也不过平平而已，怎么这三个难题竟然都是他解决的？是什么原因，使他在这么大年纪，智商还能突然爆棚？这里一定有奥妙在。大家把这个问题，反映到国王那里。其实，国王也有这样的怀疑啊！

国王就找大臣甲单独谈话，问他解决那三大难题的奥秘。大臣甲赶紧跪下，连连磕头，说国王赦免了他的罪，他才敢说出奥秘。国王当即同意了。

于是，大臣甲说出了全部真相。

国王由此认识到，老年人的经验和智慧，对国家来说，是难得的财富，应当加以发掘和利用，不能浪费，弃老的法律，必须废除。于是，他签署了废除弃老法律的文件，要臣民孝敬父母长辈，全社会形成敬老的风气。

国王的这个文件刚公布，社会上就冒出了很多老人，他们都是先前被子女藏起来的。

一时，举国喜气洋洋。

可是，国王懵了：满朝文武大臣，包括那些经常把"君臣大伦"挂在嘴上的大臣，家里几乎都藏有六十岁以上的老人！

被赶出去的姑娘发大财

某个春节，富豪钱有余一家，大大小小都在厅堂上，其乐融融。

钱有余的两个儿子给父母拜年，钱有余问："你们过这样好的日子，是靠了谁的福啊？"

两个儿子回答："我们是靠了父母大人的福，才有今天的好日子。"

钱有余听了，非常满意，给了儿子每人一个大红包。

两个儿媳妇、钱家大女儿也被问同样的问题，她们也作了同样的回答，也每人得了一个大红包。

可是，当钱二小姐被父亲问到同样的问题时，她的回答是："牛吃稻柴鸭吃谷，各人自有各人福。我靠的是自己的福。"

钱有余一听，大怒，说："你既然不是靠我的福，那么，就离开这个家！靠你自己去吧！"这时，门口正好来了一个年轻的男性乞丐，他暴露在衣服外面的部分都布满了恶疮。钱有余随手指着那乞丐，对女儿说："你就跟他去吧！"

这钱有余好不讲道理。既然把女儿赶出家门，让她靠自己生活，这就是给她自由，放弃了管她的权利，却还要给她指定这样一个夫君，这不是还要害她吗？这太不应该，过分了。

可是，钱二小姐一听，立马就出门，跟了那乞丐就走，离开了家，一路乞讨。

晚上，他们来到一座破庙。破庙里有灶，有锅，有柴草，但是没有锅盖。因为是大年初一，所以，他们讨得了不少吃的，还有不少米。他们取了一些米，放在锅子里，加上水，生火煮粥。粥煮开了，热气上腾，上面屋梁上掉下一条冬眠的蛇来，因为没有锅盖，这蛇刚好掉在锅子里，和粥煮在一起了。钱二小姐见了，不愿意吃这粥。乞丐舍不得把这粥倒掉，就把这些粥都吃了。

有些蛇有清热解毒等药物作用。那乞丐吃了那蛇粥，身上的恶疮，竟然都结疤了，不久，疮疤掉了，这乞丐出落成一个俊美的男青年。

某个大雪天，他们路过山脚下一个山洞，准备进洞住宿。一个路过的人对他们说，这个洞不能住，洞中有怪物。人住进去，第二天就失踪了。

因为找不到别的地方住，他们只能住在这个洞里。整整一夜，什么事情也没有发生。

天亮后，乞丐就点了一个火把，往洞深处走，看看到底有什么怪物。他走到洞的深处，发现两条大蟒蛇，还有几条小蟒蛇，都在冬眠。两条大蟒蛇，还围着五个元宝。他走上去，小心翼翼地拾起这些元宝，赶忙退了出来。

五个元宝，就是五十两银子。他们买了几间房子，几亩地，剩下来的钱，尽管不多了，但是，做小生意还是可以的。他们就一边种地，一边做生意。

不做乞丐了，男乞丐就取了个正式的姓名，姓焦，就叫本化。

因为此前，他是没有姓名的，大家都叫他叫花子。焦本化，也是提醒自己本来是个叫花子的意思。一个翰林出身的饱学之士见了，大加赞赏，说这个名字有学问，是"敦本崇化"的意思，给他取了个字，叫"敦崇"。这样，钱二小姐就成了焦夫人了。

钱二小姐小时候，最喜欢待的地方就是账房，最喜欢看的，就是账房先生打算盘算账，觉得这实在是艺术。于是，她学着打算盘，不久，就可以把算盘打得飞快。账房先生发现了，就刻意教她，还让她复核账本。因此，对做买卖，包括算账之类，她本来就是既喜欢干，也善于干。

焦家夫妇的生意，风生水起，几年下来，他们竟然富甲一方了。

某日，焦本化在家里设宴招待一位亲自押送货物来焦家的重要客户。席间，宾主甚为相得。

焦夫人，也就是钱二小姐，通过窗子见到这位客户后，不禁泪下，当即到厨房，亲自做了一碗用鲫鱼脑子作馅的馄饨，命丫环端给那位大客户。

大客户见到馄饨，起初并不奇怪，就拿起筷子吃馄饨。当他发现，这馄饨是鲫鱼脑子馅的时候，他就流下了眼泪，站起来冲到厨房，把厨房中的丫鬟看了一遍，又回到餐桌。

焦本化问客户为何如此。客户说，这馄饨是他第二个女儿做的，她就在这里，因为只有她才会做这个馄饨，才知道他喜欢吃这个馄饨。接着，他就把当年把女儿赶出家门的事情说了一遍，并且表示深深的懊悔。这大客户，不用说，就是钱有余了。

这时，钱二小姐再也忍不住了，走到客厅。于是，父女相认，一切完美。

易鞋记

故事发生在古代某个军阀割据时期。男青年程九万，十八岁，出身于书香门第，在战乱中被军阀的军队掳掠到远离家乡的外地，又被卖给兴元府（故地在今陕西汉中市等地）地方豪强张万户家为奴。

不久，张家又从军队掳掠来的青少年中，买了几个为奴。张万户把其中的一位叫白玉娘的姑娘，配给程九万为妻。张万户这样做，也是有目的的：一来试图打消他们逃跑的念头，二来呢，他们的子女，自然也是张家的奴隶了，这样的奴隶，叫"家生子"，是奴隶中最为可靠的，因为他们在母亲肚子里的时候，就是主人家的奴隶了。

程九万和白玉娘成婚后，彼此很少讲话，都绝口不提自己以往的事情。过了好一阵子，一个深夜，白玉娘突然对程九万说："我看你的样子，不是一个平庸的人。我们身为人家的奴隶，给人家做牛做马，辛勤劳作不必说，还要任凭人家欺凌侮辱，连最为起码的人身自由都没有！难道你就愿意这样过一辈子吗？愿意我们的子孙后代都过这样的日子吗？我们为什么不试一试，也许能够逃脱呢？"程九万听了，垂下头，没有说什么。

第二天，程九万就把白玉娘前一天夜间对他说的话，原原本本地向张万户汇报了！原来，他担心，白玉娘是受张万户指使，来监视他、试探他的，因为一个妇道人家，哪里来这样的见识？何况还是个女奴！

张万户听了，什么也没有说，就命令手下打手，把白玉娘抓起来，一顿毒打！打得她遍体鳞伤！

白玉娘伤好以后，某个深夜，又把那些话，对程九万说了一遍，并且说，"你一旦获得自由，将来肯定能做一番大事业！"其实，这些都是程九万一直想的，因此，他愈发觉得一个女子不可能有这样的见识，一定是张万户派她试探自己。

第二天，他又把白玉娘劝他逃跑的事情对张万户和盘托出。这一回，张万户没有让打手毒打白玉娘。

很快，张万户派人到奴隶住的地方，告诉程九万和白玉娘，主人已经把白玉娘卖给某地一家大户为妾，对方马上就来领人！

白玉娘似乎早有思想准备，收拾了简单的衣服之类，对程九万凄然一笑，拿出自己的一只鞋子，换了程九万的一只鞋子，对程九万说："以后，我们就凭这鞋子相认。"刚说完，买家的人来到，白玉娘就跟着他走了。

这个时候，程九万才彻底相信，白玉娘那些话，都是出于她自己！这是个人品、见识都远远超越寻常女子的人，对他又是爱得这么深，甘愿为他做出牺牲，是他程九万辜负了她！连累她挨了毒打还不算，还害得她嫁人为妾！他不禁抱头痛哭！

自然有人向张万户报告，说白玉娘被卖后，程九万很伤心。几天后，张万户见到程九万，觉得他确实很伤心，就对他说："像白玉娘那样不忠实的人，不要也罢。你很好，没有受她的蛊惑。不要为没有了妻子而伤心，过些时候，我给你配一个比她漂亮得多的丫环。我说的话，都是算数的。"

从那以后，张万户就对程九万信任多了。程九万也似乎多了些自由，在奴隶中的地位也稍微高了一些。张万户又试了他几次，故意给他逃跑的机会，可是，程九万都把这些机会放过去了，他总是一副死心塌地在张家当一辈子奴隶的样子。

终于，程九万找了个有绝对把握成功的机会，骑上早就相中的一匹好马，逃跑成功！

程九万经历千辛万苦，终于回到家乡，读书，参加科举考试，走上仕途，一路升迁。到海内统一，他官至陕西行省参知政事。像他这样的人，自然不乏高门大户想和他结亲，可是，不管对方门第是如何高贵，势力是如何强大，姑娘是如何美貌，都被他婉拒了。为什么？他不能辜负白玉娘啊！

兴元府正好在陕西。于是，他到任后，就派使者到兴元府寻访。

使者根据程九万给他的线索，先寻找张万户。可是，张万户及其家庭早已没有踪影。战乱之中，这些事情是难免的。使者寻访附近的人家，多方打听，才知道白玉娘被卖到了周员外家。于是，使者就往周员外家寻访。

周员外一家，倒安然无恙，使者很快就找到了。周员外夫妇，就把白玉娘的情况，原原本本地讲给使者听。

原来，白玉娘被卖到周家后，死活不愿意和周员外成亲。周员外见她如此，也就不再勉强。除了完成好白天的劳动任务外，白玉娘夜夜不是纺纱，就是织布，意图用自己额外的劳动，作为自己的身价，向周家赎取自由之身。三年以后，她纺纱织布的劳动差不多可以抵她的身价了，再加女主人周太太是个善人，从旁玉成，周员外也就同意了。

白玉娘恢复了自由之身，不再是女奴了。那么，她怎么生活呢？到哪里去安身呢？这是白玉娘早就计划好的。她离开周家后，就到附近一个叫昙花庵的尼姑庵出家为尼了。此后，她就在这尼姑庵，对着黄卷古佛，吃斋诵经。

使者没有费什么事，就很顺利地找到了昙花庵，在别人的指点下，看到了白玉娘。可是，白玉娘出家以后，从来不离开尼姑庵，也从来不和陌生人讲话，对男子，更是看也不看的。使者是男的，怎么能够和她说话呢？

使者一连几天来到昙花庵的小院中，等候机会。一天，白玉娘到院子里晒被子，使者装着拍打自己棉袄的样子，故意使怀中藏着的当年白玉娘留给程九万的那只鞋子掉在地上。

白玉娘见到那只鞋子，当然认得，马上问使者："你是什么人？这鞋子是怎么来的？"

使者见白玉娘向他说话，立即跪下来，把程九万的情况以及他奉程九万之命来寻访白玉娘的事，一一奉告。

白玉娘听了，非常激动，说："程大官人右下巴那个红色胎记，大概被胡子遮住了吧？"

使者道："我们主人右下巴没有任何胎记，左下巴也没有的。"

白玉娘这才相信，这使者没有骗她。她转身到内屋，很快就出来了。手里拿着两只鞋子，其中一只是她的，和使者带来的那只，刚好是一对原配，另一只是程九万的，和程九万那里留着的一只配对。她郑重地对使者说："两只鞋子，都找到原配，都物归原主，我此生唯一的愿望，已经实现了，从此再无牵挂。我出家二十多年，这样的生活，我也习惯了。告诉你的主人，努力做个好官，把我忘记吧！"

白玉娘说完这些，转身就往屋内走去。

使者高声道："我们程大人心里一直念着夫人您啊，二十多年来，一直单身，誓不再娶。请夫人不要推辞！"

白玉娘竟然头也不回，脚也不停，走进屋子，不再出来。

使者无奈，只好回去，向程九万如实禀告。

程九万给兴元府地方官员写了一封信，又给白玉娘写了一封信，派使者前去迎接白玉娘。

兴元府地方官员收到了程九万的信，派人到昙花庵接白玉娘。白玉娘见到了程九万给她的信，也就同意了。

程九万和白玉娘重逢，两人都已经四十多岁了。他们重新举行了婚礼，幸福地生活在一起。

土城的故事

全国叫土城的地方有好多个。江苏北部的平原上，也有一个土城，很小，现在也不知道怎么样了。

这土城的旁边是一个村庄。这村庄上曾经有个读书人，叫叶立夫。他读书读得很好，考中了进士，在京城做了二十多年京官。

叶立夫的父亲已经去世。母亲叶老夫人请人给他写信，说她年纪大了，身体不好，希望儿子回家服侍她。叶立夫是个孝子，收到信后，就辞官回家，服侍母亲。

叶老夫人经常说，在她的想象中，儿子做官的地方，紫禁城，应该是像仙境一样的地方，自己这辈子没有什么别的遗憾，但是，没有到那个地方去看看，实在不甘心。可是，她自己也明白，她的身体，已经不能到紫禁城去游玩了。再说，紫禁城不是随便可以去的，儿子不在那里做官了，就更加难进去了。

叶立夫是个孝子啊，听得老母亲这样说，心中不忍。一天，老母亲又这样说，还说，儿子对紫禁城肯定很熟悉的，家里也不缺钱，能不能模仿紫禁城，造一个城，让她住几天？叶立夫吓了一跳，说，这紫禁城是不能模仿的！只有皇家才能住，否则，要灭族的。

叶老夫人的病越来越重了，叶立夫明白，即使华佗再世，也回春乏力了。叶老夫人反复说,这辈子唯一的遗憾,就是不知道如仙境一般的紫禁城是什么样子的,住在里面是什么样的一种感觉。她看过不少神仙戏,觉得自己是凡人,不可能到神仙世界去,但紫禁城在现实世界,既然如神仙世界一般,自己的儿子又在那里做官,自己竟然没有去过,实在太遗憾了。

叶立夫决定满足母亲的愿望,不让她带着这个遗憾离开人间。就在村子旁边,他有一块地,大小和地形,正好和紫禁城差不多,他就准备在这块地上,仿照紫禁城,造一个城出来。于是,他赶快着手,画出图纸,调集资金,购买材料,雇佣工匠,从速建造。

叶家的"紫禁城"以很快的速度建造完成。叶立夫让母亲和护理她的丫鬟们入住。叶老夫人在其中居住、游览,其乐可知。不久以后,叶老夫人心满意足地离开了人间。

叶老夫人刚去世,叶立夫就马上命人尽快拆除这个"紫禁城"。

可是,他的亲族中,很多人反对,说叶老夫人刚去世,她生前住的地方就要拆掉,她的灵魂不得安宁的!必须在七七四十九天以后,才能拆。他舅舅家的人,反对更加激烈。叶立夫是孝子,总不能让母亲的灵魂不安吧?于是,拆"紫禁城"的事情,就耽搁了下来。

叶家祖祖辈辈都在这个村庄上,尽管叶立夫宽厚多容,与世无争,但是,他们家,乃至他们家族,和地方上的其他家族之间,免不了有这样那样的矛盾。叶立夫当京官二十多年,是清官,在朝廷也得罪过一些人。不知道是他家乡的人,还是朝廷的人,或者是家乡的某些人和朝廷的某些人联系在一起,向朝廷揭发,说叶立夫在家乡私造紫禁城,意图谋反。

　　叶立夫听到消息，赶快请人动工拆除这"紫禁城"。可是，时间来不及了。官府的人来实地察看，人证物证都在，完全无法掩盖了。对建造"紫禁城"的事实，叶立夫供认不讳。

　　此案很快就定案。叶立夫被凌迟处死，叶家被杀者，还有其他四十九人。此外，还有不少人被流放。

　　叶家的"紫禁城"，当然很快就被拆除了，但是，那块地方总还在。人们就把那个地方，叫"土城"。

大李的"理"

　　古代，有一位老先生，我们就叫他老李吧。老李出生在贫穷的读书人家庭，但从小就志向远大，学习勤奋。他二十来岁，年纪轻轻的，就考取了进士，这是很不容易的。要知道，在封建社会，新进士一般在 34 岁左右。年龄最大的新进士多少岁，就难说了。清代著名诗人沈德潜，年龄只比另一位著名诗人赵执信小 11 岁，但中进士呢，沈德潜比赵执信晚了整整 60 年，已经 67 岁了。老李考取了进士以后呢，当然就当官。他官运亨通，一直当到宰相。到 75 岁的时候，他就在宰相的职位上退休了。退休以后呢，他就在家里居住。

　　老李的儿子，我们叫他大李吧。这个大李啊，真是不成器。他从小就不喜欢读书，也不喜欢学手艺，更不喜欢劳动。从少年时代到 50 多岁，也没有从事过任何正当的职业，再说，他什么事都不会干，也不想干，当然没有为社会创造过任何财富，也没有为社会提供过任何服务，总是饭来张口，衣来伸手。这还不算，他所喜欢的就是玩鸟儿，玩狗，玩马，玩猴子，还喜欢赌博，喜欢喝酒，更喜欢看戏。看戏的时候，他喜欢花大把大把的钱捧演员，就像今天有人把很多钱给网络主播一样。那么，他花的钱从哪里来的呢？他家里有很多田产和房产啊！他就靠这些租金，过这样的寄生虫生活。实际上，他也就是拼爹和坑爹啊！

封建社会中，婚姻讲究门当户对，男子女子，对自己的婚姻，都做不了主的，都是由父母作主的。父母呢，对彼此的儿女也未必了解。因此，古人选儿媳妇也好，选女婿也好，实际上往往就是选家长。就像老李这样的家长，当然是首选啊！实在难得。

因此，别看大李这么不成器，他的妻子，竟然非常优秀，知书达理，琴棋书画，样样精通，治家理财也是一把好手。当然，她也知道大李不成器，但是，在那样的社会环境和社会文化中，她也只能认命了。不过，她的儿子出生以后，她就非常注意，不让丈夫影响儿子。养育儿子、教育儿子，都是由她亲自操办。

在她的精心教导下，她的儿子，我们就叫他小李吧，非常优秀。像他的祖父一样，甚至比他祖父还优秀，小李二十岁就考中了状元，开始做官了。才30来岁，他已经是大官了，担任某个省的巡抚。那个时候的巡抚，责任比现在的省长重多了，因为这个省的军队，也是他管的。小李不简单吧？

有一天，大李又喝醉了，回到家里，又是呕吐，又是东倒西歪，还胡说八道，撒酒疯，摔东西，把家里弄得一片狼藉。这样的事情，在他是家常便饭。

这时候，老李正巧从外面进来，看到大李又是这副模样，他气不打一处来，就忍不住骂大李不成器，50多岁的人了，还是这样胡作非为，丑态百出。

大李躺在地上，听到父亲在骂他不成器，就费力地昂起头来，回击他父亲："爸爸，我怎么不成器了？我们评评理，我们比比看！

你的爸爸显然不如我的爸爸，这总是事实吧？这个事实，你总该承认吧？好。比完爸爸，我们再比儿子。你的儿子不如我的儿子，这不是明摆着的事吗？这也是事实啊，大家都知道，大家都这么说的呀，你不能不承认这个事实吧？对不对？你的爸爸不如我的爸爸，你的儿子又不如我的儿子。你怎么能说我不成器呢？"

代家发了大财以后

从前，有一户姓代的人家，只有夫妇两人，从外地逃荒到一个山区居住。他们没有房子养猪，就把猪赶到野地里一块比较高的地方，用木栅围起来，然后饲养。

猪是喜欢拱泥土的动物。某一天，代家夫妇惊喜地发现，这些猪，竟然从这块地里拱出了很多元宝。于是，他们索性把这块地开挖，结果得到了大量的元宝。这样，代家就发了大财。

发了大财，有了这么多银子，干什么呢？当然是造高楼，买土地。

然后呢？要神灵保佑发财啊！于是，佛寺、道观、关帝庙、文庙、城隍庙、痘师堂、教堂、土地庙、猛将庙、八蜡庙等，五花八门的祠宇，不管是哪一种宗教或者准宗教，前来募捐，他们都是慷慨解囊，尽管他们根本不懂、也不想懂得这些庙宇的名堂，反正只要买到保佑就行，而这些保佑，显然又都是无法验证的。

然后呢？还要祖宗保佑啊！孝为先啊，慎终追远啊！于是，代家就修了祠堂。祠堂完工后，它们还想修家谱，无奈他们是逃荒来的，本来就是小户人家，没有家谱，人丁也单薄，凑来凑去，写不满一页。

于是，代家花重金请了几个秀才，把历史上姓代的名人生拉硬扯到一起，编造了大致的谱系，编成了一本薄薄的家谱。姓代的人不多，历史上留下名字的很少。

然后呢？钱怎么花？他们请了很多男女仆人服侍他们。他们夫妇两个，养尊处优，一天到晚，就是串门拉家常，什么正事也不干，还嫌寂寞无聊，专门雇佣了几个人，陪他们说笑。

代家女主人生了一个男孩，取名财生。

一般的孩子，出生后几个月就会笑。可是，这财生，两岁了，还从来没有笑过。这成了代家夫妇的心病，找了很多有名的儿科医生看，都看不出什么问题。

一天，代家夫妇和孩子正在吃饭，服侍他们吃饭的一个丫鬟，失手打碎了一个碗，非常惊恐，怕又要遭到主人的责打。主人正要发作，突然，小主人财生，却出人意料地大笑起来，引得大家都哈哈大笑。

主人大喜，随手拿起一只碗，往地上一摔。财生又一阵大笑。此后，代家人就用摔碗的方式，经常逗财生笑。这倒又是花钱的一条路。

在摔破了几千只碗后，财生终于成年了。他在父母的溺爱下，娇生惯养，一无所能。代家夫妇先后去世，给财生留下了大量的钱财。

财生守着这些钱财，无聊啊，就变着法子找刺激，反正有的是钱财。一帮无赖，从旁边怂恿，借机也谋取一些好处。

财生听说书先生说《西游记》，听"黄风怪"，就想，风怎么会有颜色呢？当看到沙尘暴的时候，他明白了。

于是，他想用人工的方法来制造有颜色的风。他托人买来大量各种颜色的颜料。到刮大风的天气，他命人把这些颜料搬到城头，他自己在不远处观看，并且用不同颜色的小旗来指挥。他举起红旗，那些人就向天空抛洒红色颜料，空中马上呈现出"红风"，以此类推。

总之，他想看什么颜色的风，只要举什么颜色的小旗就可以了。当时的颜料，要比现在贵得多，商家库存不多的。财生此举，不仅他自己花费了大量的金钱，也使这个县城的染坊损失巨大，因为颜料被他用来"染风"了，严重缺货，染坊都不能正常营业了。

一个读了点古书的帮闲，喜欢对财生说古代富豪的故事。例如，古代富豪石崇，"雉头狐腋，画卵雕薪"，大致的意思是说，石崇穿用野鸡头上的毛和狐狸腋下的那块皮做成的皮大衣，他吃的蛋，都画着画，吃的食品，都是用雕有花纹的柴火烧熟的。财生听了，就刻意模仿。

财生这样胡作非为，没有几年，代家的钱财就被他折腾得干干净净。那些无赖、帮闲，当然从他那里得到过不少好处，但是，这时候，他们都远离他了。财生自己，后来连最后一间房子都卖了，只好住在人家的羊圈里。更糟糕的是，他又得了糖尿病，眼睛几乎瞎掉了。

他什么技术都没有，怎么活下去呢？好在他年纪还轻，有些力气。那里当时的粮食加工，还很落后，把稻谷加工成米，把小麦加工成面粉，都是用石磨磨的。有的人家没有拉磨牲畜，就用人力啦。这是很重的体力活。财生就给人家拉磨，以此为生。

他身体有病，干这样的重活，又没有人照顾，也没有亲戚的接济，当然支撑不了多久。住羊圈不到一年，他就去世了。

很多人说，代家的横财，是那些猪拱出来的。代家不知道感恩，那些猪长大后，还是被他们卖的卖，杀的杀。他们应该把那些猪养到老死，然后立一个庙，可以叫"恩猪庙"，庙中供奉每只猪的神位，逢年过节，谨慎祭祀。如果这样做了，代财生就不会是这样的结局了，代家也会兴旺发达。可惜代家夫妇，没有这样做。

各位读者，是这样吗？

长工期望的工资

  周员外有良田五千亩，雇佣长工很多。他对长工很苛刻，因此，在他家里干活的长工，几乎都干不长，他每年都要招聘长工。

  这年，新年刚过，周员外又招聘长工了。可是，来应聘的人不多。周员外希望和长工签订不止一年的合同，他担心雇不到足够多的长工，毕竟，他有那么多土地，况且他对种田一窍不通。

  一个叫张大智的人前来应聘。他对周员外的很多苛刻要求，例如生活待遇等，表示都能够接受。在谈工资的时候，张大智提出，聘用期限一定要满五年，至于这些年的总工资，是一粒稻谷在周员外的土地上连续繁殖五年后获得的稻谷，至于肥料、人工等，都用周员外家的。周员外一听，大喜！

  他心里想，一粒稻，能生出多少稻谷呢？这不等于给他白干五年吗？因此，他表示，完全同意张大智提的工资要求，并且建议，把聘用期限延长到十年。

  张大智摇摇头，说五年足够了。

  于是，他们签订了雇佣合同。

  张大智就带着简单的行李，住进了周员外家的长工屋。

  在稻种落谷的时候，张大智选择了一颗上好的稻谷，种在一个从野外捡来的破缸里，放在长工屋的院子里。

破缸里的这颗种子，发芽，成苗，分蘖，抽穗，张大智精心侍弄。到秋收的时候，破缸里的稻谷，也成熟了。张大智把稻谷收下来，也就半两多一些。张大智把这些稻谷藏好。

在知道张大智一粒稻种收了半两多稻谷后，周员外高兴啊！他心想：这傻长工给我白干了一年！

第二年稻种落谷的季节，张大智在多位长工和村民的见证下，把那半两多稻谷撒在周员外家的一小块田里。周员外很高兴，因为在他看来，这一小块田，对他来说，连边角料都算不上。

到秋收的时候，张大智在那一小块田中，收获了大约五斤稻谷。周员外知道后，又非常高兴啊！他心想：这傻长工又给我白干了一年！

第三年，张大智用那大约五斤稻谷，落谷育秧，插到周员外家大约一亩多的田里。周员外知道了，又是很高兴，因为一亩多土地，对他来说，不过是九牛一毛而已。

这年，张大智收到了五百多斤稻谷。周员外知道后，又非常高兴啊！他心想：这傻长工给我干了三年，才得到五百多斤稻谷，还抵不上一个放牛娃呢！

第四年，落谷的时候，张大智以这五百多斤为种子，育秧。然后，把这些秧苗插在周员外家的田里，插了一百多亩。

周员外知道后，仍然没有放在心上，一百亩，仅仅是他拥有土地的五十分之一而已。

秋收的时候，张大智从这一百亩土地上，收到了五万斤稻谷！

这时候，周员外慌了。因为，按照合同，到第五年，张大智就可以用这五万斤稻谷为种子，种在周员外家的田里！周员外家一共就五千亩地，而五万斤稻谷，可以种一万亩地！这也就是说，到第五年，周员外家在种田方面耗费的一切，将没有任何收入，所有的收入，都应该归张大智！这时候，周员外急了！

周员外求张大智，求官府，求地方头面人物，好说歹说，并且保证以后再也不对长工苛刻，张大智终于同意，终止和周员外之间的雇佣合同。

就这样，张大智在周员外家当了四年长工，押着装运五万斤稻谷的船队，回家去了。

一个穷孩子的财富传奇

　　某个村庄上，有一户很穷的人家。大概在 1880 年左右，这家的女主人又生了一个男孩。此前，这对夫妇已经有三个儿子了。男主人怕养不活这么多孩子，就把这孩子送给了别人家。

　　孩子的祖父知道后，赶到那家人家，想再看看这个小孙子。他看到小孙子两只眼睛注视着他，不肯移开，似乎是在作最后的乞求。老人再也不忍心把孩子送人了，找个借口抱过孩子，就往自己家里跑。那家的主人见此情形，也不好强行夺人亲骨肉，只好作罢。

　　祖父给这孩子取名幼华。

　　饥一顿，饱一顿，幼华就这样慢慢长大了。十来岁的时候，他还没有读书，家里穷啊！那个年月，那个地方，即使家里不算穷的男孩子，也是很少读书的。他家里也没有几亩田，还有那么多哥哥，农活也不用他干。

　　那里的农村，当时有个风俗，叫"坐黄昏"。农闲时节的黄昏，若干人在某家人家闲坐闲聊，到七八点钟才散去。一般来说，任何人家，都不会拒绝任何人到他们家"坐黄昏"的。

　　村上的多位财主，还有邻村的几个财主，常到该村某甲家里

"坐黄昏"。

幼华有个习惯，几乎每天晚上，都要到某甲家里去，搬张小小的矮凳子，坐在墙角里，听财主们闲谈。财主们也不会理会他。当然，某甲家里的人和其他财主，也不会讨厌他。财主们的谈话内容，多半是农工商贸等等的经营事务。

某次，某个财主需要雇短工翻桑树田，幼华说："我去！我只要吃饭，不要工钱的！"那时他十三四岁。

那财主看这个孩子老实可靠，又见他说得恳切，就把这个机会给了他。

次日，他把活儿干得很好。财主见了，当然不会让他白干，按照常规的工价，给了他工钱。此后，他就用此类打零工的方式，积聚了不多的钱。这些机会，不少就是从"坐黄昏"那里得到的。

不久，幼华就用这些钱，在农村收购了一些鸡蛋，到上海贩卖。他从来也没有贩卖过鸡蛋，更没有去过上海，也没有人陪同他去，但事情竟然很顺利，他似乎是熟门熟路。其实，这些法门之类，他在财主家里"坐黄昏"的时候，已经听得很熟了。

就这样，他的第一次买卖赚钱了，尽管赚得不多，但这给了他信心。

此后，他就不打零工了，就用这样的方式赚钱。稳扎稳打，步步为营，扎实推进。本钱大了一些，他不贩卖鸡蛋了，就贩卖鸡鸭，进而贩卖猪，然后扩展到贩卖米，再在周边许多镇上的商铺入股，后来他自己也开了商铺。终于，幼华成了富甲一方的大财主。

某甲家，财主们"坐黄昏"，相当于现在富豪们在会所聚会，又类似于富豪们在开设经营讲座，或者在财富论坛座谈。幼华能够旁听，实在是很幸运的。那里不仅有关于经营的种种智慧，也有其他的资源和机会。这些都成就了幼华。

另一个问题，似乎更加重要：当时，他们村上，和幼华差不多年岁的孩子很多，成年人更多，他们为什么没有能像幼华那样做呢？原因可能有哪些啊？

只要第三层楼的故事及其续篇

老王家买了一块地，要造楼房。老王就请工匠甲到他家里，商量给他家造楼房的事情。

老王对工匠甲说："我们全家都想住在第三层楼中，要三间。我给你一百两银子，你给我把三间楼房造好，别的我都不管。"

工匠甲说："一百两银子，只够造一层的。你要造三层，要三百两银子。"

老王说："我只要你造一层啊，就造第三层，别的不要。"

工匠甲大惊，说："楼房要从底层造起，先造底层，再造第二层，然后才能造第三层。没有底层和第二层，我怎么造第三层呢？"

老王说："别的我不管，我只要第三层。"说来说去，他就这句话。

工匠甲说："这不是要我造空中楼阁吗？谁有本事造空中楼阁？我造不了，你另请高明吧。"说完，就走了。

老王又请了几位高明的工匠，谈给他造第三层楼的事情，工匠们都说这事情没法做，而且，他们都认为老王是个笨蛋，连最基本的常识都不懂。凡事都要有基础才行啊！

不少书上记载了这个故事，告诫大家，做事情要先有基础，不能没有条件地超越，空中楼阁，在现实社会，是不存在的。我们应该懂得这个基本的道理，踏踏实实地前进，不能好高骛远，而忽视了基础的工作或先决条件。

可是，这个故事没有到此为止，还有下文呢。

听到老王这样的故事，有个商人来找老王，说他可以试试。老王对商人说："我出一百两银子，还有给你那块地。我要住第三层的楼房，其他的都不管。"商人同意了他的要求。

两个月后，一座三间的三层楼房造好了。老王一家高高兴兴地搬进了第三层居住。同时搬进这座楼房居住的，有老张家和老李家。老张家住第二层，老李家住底层。

原来，老张家要住第二层，老李家要住底层，他们都愿意出 150 两银子，包括楼房屋基的地价和楼房的造价。商人联系了老张家和老李家，向他们两家各收了 150 两银子。加上老王家的 100 两银子，就是 400 两银子了。商人用其中的 300 两银子，把在老王买的那块土地上造三间三层楼这个工程，包给了工匠甲。

就这样，老王、老张和老李三家，都得到了自己想要的房子，工匠甲赚了一笔工程款，他的建筑队的成员，也都赚到了工钱，商人呢，也赚了 100 两银子。

所以，合作是多么重要啊！视野是多么重要！

只能用一次的宝剑

在唐代的京师长安，有一个书生，生活贫困。家里值钱的东西，都已经卖得差不多了。后来，他又在阁楼上的一个旧箱子里，找到一把祖上传下来的剑。

这把剑，和别的剑看起来没有什么两样，只是年代长久一些罢了。书生想，无论如何，总能卖一些钱吧。于是，他贴出启事，要卖这把剑。

过了几天，有一个外国人来，说要看看那把剑。书生就把剑给他看。外国人把剑拔出剑鞘，细细观看，看了足足一个时辰。书生很奇怪，这把剑有什么看头啊，这外国人竟然看了这么长时间。

外国人终于看完了剑，对书生说："这是一把宝剑，值三百两银子。我今天没有带这么多银子。这样，我先给你付三十两银子定金，剩下的银子，我两天后拿来，同时来取这把剑。"

书生马上同意了。外国人付给书生三十两银子，书生写好收条给他，然后，外国人就离开了。

三百两银子，在当时是很大的一笔钱啊！这笔钱，如果省着花，够书生一家花好几年的了。书生做梦也没有想到，这把看起来很普通的剑，竟然是把宝剑，值这么多钱！

书生拿着这把剑，横看竖看，左看右看，远看近看，摆弄来，摆弄去，也看不出这把剑有什么特别的地方，究竟珍贵在什么地方。他想来想去，总是想不明白。

他看到家里有只舂米的石臼，就在他旁边，他就顺手用剑轻轻地砍了一下石臼，想不到这石臼应手而碎，切口非常光滑，如细细磨过的一般。读书人大惊，心想，这果然是把宝剑！怪不得那外国人出这样的大价钱要买这把宝剑呢！

两天以后，那个外国人如约而至。在付清剩下的银子之前，他提出要验看那把剑。书生把剑给外国人验看。

外国人把剑拔出剑鞘，稍微看了一下，把剑还给书生，说不要了。至于三十两银子定金，他遵守规则，当然也不要了。

书生又一次大惊，说你两天前还说这是把宝剑，要出300两银子买，还付了30两银子定金，今天怎么又说不要了呢？一定要给他一个说法。

外国人说，他的家乡，有一块巨大的石头，根据行家验看，里面有一块巨大的玉，这块玉价值连城。可是，如果用寻常的工具来凿开这块巨大的石头，取这块玉，这块玉就会遭到损坏，就不完美了，价值也会大打折扣。因此，家乡就派他出来，寻觅剖石取玉的利器。

书生的这把剑，正是这样的利器，所以他要出大价钱买这把剑。可是，这把剑剖开石头如切豆腐这样的功能，只能用一次。如果被用了这一次，那么，以后，这就是一把寻常的剑了，没有什么特别的了，即使重新打磨后，也没有什么特殊的了。

书生一听，又大惊！只好承认，他确实用这把剑轻而易举地把家里的石臼劈成了两半，切口非常光滑，从来没有见过如此神奇的剑。书生仔细看看剑身，发现确实不见了原来的锋芒，再用剑劈石头，再也劈不开了。

书生只好长叹一声，颓然坐下。那个外国人也遗憾地走了。

一个鸡蛋引起的官司

某甲，家中很贫困，和妻子两个人生活，也没有儿女。亲友中根本没有人正眼瞧他。就是进祠堂祭拜祖宗，他也只好站在边上，甚至是角落里，还经常挨人家的批评和白眼。他也无可奈何。

有一天，某甲在路边捡到一个鸡蛋，非常高兴。回到家里，他对妻子说："邻居家里，一只母鸡正在孵小鸡，我把这个鸡蛋也放到他家里，让那母鸡孵。等鸡蛋中小鸡出来后，我挑选一只母的，拿回来喂养。这母鸡下蛋后，一个月至少下二十个鸡蛋。把这些鸡蛋孵成小鸡，小鸡长大后，再生蛋孵小鸡。如此鸡生蛋、蛋生鸡，两年之内，可以得到十两银子。然后，我可以用这十两银子，买得五头小牛。小牛长大了，可以再生小牛。如此牛生牛，三年可以赚得三百两银子。然后，我们用这三百两银子放债，三年之中，这三百两银子，就变成了五百两银子啦！然后，我们用其中的三分之二买田地和住房，以其中的三分之一买奴仆，再娶一个小妾。我们家就是富豪啦！"

妻子一听，丈夫说要买小妾，勃然大怒，挥手一掌，把某甲手里的鸡蛋打落地上，鸡蛋当然碎了，一地蛋白蛋黄。

某甲正沉浸在他一直期盼的梦想之中，待回过神来，才发现这些梦想都破灭了，就一掌往妻子脸上掴去。不料，他的妻子力气比他大得多，动作也比他敏捷得多，她及时地避开了某甲那一掌，反而把某甲扑到在地，一阵痛打，发泄对他要娶妾的痛恨。

第二天，某甲越想越气，还觉得窝囊，就上知县那里，把妻子给告了。知县令衙役押着某甲的妻子到案，当堂审理。

知县先让某甲诉说案由。某甲就把事情说了一遍。由于这种梦想，先前长期记在心里，一遍又一遍想，不知道想过多少次了，所以讲得跟前一天一模一样！最后，他向知县强调："大人明鉴！我的这些大事业，都毁在这个婆娘手里了！大人说，这婆娘应该不应该重罚！"至于他挨了妻子的痛打，他没有说。

知县对某甲说："你说完了吗？你的事业，被你妻子毁掉的事业，就这些吗？"

某甲道："回大人的话，就这些，可惜都被这婆娘毁了。"

知县说："不对！被你妻子昨天毁掉的事业，还远远不止你说的这些。我来替你说罢。你娶了小妾以后，生了个儿子。儿子很聪明，运气也很好。读书考科举，都非常顺利，中了秀才中举人，再中进士，还是个状元。入了翰林，一路晋升，出将入相，建功立业，官居一品。你的祖父、父亲和你都被朝廷封了一品官员，你的祖母、母亲和妻子都被封了一品夫人。你们家族的祠堂内，你的祖父母、父母的牌位，都写明了品级，他们穿着一品官服的画像，也被挂在祠堂的显著位置。你和你的妻子，都穿着一品服装，出入社交场合。亲族的婚丧喜庆，你们都是重要宾客。在祠堂里举行祭祀祖宗等的仪式，你再也不会站在边上，而是要当主持人了。家族内外的种种纠纷，都要请你解决。你们夫妇出入，都是轿子来，轿子去，街道或者路旁，都挤满了观看的人，他们都指指点点，脸上满满的都是艳羡！你想想，这样的大事业，都被一个恶妇毁掉了，真是可恶！这样的恶妇，造成了如此严重的后果，真应该杀头！"

听到这里，某甲的妻子大骇，跪在地上嚎叫起来："大人！青天大老爷，青天大老爷！这些都还没有成为事实啊！我打碎的，就是一个鸡蛋而已，哪里来这样大的事业啊！"

知县笑道："你还知道没有成为事实啊？那么，你丈夫娶妾，也没有成为事实啊，你怎么就勃然大怒，大打出手了呢？"

某甲的妻子道："大人所言甚是。不过，常言道，防患于未然，我又听说，除祸要早，千里之堤毁于蚁穴。他要娶妾，从一个鸡蛋开始，我就把那鸡蛋打了，免得他以后娶妾。"

知县对某甲道："娶妾之类的想法，也是可以随便说出来的吗？"

这时，从后堂传来一个女子的咳嗽声。

知县大惊，继续对某甲说："这样的念头，也是错误的！你以后要认真读书，彻底放弃这样的观念！"

某甲一个劲地磕头，连声说"不敢了，不敢了"。他心里想："一个妻子，就够我受的了。如果再娶一个，如何了得！"

知县惊堂木一拍："退堂！"

教谕上当

清代的县学教谕，大致相当于今天的县教育局长，管理和教育的对象包括全县所有的秀才。某县教谕，很喜欢喝酒，但薪水有限，没有钱买酒喝。好在他的学生比较多，有些学生会偶尔给他送一些好酒。

这个县的秀才某甲也喜欢喝酒，但他比教谕更穷，难得有酒喝。

某次，某甲得到可靠消息，有人给教谕送了一坛酒，够教谕喝好几天的了。于是，某甲苦思冥想，如何到教谕那里骗一顿好酒喝喝。这当然是有较大难度的。

到教谕快要把那坛酒喝光的时候，秀才终于想到了一个绝妙的主意，于是前去拜访教谕。

教谕见某甲来访，就把他请进书房。刚坐定，某甲就大骂去世不久的大诗人袁枚，说他写的诗歌低俗率易，他写的文言小说油腔滑调。

教谕一听，大喜！他觉得，这回遇到了知音，难得啊！于是，他赶快叫丫环烫酒，和某甲对饮。他们两人一边喝酒，一边骂袁枚，从他的诗歌和文言小说，一直骂到他贪财，他好色，他奉承拍马不要脸。骂到痛快之处，两个人就碰杯干杯。

可惜，他们还没有骂够，丫环前来，大声说，酒已经没有了。

听到酒没有了，某甲就不骂袁枚了，起身告辞。他明明还没有骂完，还有关于袁枚的很多内容要骂，怎么就告辞了呢？因为酒没有了。至于骂袁枚的话还没有说完，那是要留着的，等教谕再有了好酒，他再来用骂袁枚的话，换教谕的好酒喝。

过了一阵子，有人对某甲说，教谕又收到好酒了。

某甲想，事不宜迟，次日，他就到教谕家里去，想故伎重演。教谕照例把他请到书房。

刚坐稳，某甲就开始骂袁枚，例如袁枚根据道听途说的材料为去世的达官贵人写墓志铭等碑传文欺世盗名等。教谕听了，也和某甲一起骂袁枚。可是，他们骂了好一会儿了，教谕还不叫夫人送酒来。

某甲忍不住了，说："先生您骂袁枚，骂得就是痛快！真应该干一大杯！"

教谕已经知道了某甲的伎俩，笑着说："这回不给你喝了。上次我们骂袁枚，喝了那么多，害得我很久很久没酒喝。"

某甲听了，觉得没有希望了，就起身告辞。

过了很长时间，教谕又得到了一坛好酒。某甲知道了。

第二天一大早，某甲兴冲冲地到教谕家里，一进门就大嚷贺喜贺喜！

教谕出来，把某甲照例迎接到书房里，问："我有什么喜事啊！"

某甲道："昨天我偶然有些累，就想睡一会儿。刚睡下不久，我听得妻子在后园大呼小叫，我如何休息得好？就索性起身，想去看看是怎么回事。"

教谕急着想知道到底是怎么回事，和他有什么关系，对他来说，是什么喜事，赶紧催问结果。

某甲道："我赶到后园一看，原来妻子挖地种花，竟然挖到了一个宝藏！我去的时候，妻子已经把宝藏挖开，三大缸金银珠宝！"

教谕似乎头上被浇了一盆冷水："那是你的大喜，和我有什么关系呢？你财运亨通，祝贺你自己才是。"

某甲道："非也非也！我拿起一个金元宝一看，上面刻着您的姓名！再拿起一个银元宝一看，上面也刻着您的姓名。"

教谕眼睛一亮："其他的呢？"

某甲道："其他的金银元宝，我仔细检查过了，也都刻着您的姓名！这是上天赐给您的！难道还不值得庆贺吗？难道还不值得喝上几大杯吗？"

教谕一听，大声叫丫环："快拿酒来！"

丫环马上拿了酒壶和酒杯、下酒的花生米、皮蛋等到书房，教谕和某甲两人，就大喝起来，"干杯"之声不绝。

某甲绘声绘色，不断细说那些金银元宝的模样、花纹等等，可谓不厌其烦，一边说，一边大口喝酒。

两人喝完第四壶，某甲一看，也差不多了，说："每缸金银元宝上面，各有一支八宝镶嵌的金钗，造型花纹，都可以称得上完美，上面镌刻着师母的姓名。我妻子见了，拿在手里，不肯放下，似乎要想据为己有。"

这时，教谕夫人突然冲进门来，对着某甲大嚷："天之所赐，岂容他人抢夺！"

某甲笑道："师母啊，我也是这样想的，所以，当时，我就对妻子说，万物各有其主，这些金钗，我们一只也不能匿藏。无奈我妻子还不肯放手。"

教谕夫人怒道："她敢！难道她不怕受到天的惩罚吗！"

某甲道："是啊！我怕她藏匿，怕她受到天的惩罚，所以，我就到她手里去夺，想夺下来。"

教谕夫人急忙问："你夺下来没有啊？千万不能掉在地上，那东西断了可不好。"

某甲笑道："我正和她夺着呢……"

教谕夫人更加着急了："怎么，金钗被夺坏了？"

某甲道："金钗没有夺坏。"

教谕夫人松了一口气。

某甲道："我正和她夺着，就醒来了。"

教谕道："你为什么要醒来呢？"

某甲道："我原来在做梦啊！"

一个船夫和十个强盗

从前，有十个强盗。他们到处抢掠，无恶不作，都积累了惊人的财富。在他们的搜刮下，百姓手里的钱财越来越少。强盗们尽管频繁地出来抢劫，但是，他们的收获不可避免地会消耗掉。他们觉得不过瘾，于是，准备到遥远的海岛上，寻找宝藏。

他们雇了一艘海船。船夫是一位男青年，没有其他人帮忙。他说，他经验丰富，技术全面，体力充沛，完全能够胜任在大海中驾驶船的全部工作。

经过充分的准备，他们就乘船出发了。

海船在大海上航行了几天几夜，还要继续航行。船夫很忙碌，而作为乘客的十个强盗却很无聊。他们除了吃饭睡觉，就是喝酒赌博，再也想不出别的什么事情来打发时间了。

暴风雨突然来临，海上波涛汹涌。海船像一片树叶，一会儿被冲到浪尖，一会儿又跌入谷底，随时可能被波涛吞没。

强盗中有一个懂得巫术的，说神告诉他，这艘船上，必须有一个人离开。很明显，在这样的情况下，离开船就是死亡。强盗们天不怕，地不怕，但还是信神的，当然，还怕死。

那么，谁离开这艘船呢？强盗们没有一个自告奋勇离开，也没有一个提议其他的强盗离开。因为，他们都是结义兄弟，都是发过誓的，要同生共死，不能出卖同伙。他们中的任何人，如果提议让其他同伙离开，那就是背叛了誓言，背叛了规则，抛弃了他们的道德观念。他们又都很怕死，谁也不愿意自告奋勇地离开船。

既然船上必须有一个人离开，又没有人自告奋勇离开，那么，让船上的人推举出要离开的人，这个人肯定是船夫。船夫也明白这一点。果然，强盗们一致主张，让船夫离开船。

船夫说："如果我的死，能够换来你们的活，那么，我的死是值得的，我愿意去死。可是，这船没有了我，能行驶到安全的地方吗？要不了多久，船就会沉没的！船沉了，你们能活吗？这么简单的道理，难道你们不明白吗？"

强盗们异口同声地朝船夫大叫："别废话！你快下船吧！"

一个凶神恶煞的强盗冲上去，把船夫推到海里。

船没有人驾驶，很快就被卷进漩涡，沉没了。十个强盗，没有一个冒上海面来。

船夫呢，幸亏他身上系着一个用羊皮做成的救生圈，也叫"浮囊"，所以，他能够在海面上漂浮。船夫熟悉大海，能够熟练地避开各种漩涡，浪尖和谷底。说来也怪，那船沉没后，暴风雨就停息了，海面恢复到往常的样子。

海浪把船夫带到一个荒岛上。那个荒岛上，住着一对老夫妇和他们的女儿，一个漂亮的姑娘，二十多岁。他们一家，也是遇到海难，漂泊到这个荒岛上的。他们靠开荒种地、在海边打鱼生活。青年船夫就加入到他们当中，和他们一起劳动，一起生活。

半年以后，他和那姑娘结了婚。

再后来，他们遇到在附近经过的海船，搭乘海船，回到了家乡。

老农民和客人对对子

有一位老农民，带着他的儿子在田间干农活，眼看一场大雨快要来了，就对儿子说："迷蒙雨至，难耕南亩之田。"一个客人刚好路过，他没有带伞，正要找个避雨的地方，就把老农民的话，当作下联，自己对了一个上联："泥泞途遥，谁作东家之主？"

老农民见这客人谈吐不俗，就邀请客人到他家避雨。他带客人来到家里，说："客已至矣，庭前准备汤茶。"

客人应声回答："宾既来兮，厨下安排酒席。"

老农民说："不嫌茅屋小，略坐片时。"

客人说："且喜华堂宽，何妨数日？"

老农民没有办法，只好真的安排酒席招待这位客人。

客人举杯祝酒，说："君家多俊杰，八斗才人，要中解元、会元、状元，连中三元，点翰林，压十八学士。"

老农民举杯，对道："我国有君王，万年天子，必尊爵一、齿一、德一，达尊归一，宣丹诏，福亿万生民。"

客人谈起了前天所见之事："前日白头翁牵牛过常山，遇滑石跌断牛膝。"

老农民说："后场黄发女炙草堆熟地，失防风烧成草乌。"

客人问老农民高寿，老农民回答："六旬花甲再周天，世上重逢甲子。"

客人说："一岁二春双八月，人间两度春秋。"

老农民想让客人早点走，说："轰字三个车，余斗字成斜。车车车，远上寒山石径斜。"

可客人只想喝酒："品字三个口，水酉字成酒。口口口，劝君更饮一杯酒。"

老农民心疼酒啊，就让家人往酒里掺入了不少水，端上来给他们喝。

客人知道这酒是掺了水的，就唱道："两火为炎，此非盐酱之盐。既非盐酱之盐，如何添水便淡？"

老农民道："两日为昌，此非娼妓之娼。既非娼妓之娼，如何开口便唱？"

两人喝酒喝到三更天，老农民想结束，让客人启程："谯楼上，咚咚咚，铿铿铿，三更三点，正合三杯通大道。"

客人道："草堂前，汝汝汝，我我我，一人一盏，但愿一醉解千愁。"

老农民请客人就寝，说："匡床已设，今宵且可安身。"

客人说："主意甚殷，明日定留早膳。"

第二天，老农民起床后，走到前院，发现客人早就起床了，正在磨刀，就问："借问佳客，何故操刃而磨？"

客人道："无故扰东，定当杀身以报。"

老农民大惊，说："倘死吾家，未免一场官府事。"

客人说："欲全我命，必须十两烧埋银。"

老农民没有办法，进卧室，很长时间才出来，捧了一些银子，给客人："首饰凑成十两。"

客人从行礼中拿出秤来，称了一称，说："戥头尚短八钱。"

两人分别，老农民说："千里送君终一别。"

客人回答："八钱约我必重来。"

老农民说："汝说几声去也，过桥便入天涯路。"

客人道："我道一句来哉，握手还疑梦里身。"

老农民脱口而出："恶客恶客，快去快去！"

客人应声道："好东好东，再来再来！"

巧除恶蟒蛇

　　大约在一百多年前吧，南方某个小镇的中间有一条大河，来往船只很多。这里以前一向平安祥和，近来却闹得人心惶惶。

　　原来，这段河道里来了一条大蟒蛇。这大蟒蛇在夜间，经常在这小镇出没，吃人家家里的鸡、鸭、鹅等家禽，到后来，小羊、小猪都要吃了，还几次进入临河的饭店，饭店成筐的鸡蛋、鸭蛋，都被它吃了个精光。

　　饭店里有胆子大的伙计，说见过这大蟒蛇，有碗口粗。它吃鸡蛋、鸭蛋都是囫囵吞下的。吞下很多蛋后，蛇身就变得很粗，它爬起来都很困难。不过，它很聪明，当它爬到稍微开阔一点的地方，就打滚，这样，它肚子里的鸡蛋、鸭蛋就都碎了，就很容易消化。它吃饱后，就会马上到河里去，大口大口地喝水。

　　镇长和镇公所都没有办法。那家被大蟒蛇屡次光顾过的饭店悬赏二十两银子，除掉这大蟒蛇。当时的米价，是一两银子一百斤，二十两银子，在小镇也算是一大笔钱了。可是，这饭店的老板等了好几天，仍然没有人对这个悬赏作出回应。

　　又过了几天，有人去对饭店老板说，用毒药可以毒死那蟒蛇。饭店老板摇摇头，说不行。那个时候，化学不发达，只有天然的毒药，例如砒霜等。这些东西，民间极少，大家以家藏此类东西为戒，一来怕人误食，二来也怕有人一时寻死觅活弄假成真。药店里即使有少量，也不会随便出售。更重要的是，蟒蛇嗅觉灵敏，根本不会碰毒药的。

又过了几天，饭店老板又等来了一位老先生。老先生说，他可以出主意除掉这蟒蛇，但是，有三个条件。老板赶快问哪三个条件。

老先生说，第一，他只出主意，具体操作还是要其他人干；第二，是否能成功，他无法保证；第三，如果事情成功，他不要这二十两银子的悬赏，但是，老板必须在他的饭店请参与这事情的人吃顿酒。老板自然同意。

老先生出的主意是：用木头做成鸡蛋、鸭蛋的形状，做上那么一百个，和真的鸡蛋、鸭蛋一起，放在存放鸡蛋、鸭蛋的筐里。蟒蛇吃了这些木蛋，打滚，木蛋不会像真的鸡蛋、鸭蛋那样容易破碎。等蟒蛇喝了水，木蛋会膨胀，就会把它胀死。

饭店老板觉得这个主意可以试试。他让木器店制作了一些木蛋，按照那老先生说的办法做好安排，引诱蟒蛇来吃。他又安排胆子大的伙计蹲守。

这天夜半，蟒蛇果然又一次光顾这家饭店，在放鸡蛋、鸭蛋的房间折腾了很久，吃了很多蛋，照例打滚，然后离开，下河喝水。

在确认蟒蛇远去后，蹲守的伙计出来验看，发现鸡蛋、鸭蛋都被蟒蛇吃了个精光，而木蛋，它一个也没有吃。这个行动，失败了。

第二天，老先生知道这行动失败，思考了一会儿，对大家说："蟒蛇的嗅觉，看来是非常灵敏的，我低估它的嗅觉了。木蛋的气味，和鸡蛋、鸭蛋不同，所以它不吃。"他又说了另外一个主意。

这个主意是这样的。先在鸡蛋或鸭蛋的壳上钻一个小孔，然后，把里面的蛋液倒干，放在通风的地方，使蛋中的水分完全散发，然后，在蛋壳中装满生石灰，最后，再用糯米饭把蛋壳上的孔封上。制作一百只这样的生石灰蛋，然后，把这些生石灰蛋，混在鸡蛋、鸭蛋中，装入筐子，引诱蟒蛇来吃。

老板就让伙计们按照老先生的这个主意安排，再安排伙计们蹲守。

第一夜，蟒蛇没有出现。第二夜，它还是没有出现……第四夜的夜半，当蹲守的伙计倦怠的时候，那蟒蛇终于出现了！伙计们紧张地看它会怎么样。

蟒蛇开始吞蛋，腰身变得非常粗，然后，它游到稍微开阔的地方，打滚，游到水边，窜入水中，大量喝水……一切和原来一样，熟门熟路，似乎没有异样。

突然，奇观出现了：大蟒蛇在水中痛苦地翻滚挣扎，上蹿下跳，一时惊涛拍岸，停泊在河边的小船剧烈地摇晃，船民们赶快撤离到岸上。

大约折腾了半个时辰，河面渐渐地恢复了平静。天亮后，大家发现，这大蟒蛇破碎的肚皮朝天，露在水面上。它确实死了。

一大群乞丐一拥而上，七手八脚把那蟒蛇拖到岸上，每人扛一段，把这两百多斤的蟒蛇扛往乞丐们聚居的土地庙去，显然是想分食。

老先生刚到，见此情景，赶忙对乞丐们说："小心烫伤啊！蛇肚子里还在烧呢！"

乞丐们连声说知道知道，他们会小心的。

几个二胡爱好者追着乞丐们，他们要去讨一些蛇皮，制作二胡。

饭店老板在自家的饭店摆了三桌好酒，宴请老先生和参加这两次除蟒行动的伙计们，还邀请了镇长等镇公所的主要人员。老先生自然是上座，镇长作主陪。

席间，大家向老先生请教除掉蟒蛇的奥秘。

老先生说："我们现在吃了很多鸡鸭鱼肉，饭后，我们最想做的事情是什么啊？"

一个伙计说："当然是喝水啊！"大家都笑了。

老先生说："对！喝水！这也是蟒蛇吃了很多蛋，要大量喝水的原因。消化蛋白质和脂肪，离不开水。如果蟒蛇吃了我们放在那里的那么多的木蛋，木头浸泡在水里，要胀的，那些木蛋，足以把蟒蛇胀死。可是，它没有吃木蛋，因为它嗅觉灵敏，木蛋表面，不是鸡蛋鸭蛋的味道。我们把鸡蛋鸭蛋中的蛋液换成生石灰，蛋壳上的气味没有变，这就把它给骗了。它吃了那么多生石灰蛋，打滚，蛋壳破裂，生石灰就跑出蛋壳，散在它的肠子里了。它又大量喝水，生石灰遇到水，就变成熟石灰了，同时释放出大量的热量，把它的肠子都煮烂了，它怎么还能活？我们把生石灰化为熟石灰那个场景，大家见过的吧？"

那种场景，在当时，是常见的。把生石灰倒在一个坑中，倒进大量的水，坑中马上放出大量的热气，水沸腾起来。大家想起那样的场景，又产生了些许不忍。

当然，现在的野生蟒蛇，是国家保护的动物了。即使有蟒蛇为害，只要不是马上涉及人身安危，还是要报告政府或有关部门，让专业人员来处理。

太平大帝王始

秦始皇、汉武帝、唐太宗、唐玄宗、康熙帝、雍正帝、乾隆帝等，这些皇帝，常常被人提起。

我今天说一个知名度很小的天子，太平大帝王始。注意，我讲的，"戏说"的成分极小，历史书上都记载着，大家可以对照的。

南北朝的时候，山东地方有一个强盗，山大王，叫王始。他手下没有多少人马，能够影响的地盘，也不过两三万百姓。可是，他是个天子迷，就凭借着这点家当，竟然建立了一个"太平帝国"，还仿照朝廷的制度，参照《周礼》，设置文武百官，分别品级等。汉官威仪，倒也像模像样。现在各种各样的仿古仪式，不管是官方的还是民间的，都是不能跟他的朝廷相比的。

当局派兵围剿，"太平帝国"实在不经打，对方军队半天行动，"太平帝国"就土崩瓦解了。王始夫妇被俘。这样的人，在当时的情况下，当然是要被斩的。

王始被斩之前，监斩官审问他，问他的父亲在什么地方。

王始很配合，老老实实地回答："太上皇蒙尘在外，至于具体在什么地方，我确实不知道。"什么叫蒙尘啊？古代帝王被迫逃离京城，叫蒙尘。他自己做了皇帝，就封父亲为太上皇，显然是个孝子。

都到这个时候了，他还要把他的朝廷坚持到最后。名不正则言不顺，官名、封号，是朝廷名器，至关重要，如何能改？因此，他还是坚持称呼他父亲为"太上皇"。

监斩官问，他的哥哥和弟弟在什么地方。

王始回答："征东将军、征西将军都已为乱军所杀。"作为皇帝，他当然要让兄弟做官啊！他都建立王朝了，就把哥哥封为征东将军，弟弟封为征西将军，都是了不起的高级军官了。这些称号，如何能够随便改呢？

王始的妻子也在场，也将被斩，本来就对他一肚子的怨恨，这时，就狠狠地骂他口舌惹大祸，都死到临头了，还口出狂言，什么太上皇，什么征东将军、征西将军的，还有"蒙尘"什么的。

王始耐心地等妻子骂完，从容淡定地说："皇后啊，你身为皇后，怎么连历史常识都没有。你看看，自古无不亡之国。夏商周秦汉，魏蜀吴，还有晋朝，不都亡国了吗？朕的太平帝国，当然不会例外，也会亡国，这有什么可悲伤的呢？我和你，已经是皇帝和皇后了，今天驾崩，也没有什么遗憾的。这是天命。"

宋濂的故事

明朝的开国功臣，被太祖朱元璋杀得没剩几个。一般认为，这是因为朱元璋怕这些功臣夺他家的江山。其实，这样的认识，还是不够深刻的。

一个品级很低的地方教育官员，在称颂朱元璋的文章中用"作则"二字。朱元璋认为，此人是在嘲笑他做过强盗，"作则"就是暗指"作贼"，于是，就把那人杀了。他这样杀人没有道理，他自己、天下人，当然都知道，不仅如此，他也知道天下人会认为他这样杀人没有道理。其实，他所要的就是这个效果：有道理杀人，那有什么稀奇，没有道理而可以杀人，随心所欲地杀人，那才了不起，这就是皇帝的绝对权威！天下人都必须认识到皇帝这样的权威！

开国功臣宋濂之死，也是他维护其至高无上的权威所致。

洪武十年，宋濂年纪大了，身体也不好，就告老还乡。当时，宋濂的儿子和孙子，也都在朝廷做官。宋濂临行的时候，朱元璋命宋濂的孙子宋慎护送宋濂回乡。宋濂拜谢，为了表达他对朱元璋的感情，说："我回乡后，只要还活着，陛下生日，我都会到京城来祝贺。"朱元璋听了，很高兴。

宋濂回乡后，开始两年，每逢朱元璋生日，他都到京城祝贺。

第三年，朱元璋的生日又到了，可是，宋濂竟然没有上京城祝贺。朱元璋就把宋濂的儿子宋璲、孙子宋慎叫来，问宋濂为什么失约，不到京城来祝贺他的生日。两人回答，宋濂年老体衰，身体不好，求陛下赦免他的失约之罪。

朱元璋秘密派使者到宋濂老家，设法当面了解宋濂的身体情况。使者回京城，向朱元璋报告，说宋濂的身体没有毛病。其实，这很好理解，这年朱元璋生日前夕，宋濂确实病了，还很可能病得不轻，他毕竟是七十多岁的老人了，何况，当时人的平均寿命很低，七十岁已经是"古来稀"了。而当使者到宋濂家乡调查的时候，宋濂的病已经痊愈了。这很正常。

可是，朱元璋觉得，他被宋濂冒犯了：宋濂自己说每年都要到京城来祝贺他生日的，怎么才来了两年，就不来了？这宋濂，眼睛里还有没有皇上？明明身体没有毛病，却还敢以身体不好为借口，这不是欺君，是什么？大不敬，大不敬！

朱元璋马上命人把宋璲、宋慎逮捕起来，送入大狱，又命御史安排到宋濂的家乡逮捕宋濂，押送京城，打入死牢，并且抄他的家。

宋濂的学问非常好，被称为"开国文臣之首"，当过朱元璋几个儿子的老师，太子也在其中。太子是个心肠很软、性格懦弱的人，听到宋家遭到大祸，宋濂还将被杀，既惊讶，又伤心，就去见父亲朱元璋，为宋濂求情，说："我生性愚钝，宋先生耐心教导，我才有了这点儿学问，知道了这点儿道理。万望陛下赦免宋先生的死罪。"

朱元璋听了，冷冷地说："等你做了皇帝，再报答他吧。"

太子一听，大骇，什么叫"等你做了皇帝，再报答他吧"？太子并不真的愚钝。天无二日，国无二君，皇帝是绝对排他的。他太子做皇帝，不是意味着朱元璋死了吗？作为太子，这样想那就是大逆不道，是不忠不孝，甚至意味着篡夺皇位！后果是什么？太子能不恐惧吗？

在恐惧的驱使下，太子从朱元璋那里一出门，就投水自杀了！左右和其他官员见了，赶快救护。在这样的情况下，太子当然不会溺死了。太子投水之前，他也未必不知道死不成，因为有那么多人在，怎么会由他投水自尽呢？可是，太子这样的举动，能够让朱元璋相信，对太子来说，他的权威是绝对的，无与伦比的，已经到了一句话可以把太子吓得寻死的地步，太子对他，也是绝对孝顺，绝对忠诚的。

朱元璋果然大喜，骂太子："痴儿子啊，我杀人，关你什么事啊？"他就也给了太子一个面子，赦免了宋濂的死罪，并且把他从牢房放了出来。

朱元璋命人把救太子的那些人都叫来，分别处理：凡是连着衣服鞋袜下水的，都连升三级！凡是脱衣服鞋袜的，统统杀头！他的理由是，太子溺水，你怎么能脱了衣裳鞋袜才去救呢！你眼睛里还有朝廷吗？

本来，宋濂也就这样被处理了。可是，另外一件事发生了。

这天，朱元璋和马皇后一起吃饭，马皇后吃的都是素菜。朱元璋问她为什么吃素，马皇后回答："我听说宋先生获罪，所以吃素，希望用我吃素的这一点点功德，来为他向佛求些福佑。"

朱元璋听了，怫然大怒，扔下筷子，转身就离开了。为什么？因为他觉得，宋濂竟然获得马皇后如此尊敬，让马皇后以吃素的方式来为他求福！这难道不是对他处理宋濂的否定吗？这是他无论如何无法忍受的。

宋濂获释后，求见朱元璋，说是谢恩。朱元璋不见，下令宋濂谪居茂州。宋濂是浙江金华人，而茂州在四川，两地相隔遥远。当时交通不发达，宋濂已是七十二岁高龄，身体也不好，如何经得起长途跋涉？还没有到茂州，他就去世了。

宋濂的儿子宋瓒和孙子宋慎，也都被朱元璋杀了。

王长年斗倭寇

明代嘉靖年间，福建沿海地方有个姓王的人，长期在海上打鱼。当时把船夫称为"长年"，因此，人家都叫他王长年。久而久之，他的真名反而被人家忘记了。

有一次，倭寇来犯，在当地掳掠了很多金银财宝之外，还掳掠了很多人，有男有女，都捆起来，装到他们的船上，似乎是要把他们运回去当奴隶。王长年很不幸，也在其中。

王长年所在的那条倭寇船很大，倭寇有五十多人，被掳的人有十几个。船开到了海中，倭寇也不怕王长年他们逃跑了，就给他们解开了绳索，让他们干这干那，为倭寇服务。

在船上，王长年努力干活，常常说一些让倭寇高兴的话，博得了这条船上倭寇头目的信任。倭寇们见王长年如此，再加在船上他们的力量占绝对优势，对王长年，就不再提防了。

某日，王长年悄悄地对同伴说："你们想回家乡吗？"

大家说："当然想啊！"

王长年说："好！大家听我安排行事。现在，离开倭寇的家乡已经很近了，他们肯定会放松戒备。今天、明天都是东北风，这对我们很有利！我们设法将他们灌醉，就好办了。"大家都同意王长年的计划。

天刚黑，倭寇船停在海中过夜。因为第二天就要到家了，倭寇们很高兴。船上积存的食品，也用不着节约了，他们就大吃大喝起来。王长年他们，也想方设法，让倭寇们多喝酒。到半夜，倭寇们都喝得烂醉，横七竖八地睡在船舱里。

王长年和几个男子一齐动手，挥动斧子和砍刀，把这船上五十多个倭寇，全部杀死。然后，他们偷偷地起锚，乘着强劲的东北风，向家乡的方向全速航行！

其他的倭寇船发现了，就来追赶。可是，王长年是渔民出身，对大海的熟悉程度、驾驶海船的技术，都不输倭寇，在设备大致相同的条件下，王长年他们的船已经领先，倭寇怎么能够追得上？追了一阵，差距越来越大，倭寇船觉得不可能追上了，也就放弃了，掉过船头返航。

王长年他们驾着这倭寇船，在福州登岸。他们把船上的金银财宝和倭寇的首级都运到岸上。这时，一队官兵前来，不由分说，夺了这些金银财宝和首级，并且把王长年他们绑起来，押往镇守将军府，说是他们在海上大战一场，夺得倭寇船一只，杀死五十多名倭寇，夺回了金银财宝，还俘虏了十几名男女倭寇。

将军听了，大喜！这可是大功一件！下令将俘获的男性"倭寇"处斩，女性"倭寇"为奴隶。

这时，王长年急了。他听将军说的是家乡口音，于是马上用家乡话和将军说话，把事情原原本本地对将军说了。将军听了，觉得王长年不可能是倭寇，因为如果他是倭寇，家乡话不可能说得这么地道，这证明他就是自己的同乡。于是，他问王长年："你说这些倭寇是你们杀的，不是我的军队杀的，可有什么证据？"

王长年从容回答："将军，您看看你的军队用来报功的倭寇首级，都缺了一绺头发的。他们缺的头发，都在我这里呢。"说完，他就从怀里掏出一绺一绺扎好的头发来。

将军派人验看那些倭寇首级上的头发。果然，每个首级都明显缺了一绺头发！将军再派人把王长年拿出来的头发到那些首级上比对，很快就得出了结果：严丝合缝！如果这些倭寇，是官兵杀的，王长年如何能够从这些首级上逐个割下一绺头发？很明显，官兵们在冒功，王长年等说的，才是事实。

将军是个正直的将军，他当即责罚了那些官兵，给了王长年他们不同的奖赏，并将他们释放了。将军要把王长年留在他的部下当裨将，王长年婉拒了。他带着一笔数目不小的奖金，回到家乡，继续当他的渔夫。

任小春治盐商母亲病

扬州盐商万雨斋的母亲病了。他门客众多，其中不少是懂医术的——古代社会的读书人有不少懂一点中医——有几个，还是比较有名的医生。他们一起给万母会诊。

经过激烈的争论，他们给万母开了药方，几乎都是昂贵的补药，例如人参、附子、黄芪之类。万母服了第一副，病情加重了；第二副下去，病情更加重了。万雨斋无论如何也不让母亲服第三副了，当然他母亲也不肯服第三副了。

于是，万雨斋请了扬州最为有名的几位医生来会诊。那些医生又经过激烈争论，开了第二个药方。结果还是如此。于是再开第三个药方。万母吃了两副，奄奄一息了。很明显，如果再服一副，她性命难保。

众医生束手无策，万雨斋急得几乎要哭了。他的妻妾们求神拜佛，当然也毫无效果。

医生也有医生的办法。几个医生都说，苏州名医任小春正在扬州，建议请他来诊治。万雨斋明白，这些医生是在寻找顶替，为他们自己脱身做打算。但事情摆在那里，他也只能这样了。

于是，万雨斋要管家马上亲自前往，到扬州某富家请任小春来诊治。管家带人，抬了轿子出发。万雨斋自己去忙准备招待任小春的事情。

医生们聚集在客厅里，等任小春。医生甲说，任小春开药方，喜欢标新立异，故意与众不同，以显示他比其他医生高明。我们开的药方，不要给任小春看。

医生乙问为什么。医生甲说："我还是认为，我主笔开的第一帖药没有错，老太太如果按照这个方子继续吃下去，也许就痊愈了。病来如山倒，病去如抽丝。治病，大多数情况下，要有个过程，也许会有反复，这些都是正常的。药到病除，这样的事情有，但不多的。这些，诸位都应该知道。我担心任小春看了我们开的药方，故意改变我们正确的治疗思路，导致严重的后果。我们不给他看我们开的药方，由他根据病情开药方。如果他的药方，思路和我们一样，说明英雄所见略同；如果不一样呢，要是治愈了老太太的病，我们也心服口服，可以向他学习。"大家都点头称是。

任小春来到万雨斋家门口，万雨斋亲自出来迎接，医生们也都趋前问候。任小春和众人施礼、打招呼完毕，就在万雨斋的陪同下，来到万母的病床前。

任小春先听了万雨斋和众医生关于万母病情和治疗过程的陈述，然后，他就开始望、闻、问、切。之后，他就拿过万家早就准备好的毛笔和纸张，开药方了。

其他的医生原以为他要看万母服用的前几帖药的药方，可是竟然没有。他们心里觉得，这任小春也太傲慢了，怎么不把他们放在眼里呢？

其实，任小春听他们说万母的病情和治疗过程，但没见他们拿药方出来，就已知道他们是故意不拿药方出来，不是疏忽，如果向他们要，他们也会推托的。他想，这样也好。不然，治疗思路如果和他们不同，就不免要评说原来几帖药方的不是，甚至引起和他们的争论，这样倒也省去了那些麻烦。

很快，任小春已经开好了药方。大家急忙凑过去，想看看他开了哪些神奇的药物，结果大失所望。任小春仅仅开了四味药，勉强凑满"君臣佐使"。这四味药，都是极为常用的药，且除了"人参一两"较为名贵，也用得重之外，其他三味，都是极为便宜的药物，分量也用得很轻，都是六钱而已。三味药加起来，不到十个铜钱。几个医生看了，几乎笑出来：这样的药方，也能治疗这么严重的病？

不过，一个细心的老医生发现，药方上"人参一两"下，有任小春加注的两个小字"锻灰"。人参要锻灰用？这是他闻所未闻的，百思不得其解，想这任小春，果然标新立异，且看他如何收场。

万雨斋从任小春手里接过药方，就马上亲自安排这些药物。药物很快准备齐全，任小春不放心，亲自煎药、亲自把那一两名贵的人参锻成灰烬，把这些灰烬，掺入汤药。然后，他亲自端到万母病床前，看着丫环，把这些汤药一汤匙、一汤匙地喂到万母的口中。

一副药下去，万母觉得有了一点力气；第二副药下去，病情明显好转；第三副药下去，万母觉得肚子饿了，要吃粥，也能吃粥了。任小春命人给她煮山药小米粥吃。万家就用河南出产的铁棍山药和上好的小米，熬了粥，给万母食用。

任小春又给万母新开了一个药方。这药方上的五味药，都是常用药，且都很便宜，一副药，不到十五个铜钱。这下，医生们不敢笑话了。万雨斋命人用这个药方买药、煎药，给万母服用。五副药吃下去，万母就基本恢复了健康，只用饮食调理，不用吃药了。

这下，其余的医生们都对任小春佩服得五体投地。那个老医生对任小春说："先生真是扁鹊再世！万太夫人这样的病，竟然被你这么快就治愈了。只是老朽不解，人参为什么要锻灰再用？人参这样的用法，我闻所未闻，见所未见。还请先生明示。"

任小春微微一笑，从容说道："其实，在我这个药方中，人参没有起到一点儿药物作用！人参也确实从来没有过这样的用法。大家想想，人参锻成了灰烬，和其他草木灰能有多少区别？真正起作用的，是其余三味药。但我如果不用人参，仅仅用其余三味药，都是不值钱的草根木叶，不仅你们看不上眼，主人也绝不肯用的，所以我加了'人参一两'。但我又怕人参发挥作用，达不到治疗目的，所以，就以'锻灰'来消除它的作用。这就是所谓'使有用之物无用，乃得其无用之妙'啊！你们见我用人参，就会认为我的治疗思路和你们相同，而赞同我的治疗方案，病人呢，也会因为我以'锻灰'消除人参之用而趋向痊愈。"

大家听了，不胜叹服。

一个医生又问："万老夫人到底得的是什么病？"

任小春不肯说。经过医生们的反复请求，他才说道："万老夫人本来没有什么病，仅仅是消化稍微不良而已，如果不吃药，也会好转的。可是，你们给她吃补药，这就无异于火上浇油，所以情况就越来越不好了。"

众医生听了，又是惭愧，又是佩服。

从"屈叫花子"到"屈敬胥"

清代的苏州枫桥,是外地粮食聚散的地方,河边并排几个码头,供各种船只使用,当然,主要是粮船。

码头的附近有一座古庙。古庙中住着一个乞丐,外地人,姓屈,大家都叫他屈叫花子。他用来睡觉的木板,煮饭的锅灶,都是庙里的。简单的被褥、被单,还有他一年四季穿的衣服,都是人家施舍给他的。他唯一的财产,也就是一对拐杖,因为他的两只脚都有严重的毛病,中医叫风痹,离开了拐杖,他就没法行走了。正是行走不便的缘故,他行乞总是在枫桥附近,不会走远。

有一天早晨,他到码头附近的公共厕所去上厕所,看到厕所里有一个包裹。打开一看,竟然是三百两的银子。当时,苏州有包括巡抚衙门、司衙门、道衙门在内的不少衙门,当然还有府衙门和三个县的衙门。苏州的商业也很发达。屈叫花子想,带了三百两银子到苏州来的,若非官事,就是商事,说不定是人命关天的大事。于是,他就坐在厕所外面,把包裹藏在自己的破棉袄下,等失主。

一会儿,一个四十多岁的男子,慌慌张张地奔来,走进厕所,马上就出来了,接着捶胸顿足,大哭起来。屈叫花子见了,问他是什么事。那男子说，他的一个包裹忘记在厕所里，里面有三百两银子，那是东家派他到苏州的一家绸缎行付绸缎款的，不见了。他即使卖光了家产，也赔不起这些银子。

屈叫花子仔细问他包裹的大小、颜色，以及银子有多少封，银色如何等。那男子的回答，一一和他捡到的包裹符合。于是，屈叫花子就把包裹还给了那男子。

那男子见包裹失而复得，大喜，就从包裹中拿出三十两银子，作为酬谢。屈叫花子笑着推辞道："这么多银子，我都还给你了，怎么会要你三十两呢？赶快去办事吧，不要把正事耽误了，也不要耽误我乞讨。我早饭都还没有吃呢。"那人执意不允。屈叫花子没有办法，最后，就受了十两银子。

早饭时间快要过了，屈叫花子抓紧时间到街口乞食。他来到鞋匠住的出租房附近，看到门口有一群人围着。他找个空隙一看，只见鞋匠那个不到十岁的女儿，依偎在她父亲的怀里，哭泣着。几个男子，不断地在拉她离开，她坚决不愿意。屈叫花子低声问众人是什么事情，有人告诉他，鞋匠因病欠了放高利贷的钱达利钱，钱达利领着人来索债，鞋匠还不出，他们就要抢鞋匠的女儿去抵债。屈叫花子问，鞋匠欠了多少钱，得到的回答是十两银子。

屈叫花子高声说："放高利贷，盘剥之凶恶，竟然如此！如果欠了官家的钱，又当如何？为了十两银子，就让人骨肉分离，不是为富不仁是什么！"

钱达利就在旁边，听到屈叫花子这样说，大怒，道："你这样快填沟壑的人，也竟然说起仁义来了！好笑好笑！你既然讲仁义，那么，为什么不代鞋匠归还我这十两银子呢？"

屈叫花子听了，马上从破棉袄口袋里掏出十两银子，递给钱达利。钱达利拿了银子，带了随从，刚要离开，屈叫花子叫道："且慢！把债券拿出了再走不迟。"钱达利只好把债券拿出来，交给鞋匠。见鞋匠验看无误，屈叫花子才挥挥手，让钱达利他们走了。

钱达利恨屈叫花子恨得牙痒痒。首先，他本来看中的是这个女孩，借钱给鞋匠，就是为了打这个女孩的主意，结果他的好事被屈叫花子搅黄了。其次，他这样在大庭广众之下丢脸，是从来没有的事情。

当时的苏州，工商业繁荣，盗窃案是隔三差五发生的。钱达利为了报复屈叫花子，就说某商家被盗，是屈叫花子联合其他小偷干的，否则，一个靠着双拐行走的乞丐，如何会有十两银子？他到枫桥所在的吴县衙门，把屈叫花子告了。

屈叫花子总是在那附近，衙役很快找到了他，把他押到大堂，知县陈公，公开审理。

钱达利有智囊，且有备而来，攻势凌厉。但屈叫花子毫不胆怯，根据事实和情理反击，丝毫不落下风。当双方交锋激烈之际，正好那个绸缎商家伙计听到了消息赶到大堂，当堂作证，证明屈叫花子那十两银子，是他坚持要给屈叫花子的酬谢，因为屈叫花子拾金不昧，在厕所外面等失主，归还了他忘记在厕所的三百两银子。事情真相大白，钱达利全线崩溃。

陈公大喜，称屈叫花子为"义丐"，下令：从次日起，枫桥码头附近三条大街上各米行每天从外地米船上收的用于检验成色的样品米，全部给屈叫花子，以免他整天沿门乞讨；将屈叫花子披上红绸，用轿子送回他住的古庙；此后，屈叫花子的大名就是"屈敬胥"，取敬仰曾经"吴门乞食"而后来为吴国建功立业的伍子胥的意思；钱达利照反坐例，罚款三百两银子，整修枫桥码头、屈敬胥住的古庙和那个厕所。

此后，屈敬胥日收米一石，当然不用再出门乞讨了。他有了钱，求医问药，双脚风痹之疾，竟然痊愈了。再后来，他竟然起房造屋开米行，娶妻生子，成了富翁。

黄土老爷

清代同治十一年，通过考试选拔，某甲被朝廷派往湖南靖州，担任吏目。这个官职位不高，从九品，负责刑事、监狱等事务。

某甲家里很穷，又是北方人，到湖南任职，路途遥远。他没有带家属，也没有仆人，就孤身一人出发了。他到了湖南，就到布政使衙门去报到。可是，门房索要红包。某甲因为钱很少，所有的支出，都是做好预算，严格控制的。门房红包的钱，不在他预算范围内，再说，他也厌恶此类行为，于是，当即拒绝了。没有拿到红包，门卫就不让他进去。

后来，某甲又去了好几次，门卫以各种理由，不让他进去见布政使，什么大人要几天后回来，大人要接见的人太多，见大人须要预约，你的预约已经过期，预约后等通知之类。

某甲带的钱本来就很少，身在外地，要吃要住，他带的钱很快就花光了。他只得从客栈搬出来，住到破庙里。但是，吃的问题怎么解决啊？他发现，有人招募挑黄土的人，于是就去挑黄土，每天能够得到几十个钱，勉强糊口。

某日，雇主欺负他是外地人，给他的钱比约定的钱少了。某甲较真，就和雇主争了起来。双方都激动，声音就大了。这时，布政使的轿子路过，轿夫正巧停下来换人。布政使从轿子的窗口探出头来，看到两个人在争吵，就问是什么事。

看到是布政使，某甲赶快奔过来，对布政使跪下，一口一个"卑职"。布政使一听，以为是个疯子，没有耐心听明白，就把窗帘放下，叫轿夫赶快走。就这样，某甲和布政使失之交臂。

因为和雇主发生了矛盾，某甲连挑土也挑不成了。怎么办呢？幸亏天无绝人之路，他就代替人家打更，住在街道上一个简陋的草棚中，那是打更的人躲避风雨的地方。

某夜，长沙知县巡夜，听得打更声，却不见人，很奇怪，因为打更都是打更者一边走、一边打的。他发现，打更声是从那草棚传出来的，就到草棚外面，责问某甲，并且让手下责打。

某甲急忙说："大人，您千万不可打我，因为我也是官。朝廷有规定，有官职的人，在革职之前，谁也不能打的。您如果打了我，我尽管不会计较，但导致您犯错误，我不忍心的。"

知县一听，乐了，以为某甲在胡说，就故意逗他："那么，您大人是什么官啊？"

某甲说："靖州吏目。"

这下，知县不敢轻忽了。因为他听说靖州吏目任职已经很久了，应该有继任者来，但不知道什么原因，继任者一直没有来。他又注意到，某甲一口京腔，这样口音的人，在当地是极少见到的，看样子，此人似乎不是在说谎，就问："真的吗？"某甲说真的。

知县说，"那明天你带上证明材料，到我衙门来"。某甲答应了。

第二天，知县等某甲来，等到日高三丈，某甲还没有到。知县只好让衙役去请。

衙役来到某甲住的草棚，请某甲去见知县。

某甲说："我不能去，因为我只有短单衣，裤子也破了，大腿也露着，打更也只能在草棚子里打，不敢走到大街上去，又如何可以去见知县？"

衙役马上去向知县汇报。知县听了，哈哈大笑，说："这是我的疏忽。"他让衙役给某甲送了一身半新的长衫和裤子。

折腾了好一会儿，某甲才穿着知县刚送给他的服装，来见知县，并且把他当靖州吏目的文件交给知县看。

知县一一验看，又问了某甲不少问题，得出结论：此人是真正的靖州吏目。于是，知县带着某甲，去见长沙太守。太守考察了一番，没有发现问题，就去向布政使汇报。

布政使听了太守的汇报，恍然大悟："那天对我口称'卑职'的，原来就是此君！"于是，他命小吏查靖州现任吏目的情况，发现此人任职已经很久了，上面任命的继任者，很早就应该上任了，但一直没有到任，不知何故。现任吏目就只能继续当下去，拖到现在，一直无法办理交接手续。

布政使马上召见某甲，慰问有加，并且让小吏马上办理有关文件，让某甲尽快到靖州，接替现任吏目。把这些都办好后，布政使命人叫来长沙太守，说某甲吃了很多苦头，实在太穷了，最好让太守带个头，发动一下，在长沙官场募捐，接济某甲一笔钱。太守马上去办，很快募集到四百两银子，让知县找到某甲，送给他。

第二天，某甲到布政使衙门，向布政使辞行，说马上去靖州上任。布政使看到他几乎没有什么行李，身上还是穿着知县送给他的衣服，大惊，说："我们不是募集了四百两银子送给你了吗？你怎么还是这个样子啊？"

某甲道："非常感谢众位大人的厚爱。那四百两银子，卑职已经交给长沙县衙门的金库了。"

布政使问他为什么要这样做，某甲回答："吏目的薪水，尽管不高，但完全能够自给，胜过我挑黄土多了。我非常感谢长沙太守以下的官场同人给我募集了那么多银子，可是，我确实不需要那么多的银子。对公家来说，四百两银子不算多，但放在金库里，遇到公家要用银子的时候，多少也可以起点作用。"

布政使听了，感叹道："你以后肯定是个清官。"

于是，某甲的故事在湖南广为流传，大家都称他为"黄土老爷"，他的真名，反而被人们忘记了。